BERTRAND CHICHOLET

MANOSQUE EN MCCCLVII

PAR CAMILLE ARNAUD

Qu'ont no sap tan dous repaire
Cma de Rozer tro qu'a Vensa,
Si cum clau mars e Durensa,
Ni on tan fis jois s'esclaire.
PEIRE VIDAL.

MARSEILLE
TYPOGRAPHIE ET LITHOGRAPHIE ARNAUD ET Cⁱᵉ,
Rue Cannebière, nᵒ 19.

1861

BERTRAND CHICHOLET

ou

MANOSQUE EN MCCCLVII.

BERTRAND CHICHOLET

OU

MANOSQUE EN MCCCLVII

PAR CAMILLE ARNAUD

Qu'om no sap tan dous repaire
Cùm de Rozer tro qu'a Vensa,
Si cùm clau mars e Durensa,
Ni on tan fis jois s'esclaire.
PEIRE VIDAL.

MARSEILLE

TYPOGRAPHIE ET LITHOGRAPHIE ARNAUD ET Cᵉ,
Rue Cannebière, n° 10.

1861

A Ferdinand Eyriès.

MON CHER NEVEU,

J'ai conçu le projet de cet ouvrage pendant les divers séjours que j'ai faits chez vous ; il était donc juste que vous en eussiez la dédicace, à laquelle vous donnaient droit et notre parenté, et votre qualité de Manosquin. J'espère qu'elle vous sera agréable. J'espère que vous, ainsi que tous mes amis de Manosque, lirez avec quelque intérêt les aventures d'un de vos concitoyens, qui a réellement vécu, et qui n'a pas pris naissance dans le pays des chimères, c'est-à-dire dans le cerveau d'un romancier.

Je mets sous votre protection, et sous celle de tous les habitants de votre beau pays, cet ouvrage dont la forme peut paraître légère, mais dont le fond est réellement sérieux. Il a la prétention, bien innocente, d'avoir remis au jour et, pour ainsi dire, ressuscité des usages dont il ne reste plus de traces aujourd'hui, si ce n'est dans quelques vieilles paperasses que presque personne ne lit. C'est vous dire que, si l'imagination y joue un mince rôle, il n'en a pas été de même de l'exécution qui était hérissée de difficultés. Enfin , j'en suis venu à bout. Aurai-je été assez heureux pour réussir dans mon entreprise ? Serai-je parvenu à faire lire avec intérêt , sinon avec plaisir , les aventures de mon héros ? Je l'ignore ; car nul auteur ne peut juger sainement ses œuvres : toujours l'amour-propre en dissimule les imperfections et en magnifie les mérites.

Peut-être trouverez-vous — et j'imagine que vous ne serez pas seul à penser ainsi — que , au lieu de prendre mon héros dans la plus basse classe de la société , j'aurais dû le choisir parmi l'élite de la nation provençale. Cela m'eût été très facile. Il ne me manquait pas de vieilles et illustres familles dont les noms auraient pu marcher de pair avec ceux des plus nobles gentilhommes de notre temps. En agissant ainsi , mon ouvrage aurait très-certainement gagné en intérêt, car les actes d'un de Baux , d'un Sabran , d'un Pontevès ou d'un Barras — sans parler d'une foule d'autres — auraient intéressé le lecteur bien plus que les faits et gestes de Bertrand Chicholet. Mais , si j'avais obéi à cette idée , qui s'est plus d'une fois présentée à mon esprit, j'aurais été obligé d'altérer la vérité historique , car , à moins de mensonge , il m'eût été impossible de transporter mon action à Manosque. D'ailleurs, dois-je le dire ? il me semble qu'on a suffisamment usé et abusé de la noblesse dans les œuvres d'imagination. Je respecte beaucoup cette institution qui a joué et qui jouera toujours un rôle très considérable dans la société , mais elle ne doit pas avoir le monopole des héros de roman. Pour ma part , je suis fatigué des comte Jules et des comte Octave que je vois figurer partout, lesquels , soit dit en passant, sont mis en œuvre par des gens qui , de leur vie , n'ont causé avec un véritable comte.

J'ai donc fait mon principal personnage d'un homme du peuple, parce que lui seul convenait à mon sujet, et parce que,
sous son nom, je pouvais décrire des usages, des mœurs, des
institutions qui n'existent plus et que, par cette raison, on me
saura peut-être gré d'avoir rappelés à la vie. J'espère que vous,
ainsi que tous vos concitoyens, serez de mon avis et que, par
votre approbation, vous soutiendrez une œuvre particulièrement
difficile et délicate pour moi, à raison de ma position et de mes
antécédents. Je m'explique.

Vous savez, mon cher neveu, et personne dans notre pays
n'ignore, que, depuis des siècles, — je dirais presque depuis
le commencement du monde — il existe, entre Manosque et
Forcalquier, une rivalité semblable à celle qui séparait jadis la
France et l'Angleterre. Il est vrai que, entre ces deux villes,
il n'y eut jamais de journées de Crécy, de Poitiers ou de
Waterloo; mais, bien que le sang n'eût pas coulé, leur ani-
mosité réciproque n'en était pas moins invétérée, profonde et
flagrante. Aujourd'hui, grâces à Dieu, ces sentiments d'hostilité
commencent à s'effacer. Cependant, ce n'était pas une petite
entreprise, pour un habitant de Forcalquier, d'écrire un ouvrage
dont Manosque fût le sujet. Il y a cinquante ans qu'on aurait
lapidé le téméraire qui aurait osé la concevoir et l'exécuter.
Aujourd'hui même je ne suis pas très sûr que quelque vieil
encroûté ne vienne casser mes vitres à coups de pierre.

Voilà, mon cher neveu, le danger que j'ai bravé pour vous
plaire, pour plaire à votre pays, et dans le but éminemment
louable, à mon avis, d'amener une réconciliation entre Manosque et Forcalquier. C'est dans cet espoir surtout que je désire
ardemment voir réussir mon œuvre. Je me flatte que, si elle
obtient les suffrages du public, vos concitoyens en sauront gré

à l'auteur ; qu'en considération de l'ouvrage , ils consentiront à oublier leurs vieilles rancunes , et qu'ils tendront une main fraternelle aux habitants de Forcalquier. J'ai fait tout ce qu'il était humainement possible de faire pour arriver à cet heureux résultat. J'ai fouillé dans les archives, j'ai compulsé d'antiques parchemins , j'en ai extrait le suc qui se trouve condensé dans le volume que je vous dédie : puissiez-vous le trouver doux ! Que pouvais-je faire de plus ? Je me trompe : il me reste encore quelque chose à faire pour couronner mon œuvre : le voici. Vous avez à Manosque une foule de demoiselles jeunes , jolies et riches. Eh bien ! j'offre d'en épouser une afin de sceller définitivement la paix !

Neveu ! amis ! soyez-moi propices !

CAMILLE ARNAUD.

BERTRAND CHICHOLET

CHAPITRE PREMIER

INTRODUCTION

Tant vau per lors jornadas la gran cavalayria.
Passan vilas e borex e boys e pradaria,
Et intran en la terra de la gent payania.
Ardon vilas e borex, no laychan res en via.
                                        FIERABRAS.

Il y avait environ treize ou quatorze ans que le roi
Robert, d'heureuse et sage mémoire, était mort, laissant sa couronne et ses états à Jeanne, l'aînée de ses
petites-filles, issue du mariage de Charles, duc de
Calabre, avec Marie de Valois, sa cousine germaine.

Mais il ne lui transmit pas en entier le royaume de ses
ancêtres. Déjà et depuis longtemps, la Sicile s'était

soustraite aux princes de la maison d'Anjou, pour se
donner aux rois d'Aragon. Cette révolte, qui commença
par les fameuses *Vêpres siciliennes*, aboutit à l'expul-
sion définitive des Provençaux du sol de l'antique Trina-
crie. Ainsi, de son vivant, Charles Ier vit se démembrer
le royaume qu'il avait fondé dans le sang et cimenté par
le crime. L'orgueilleux souverain apprit qu'un empire
basé sur la violence est rarement de longue durée.

Cependant, Charles II et Robert, ses descendants,
avaient régné d'une manière, sinon paisible, au moins
incontestée sur le royaume de Naples. Aidés par la
France, soutenus par le Pape dont ils étaient les vassaux, ils s'étaient jusqu'alors maintenus, non sans peine,
il est vrai, dans la possession de cette importante partie
de leurs domaines.

L'expédition de Naples, entreprise par Charles Ier,
considérée sous le point de vue des intérêts provençaux, fut une entreprise funeste, au plus haut point,
pour notre pays, et s'il est vrai qu'on la dut à l'ambition
désordonnée de Béatrix, dernière comtesse de la maison
d'Aragon et femme de Charles Ier, nos ancêtres n'eurent pas de remercîments à lui faire. A partir de la
conquête, le séjour de la Provence, dont leurs prédécesseurs avaient été satisfaits, ne suffit plus à nos comtes ;
ils désertèrent notre pays pour un climat plus favorisé
du ciel, transportèrent leur cour à Naples, et ne séjournèrent que fort rarement à Aix, leur ancienne capitale.

L'absence de nos souverains nuisait à la Provence sous
plus d'un rapport. Elle froissait l'amour-propre du peuple en même temps qu'elle lésait ses intérêts. En effet,

ce n'était pas sans peine que les Provençaux avaient vu Charles Ier et ses successeurs établir leur résidence en pays étranger ; d'un autre côté, leurs intérêts matériels souffraient de ce changement. Non seulement le pays ne participait plus aux bénéfices que la présence du souverain entraîne toujours après elle, mais le meilleur et le plus net de ses ressources était dépensé au loin ; les produits des terres domaniales, les revenus fiscaux, les impôts établis sous diverses formes, détournés de leur véritable destination, appauvrissaient doublement le pays puisqu'ils en sortaient sans retour.

Sous un autre rapport, l'absence du souverain n'était pas moins nuisible aux sujets. On était alors en pleine féodalité, c'est-à-dire, au moment où ce régime, de création relativement récente, s'était définitivement organisé. Produit de la violence et de l'usurpation, résultat inévitable de l'affaiblissement du pouvoir royal, il avait transporté sur les propriétaires de fiefs des droits et des prérogatives qui ne doivent appartenir qu'à l'autorité royale. Le baron qui possédait la juridiction haute, mixte et basse, qui administrait son domaine, qui nommait les officiers de justice de son fief, et dont les vassaux ne possédaient pas même de libertés municipales, ce baron, disons-nous, presque indépendant de l'autorité du comte, régnait en maître alors que le suzerain était absent. Si aujourd'hui il faut une main puissante pour gouverner la démocratie, celui qui tenait le sceptre dans ces temps reculés devait être vigoureusement organisé. Nous n'oserions pas dire qu'elle est la plus rude de ces deux tâches.

Malheureusement pour les Provençaux, les princes de la maison d'Anjou étaient loin de posséder la force de caractère, la vigueur d'organisation nécessaire au gouvernement de la société turbulente qu'ils avaient mission de diriger. Au premier abord, cette mission paraît facile. En réalité, sauf pour les villes relevant directement du comte, ils n'avaient guère de relations qu'avec les propriétaires de fiefs, car, en ce temps, les vassaux ne comptaient pas. Eh bien ! c'est précisément à cette circonstance, favorable en apparence, qu'était due la difficulté de leur position. Ils avaient affaire seulement à quelques personnages, mais ces personnages étaient nobles, riches et puissants. Unis par l'esprit de corps, ayant tous le même intérêt, et possédant le grand avantage d'être en petit nombre, ils opposaient à leur souverain une phalange compacte, difficile à entamer. Peu maniables de près, ils devenaient ingouvernables de loin. En cet état, le joug de la féodalité se resserrait de plus en plus et les abus en étaient intolérables.

Telles furent pour la Provence les conséquences les plus directes de la conquête du royaume de Naples faite par Charles Ier. Affaiblissement dans le pays de l'autorité du comte ; redoublement de rigueur du régime féodal et amoindrissement de la fortune publique par un emploi peu judicieux des ressources de la nation ; il s'ensuivit la dilapidation du domaine public, que des donations malhabiles et impolitiques diminuaient constamment, les ventes scandaleuses des offices, les concussions commises par les officiers que nul frein ne retenait. Si à toutes ces causes de ruine et de misère on ajoute les dépenses occasionnées par la guerre incessante que les princes de la maison d'Aragon firent à ceux de la maison d'Anjou pour la possession du royaume de Naples, guerre qui ne finit que plus tard et qui eut pour ceux-ci un résultat désastreux, on sera en droit de qualifier de funeste la pensée ambitieuse qui suggéra à Charles 1er l'idée de cette expédition lointaine. Peuple et souverain y perdirent repos et fortune.

Il est difficile, en effet, à moins d'avoir pénétré dans les mystères des temps passés, de se faire une idée, même approximative, de la condition de la Provence à cette époque. Qu'on se représente une population clairsemée, décimée fréquemment par la guerre, la famine et la peste. Presque pas de commerce, car les rares transactions que l'on faisait méritaient à peine ce nom ; encore étaient-elles entravées par des obstacles de toutes sortes. Droits, priviléges, péages, s'opposaient à la libre circulation des marchandises : il fallait que le négociant qui les faisait transporter à dos de mulet, payât un impôt à tel endroit, passât par tel lieu plutôt que par un autre. On le pressurait de toutes parts, de telle sorte que, abstraction faite des accidents imprévus sur lesquels il devait pourtant compter, le prix de ses marchandises avait à peu près doublé de valeur lorsqu'elles arrivaient à destination.

L'agriculture était dans l'enfance. Privée de bras, manquant d'instruments de culture et n'employant que des procédés imparfaits, elle suffisait à grand'peine à nourrir la population. On jugera de sa détresse en apprenant qu'une faux, cet instrument si utile au cultivateur, coûtait de vingt à trente sous provençaux, somme très considérable et dont nous ne pouvons indiquer la valeur que par comparaison. On saura, en effet, que, pendant le règne de Jeanne, un bœuf ordinaire coûtait de soixante à soixante et dix sous. Le plus bel animal de l'espèce ne devait pas dépasser cent sous provençaux.

La situation morale n'était pas meilleure, car il n'y avait plus guère de notions de justice et de droit, et les mœurs y étaient devenues d'une férocité prodigieuse. Cependant, malgré tous les maux que la conquête de Naples attira sur la Provence, bien que le plus pur de son sang fût inutilement versé sur un sol étranger bien que le meilleur de sa fortune émigrât pour ne plus revenir, elle n'en accueillit pas moins avec joie et amour l'avènement de Jeanne. Il est étonnant combien cette princesse, criminelle si l'on veut, mais étrangement calomniée, s'était attiré l'amour de ses sujets. Il faut, pour cela, consulter les monuments de l'époque. On y verra que, même après la mort d'André de Hongrie, son premier mari, si lâchement et si cruellement assassiné, elle régnait sans partage sur le cœur des Provençaux. On y rencontre, chose banale ! les assurances de respect, de fidélité et de dévoûment qui ne font jamais défaut aux souverains ; mais, ce qui est plus rare, on y trouve des protestations sincères indiquant une affection presque filiale.

C'est que, il faut bien le dire, malgré ses défauts, malgré son crime, qu'elle expia cruellement, la reine Jeanne avait su conquérir l'amour de ses sujets, qui s'inquiétaient fort peu des intrigues du palais. Bonne jusqu'à la faiblesse, populaire à cause de ce défaut, elle fut véritablement et sincèrement aimée par le peuple, qui ne l'a pas encore oubliée. Singulier phénomène ! il ignore son crime et ne se souvient que de ses vertus ! Chez lui, sa mémoire est pure de toute tache.

Il est un rapprochement qu'on ne peut s'empêcher de faire en lisant l'histoire de cette princesse si malheureuse. Involontairement on la compare à Marie Stuart, autre reine dont le nom est plus connu, mais dont l'origine fut moins illustre. Dieu les affligea toutes les deux d'une couronne ; fardeau pesant pour de pauvres femmes qui n'avaient au cœur qu'une passion, et qui eussent été bien plus heureuses si elles avaient été reines seulement par droit de beauté ! Comme à la Magdeleine, il leur aurait été beaucoup pardonné.

Toutes les deux furent criminelles, c'est vrai ; mais Jeanne ne fut-elle pas excusable, elle à qui les exigences de la politique donnèrent pour mari un déplaisant personnage, apportant à la cour la plus polie de l'Europe la rudesse des Huns dont il descendait par sa mère ? Mariée dès l'âge de sept ou huit ans (1) avec son cousin germain, André, second fils du roi de Hongrie, elle vécut pendant treize ans avec lui, sans pouvoir réformer ce caractère farouche et sensible seulement aux plaisirs de la table. Poussée à bout et excitée par de malfaisantes influences, elle le fit tuer presque sous ses yeux ; mais elle eut soin de lui faire donner un genre de mort presque royal. L'importun André fut étranglé avec un cordon de soie tressé,

_____

(1) En 1333.

disait-on, par les belles mains de la reine. C'était un luxe inutile. Une corde de chanvre suffisait pour l'homme qui faisait de la royauté un moyen de satisfaire sa goinfrerie.

A la distance où nous sommes de l'événement, il est impossible de savoir quel effet il produisit sur la classe élevée en Provence, c'est-à-dire sur la noblesse. Tout ce que nous pouvons dire, c'est que le peuple y demeura indifférent. La mort d'André n'altéra en rien les sentiments qu'il portait à la reine. Son amour pour elle dura tant qu'elle vécut, et son souvenir subsiste encore. D'ailleurs, s'il avait eu quelques scrupules, ils auraient été levés par la sentence d'absolution que le pape Clément VI rendit peu après. En effet, dans le courant de l'année 1348, Jeanne, s'étant rendue à Avignon, devant le pape, en présence des cardinaux et des ambassadeurs du roi de Hongrie, plaida si bien sa cause, s'exprima en si bons termes, et montra une si grande douleur de la mort d'André, que Sa Sainteté la déclara innocente du crime qu'on lui imputait. Le chef de la chrétienté ayant parlé, le vulgaire n'avait qu'à s'incliner, croire et se taire.

Il fallait que l'amour des Provençaux pour la reine Jeanne fût bien robuste pour résister à l'impression défavorable que dut causer l'un des actes les plus impolitiques de son règne; car le pire de tout c'est d'être maladroit. Nous voulons parler de la vente de la ville d'Avignon qu'elle fit au pape Clément VI.

En ce moment, la reine était à bout de ressources pécuniaires. L'assassinat de son mari l'avait jetée dans des embarras inextricables; car il peut s'estimer trois fois heureux celui qui n'est pas puni en ce monde de la violation des lois divines ou humaines. Louis, roi de Hongrie, frère d'André, fut naturellement chagrin et courroucé de la mort de son frère. Ayant levé une puissante armée, il envahit le royaume de Naples et en expulsa Jeanne. Celle-ci, suivie de Louis de Tarente, son second mari, qu'elle avait épousé peu de temps après la mort d'André, se réfugia en Provence, où elle pouvait braver la colère de son beau-frère. Mais la perte de ce superbe joyau de sa couronne lui tenait à cœur. Elle s'occupa des moyens de le recouvrer.

Son premier soin, après s'être justifiée auprès du pape, fut de se procurer de l'argent. Mais les ressources ordinaires étant sinon épuisées, au moins grandement diminuées, elle dut recourir aux expédients. Ce fut alors qu'elle imagina de vendre Avignon au pape. Clément VI, qui occupait alors la chaire pontificale, n'eut garde de laisser échapper une si belle occasion, et, le 19 juin 1348, la capitale du Comtat Venaissin fut à jamais distraite du domaine des comtes de Provence. Cette aliénation eut lieu moyennant le prix de 80,000 florins d'or de Florence, somme que Bouche estime à 48,000 livres de France, mais qui valait bien davantage.

Sur ces entrefaites, le roi de Hongrie, maître du royaume de Naples, sévissait avec la plus grande rigueur contre les auteurs réels ou présumés de la mort de son frère. Plusieurs périrent par la main du bourreau ; d'autres furent saisis et conduits en Hongrie où ils subirent une longue captivité. Charles de Duras, proche parent du roi, qui passait pour l'un des auteurs principaux de

l'assassinat d'André , étant venu le trouver à Averse ,
accompagné de Louis et de Robert, ses frères, dans l'intention de se justifier, fut conduit dans l'appartement où
André avait été assassiné, et là, le roi, après lui avoir vivement reproché son crime, le fit égorger sous ses yeux par
un Hongrois de sa suite. Son corps fut ensuite jeté par la
même fenêtre d'où l'on avait précipité le cadavre d'André.
Quant à Louis et à Robert de Duras, ils en furent quittes
pour un emprisonnement de quatre ans dans une forte-
resse de Hongrie.

Après ces sanglantes exécutions , le roi de Hongrie
retourna dans son pays , laissant le gouvernement du
royaume de Naples à un de ses lieutenants du nom de
Conrad Loup. Ce gouverneur, qui était loup de nom et de
fait , dit Bouche, traita si mal les Napolitains , qu'il leur
fit regretter vivement l'administration débonnaire de la
reine Jeanne et leur donna sujet de la rappeler. C'est à
cette occasion que celle-ci vendit Avignon au pape. Elle
passa ensuite à Naples, suivie de Louis de Tarente , son
mari . Elle y guerroya pendant deux ans contre le roi de
Hongrie , avec diverses vicissitudes , et finit par faire la
paix avec lui par l'entremise de Clément VI. Ce traité eut
lieu dans le courant de l'année 1350. Dès ce moment ,
Jeanne rentra en possession de ses domaines , et le malheureux , mais peu intéressant André, fut oublié.

Tel était l'état de la Provence vers le milieu du XIVe
siècle. Pouvoir défaillant, finances ruinées, misère générale, population clairsemée, que l'affreuse peste noire
vint décimer encore ; ces quelques mots disent tout. Elle
était loin d'être heureuse ; mais la France était plus mi-

sérable encore, et, par malheur pour nous, une partie des maux qu'elle endurait devait se déverser sur notre pays. Il était impossible, en effet, que le midi ne ressentît pas le contre-coup des événements qui se passaient dans le nord.

Peu après la pacification entre Jeanne et Louis de Hongrie, c'est-à-dire dès le commencement de l'année 1351, les hostilités recommencèrent entre la France et l'Angleterre ; car, pour ces deux nations, la paix ne fut jamais qu'une trève. Il semble que les Anglais aient voulu nous faire expier le crime de les avoir une fois conquis. Ces hostilités, qui ne finirent qu'à la paix de Brétigny, ouvrirent pour la France une ère de désastres tels qu'ils ne furent surpassés que par les malheurs du règne de Charles VI. Le roi Jean, de chevaleresque mais d'imprudente mémoire, se fit battre près de Poitiers par le fameux prince Noir. Fait prisonnier le 2 septembre 1356, il fut conduit en Angleterre où il subit une captivité de plusieurs années.

Quoiqu'il n'y eût pas de solidarité entre les deux pays, la défaite de Poitiers fut aussi funeste à la Provence. L'Anglais n'y mit jamais le pied, il est vrai ; mais son triomphe y amena des gens qui ne valaient guère mieux que lui.

Le résultat le plus direct et le plus immédiat de cette désastreuse journée fut la dispersion complète de l'armée française. Les divers éléments qui la formaient, violemment désunis, retournèrent à leur premier état. Ceux que le service féodal avait arrachés à leurs demeures y revinrent à la hâte, attendant un temps plus prospère, et persuadés que l'astre de la France n'était pas complètement éteint. Mais les mercenaires, les hommes pour lesquels la guerre était un métier et une nécessité, privés d'une paie régulière et incapables de subsister autrement, se liguèrent pour vivre aux dépens du pays, ne respectant personne et pillant indistinctement amis et ennemis. A ceux-là se joignirent tous ceux que la guerre avait irrévocablement ruinés et qui, n'ayant ni feu ni lieu, étaient obligés de subsister aux dépens d'autrui. La Jacquerie qui éclata en 1358 vint encore les renforcer.

Ce fut ainsi que se formèrent ces bandes pillardes connues sous le nom de grandes compagnies, de Malandrins, des Tard-Venus qui, pendant plusieurs années, ravagèrent le midi de la France, pillant le peuple, rançonnant le pape, et répandant partout la terreur, jusqu'à ce que les uns eussent été conduits en Italie par le marquis de Montferrat, et les autres en Espagne par l'illustre Duguesclin.

Les Grandes Compagnies n'épargnèrent pas la Provence. Elles y arrivèrent dès l'année 1357, et il paraît, d'après les récits de nos historiens, que, pendant les années suivantes, elles la parcoururent presque tout entière. Ainsi, Marseille avait eu peine à s'en défendre; Draguignan et plusieurs autres villes furent pillées et mises à contribution; et une de leurs bandes, commandée par un capitaine nommé Durand Arnaud, prit Cucurron par ruse, échoua devant Ansouis, et ravagea tout le territoire de Manosque. Plus tard, Forcalquier, ainsi que le restant de sa viguerie, eurent leur tour. Cependant la dévastation s'arrêta à la rive droite de la Durance. Les habitants de la rive opposée furent assez heureux pour y échapper.

L'entrée des grandes compagnies en Provence avait été spontanée de leur part : l'attrait du pillage suffisait pour les y attirer. Mais elles y trouvèrent d'utiles auxiliaires dans la puissante famille de Baux qui avait des injures cruelles à venger contre Louis de Tarente, roi de Naples, mari de Jeanne. Voici à quelle occasion.

En 1356, Raynaud de Baux, comte d'Avelin, grand amiral de Sicile, conçut le projet de faire épouser à l'un de ses fils la princesse Marie, sœur de Jeanne, laquelle se maria ensuite avec Philippe, prince de Tarente, empereur titulaire de Constantinople, et frère de Louis, roi de Naples et de Sicile.

Quelque puissante que fût la maison de Baux, le comte d'Avelin avait peu d'espoir de faire agréer sa demande qui, peut-être, avait été déjà repoussée. Les moyens ordinaires lui faisant défaut, il résolut d'y suppléer par la ruse et par la violence.

Revenant de Provence avec dix galères, il s'arrêta à Naples pour voir la reine, et apprenant que la princesse Marie était seule au château, il s'y rendit escorté de ses deux fils et bien accompagné. Il fut introduit sans difficulté auprès de la princesse dont il était le compère, et là, dit l'historien, sans employer beaucoup de persuasion, il la contraignit à épouser son fils Robert ; c'est-à-dire, qu'au moyen de la force et à l'aide d'un rapt, le mariage prétendu fut instantanément consommé.

Cet acte brutal irrita au plus haut point la reine Jeanne et son mari qui habitaient pour lors Gaële. Le roi Louis en partit sur le champ, se rendit à Naples, ordonna l'arrestation du comte d'Avelin et le fit tuer, sans forme de procès. Robert de Baux et son frère furent jetés en prison. Quelque temps après, Robert, toujours détenu au château de Naples, fut tué par les ordres de la princesse Marie qui fit jeter son corps à la mer. La princesse assista à l'exécution qu'elle ordonna après avoir fait de vifs reproches à son ravisseur.

Assurément, la punition de Raynaud de Baux était juste; elle ne péchait que par la violation des formes. Cependant elle tourna contre la reine, puisque la colère de la famille de Baux facilita l'invasion de la Provence par les grandes compagnies.

En ce temps-là elles étaient commandées par Arnaud de Servole, dit l'archiprêtre, seigneur de Castelnau, gentilhomme gascon, qui campait devant Avignon, s'occupant à mettre à contribution le pape Innocent VI. Raymond de Baux, comte d'Avelin, et Amiel de Baux se joignirent à lui et l'aidèrent à ravager la Provence. Ils vengeaient sur les sujets de Jeanne, qui n'en pouvaient mais, la mort de Raynaud de Baux.

Il est difficile de savoir combien d'incursions les grandes compagnies firent en Provence. Il paraît toutefois certain qu'elles y revinrent à diverses reprises. Ainsi, en 1357, l'archiprêtre se retira d'Avignon, après avoir arraché au pape la somme de 40,000 écus, soit 522,400 livres, plus l'absolution de tous les péchés commis par lui et ses adhérents, ce qui devait faire un chiffre assez rond. Mais il y revint l'année suivante. Cette fois, il fut reçu ainsi qu'il convenait de recevoir un pareil personnage, c'est-à-dire très mal. Au lieu de lui donner de l'argent, on lui opposa une armée, levée probablement par les soins de Fouque d'Agout, alors sénéchal de Provence. La formation d'une armée destinée à combattre les brigands conduits par l'archiprêtre était chose naturelle ; mais ce qu'il y a d'extraordinaire dans le fait, c'est le choix qu'on fit pour la commander. Le général de l'armée provençale chargée de repousser une troupe de bandits aguerris et conduite par un homme qui avait fait ses preuves dans l'art de la guerre, ce général, disons-nous, fut Jean Siméonis, jurisconsulte de Saint-Paul, surnommé de Vence. L'événement justifia ce choix bizarre. Nous constatons ici avec orgueil, en l'honneur de la robe, que le belliqueux docteur battit son redoutable adversaire, le contraignit à se retirer, et reprit toutes les places dont il s'était emparé. On le récompensa en le nommant président de la Chambre rigoureuse d'Aix, c'est-à-dire de la Cour des comptes.

Mais les exploits de l'avocat Jean Siméonis ne suffirent pas pour écarter définitivement les bandes de l'archiprêtre. Elles reparurent bientôt et recommencèrent leurs déprédations, malgré l'assistance que Jean, comte d'Armagnac, prêta aux Provençaux. Moyennant 35,000 florins, équivalant à 338,100 livres, ce capitaine avait promis d'en délivrer la Provence. Ses services, si chèrement achetés, n'eurent pas le résultat qu'on en attendait, puisque les grandes compagnies ne disparurent que plusieurs années après.

C'est pendant cette période si féconde en batailles, en désordres et en calamités de toute nature, qu'eurent lieu les événements que nous nous proposons de raconter. L'invasion de la Provence par les grandes compagnies apporta des changements nombreux et importants dans les localités qu'elles prirent ou ravagèrent. Les populations, surprises et effrayées, abandonnant les lieux ouverts, se réfugièrent dans les villes murées, laissant leurs demeures à la discrétion de l'ennemi. Elles ne les retrouvèrent plus à leur retour. La dévastation et le feu avaient fait leur office. C'est en partie aux grandes compagnies qu'on doit la disparition d'une foule de hameaux ou villages indiqués dans les anciens actes. Aujourd'hui, on ne trouve plus ces hameaux ; les ruines même ont disparu, et leur nom seul existe encore. Cependant, avec un peu d'attention, on retrouve les traces de cette invasion dans certains pays ; mais nulle part elles ne sont plus évidentes qu'à Manosque. Les ruines faites par la bande de Durand Arnaud, l'un des lieutenants de l'archiprêtre, ont été effacées du sol, et pourtant on pourrait presque dire que l'incendie qu'il alluma fume encore.

CHAPITRE II

LA RENCONTRE

E nom de Dieu le payre que ns a totz a jutgar,
E de la dossa vergi on se vole azombrar,
Comeuse ma chanso , e vulhatz l'escoutar ,
Qu'es de vera ystoria et fay mot a lauzar.
L'estoria fon trobada a Paris sotz l'autar,
Que la trobet us monge c'om apela Richier,
Al mostier Sant Denis, sotz lo maestre autier.
Senhor, ar escoutatz, si vos platz , et aujatz
Canso de ver'ystoria : milhor non auziratz,
Que non es ges mesonja , ans er fina vertatz.
Testimonis en trac avesques et abatz,
Clergues , moynes , epestres e los sans honoratz.

                                                FIERABRAS.

Par une belle journée du mois d'octobre 1357, à cinq
heures du soir environ , deux individus , venant de différentes directions , s'approchaient du pont jeté sur le
ruisseau de Drouilhe , qui limite au couchant le plateau
sur lequel est bâtie la ville de Manosque. C'est sur ce pont
que passaient nécessairement les voyageurs allant de Manosque à Pierrevert ou à Sainte-Tulle. Les eaux du ruisseau, ravivées alors par les pluies d'automne , coulaient
limpides et fraîches sur un fin gravier, ajoutant un nou-

vel agrément au paysage qui se déroulait aux yeux du spectateur.

La vallée que le ruisseau de Drouilhe traverse est une des plus belles parties du magnifique terroir de Manosque. Le Mont-d'Or, avec sa forêt d'oliviers, est grandiose, mais sec. La plaine qui s'étend du Tor à la Durance est fertile, bien plantée, bien cultivée, mais elle a un aspect uniforme que nul accident de terrain ne vient relever. Quant à cette lisière qui part du Tor et aboutit aux collines limitant vers le couchant et vers le nord le bassin de Manosque, elle a l'avantage d'un point de vue plus vaste, bien qu'elle soit loin d'avoir la fertilité de la plaine ou la grâce d'une vallée.

Le paysage dont nous nous efforçons de donner une idée au lecteur, a un tout autre aspect. Qu'on se représente une profonde vallée arrosée par un ruisseau dont les bords sont ombragés de peupliers, de chênes, d'ormeaux, parmi lesquels croissent des touffes d'églantiers, des ronces aux fruits écarlates, et des chèvre-feuilles, aux fleurs alors flétries. De chaque côté sont des prés, des champs cultivés, des vergers, des maisons de campagne, en un mot, tout ce qui annonce l'approche d'une importante cité. Plus haut, en remontant, la vue s'étend, le paysage s'agrandit, et la montagne, se creusant en un vaste amphithéâtre, présente de nouvelles beautés. A droite, à gauche, vis-à-vis, la vigne et l'olivier tapissent le flanc des collines ou surgissent au milieu des rochers. Au dessus de cette zone, là où le froid s'oppose à la culture de l'olivier et rend celle de la vigne incertaine et peu productive, croissent de superbes forêts de chênes, revêtant les pentes abruptes de la montagne et en couronnant les sommets. Au milieu de cette contrée, tantôt gracieuse, tantôt sévère, et presque toujours imposante, serpente la route conduisant à Montfuron. Ce village, situé au point culminant du Luberon, est dans une situation alpestre. Il domine les deux versants de la montagne sur laquelle il est bâti. Des sommités qui l'entourent, on aperçoit à la fois le cours de la Durance et la vallée de Reillanne, dont les eaux se jettent dans le Calavon.

Le pont construit sur le ruisseau de Drouilhe ou de Saint-Auban, — car ce mince filet d'eau était connu sous ces deux noms, — ce pont, disons-nous, était placé à la partie la plus étroite de la vallée, au dessous du point où l'amphithéâtre dont nous avons parlé se resserre, en se convertissant en une gorge étroite, profonde, qui est dominée, d'un côté, par Manosque, et de l'autre, par la colline de Toutes-Aures. Sur cette colline se trouvait un ancien bourg, contenant alors une population assez nombreuse, et possédant deux églises dédiées, l'une à la sainte Vierge, et l'autre à saint Jacques. Depuis longtemps le bourg a disparu. Sur ses ruines s'élève la chapelle de Saint-Pancrace, le bruyant patron de Manosque.

Les deux personnes qui s'approchaient du pont de Drouilhe, et qui se dirigeaient sur Manosque, s'avançaient avec des allures différentes, car l'une était à pied et l'autre à cheval. Un simple coup-d'œil suffisait pour faire deviner quel était le genre d'occupation ou d'amusement auquel venait de se livrer le premier arrivant. Son équipement l'indiquait à ne pas s'y méprendre. Il revenait de la chasse et regagnait le logis. Sa démarche et ses mouvements annonçaient qu'il était dans toute la fleur de la jeunesse. Age heureux, où l'on peut réaliser presque tout ce que l'on désire !

Il était descendu des hauteurs de Saint-Auban sans suivre de chemin tracé; passant à travers champ, franchissant les vignes et sautant lestement par dessus les murs qui lui barraient le passage. Ses vêtements de cuir, son capuchon en drap grossier, indiquaient un homme de la basse classe, tandis que ses gros souliers ferrés, sa gibecière, et, par dessus tout, l'arbalète qu'il portait sur l'épaule, le désignaient comme chasseur de profession. Cette arbalète était une arme de luxe qu'on était surpris de trouver en pareilles mains. Le bois, orné d'incrustations, avait à peu près la forme d'un bois de fusil, et la platine avait été faite à double détente, précaution assurant une plus grande justesse de tir. L'arme avait un autre mérite qui consistait en sa grande légéreté, cependant l'arc d'acier qui en constituait la partie essentielle, était assez fort pour ne pouvoir être bandé que par un poignet vigoureux. On sait que parmi ce genre d'armes il s'en trouvait qu'on tendait à l'aide d'un levier. Celles-là, dont l'usage était embarrassant, ne servaient guère qu'à la défense des places. Elles avaient une telle force que l'on fabriquait peu d'armures assez solides pour résister aux projectiles qu'elles lançaient.

Une ceinture de cuir, retenue au moyen d'une grosse boucle de fer, ceignait les reins du chasseur. A cette ceinture pendaient, d'un côté, une espèce de sac contenant des viretons ou traits d'arbalète, projectiles courts, armés d'une pointe d'acier, et de l'autre, était attaché un couteau de chasse, à manche de corne, sans garde, dont la lame avait au moins quarante centimètres de longueur. Le chasseur, ainsi armé, se trouvait en contravention sous un double rapport. D'abord, le port de l'arbalète était défendu en vertu d'anciennes ordonnances rendues par le commandeur de l'ordre de Saint-Jean de Jérusalem, seigneur de Manosque, lesquelles ordonnances punissaient ce fait d'une amende de cinquante sous et de confiscation de l'arbalète, à moins qu'on ne s'en servît pour s'exercer au tir, ou que le porteur fût en voyage. Quant au couteau, la lame en excédait de beaucoup la longueur tolérée par les réglements, qui ne permettaient que le port de couteaux à gaîne ayant une longueur et une largeur déterminées, c'est-à-dire, dont la lame avait un pan de long sur deux doigts de large. Le port d'un couteau excédant la mesure convenue, d'une épée, sabre, lance, ou de toute autre arme prohibée par les réglements de police, soit dans la ville, soit dans son terroir, emportait une peine de vingt-cinq livres d'amende quand le délit était commis pendant le jour, et de cinquante livres pour la nuit, plus la confiscation des armes. Il va sans dire que les voyageurs n'étaient pas compris dans la prohibition, car les routes n'étaient pas trop sûres en ce moment pour qu'on osât s'y hasarder sans avoir avec soi les moyens de se faire respecter et de se défendre en cas d'injures ou d'attaques.

Mais le chasseur dont nous parlons, qui descendait de la montagne avec la légéreté du cerf qu'il venait de poursuivre, se souciait fort peu des ordonnances de police qu'il aimait à braver. D'ailleurs, la Provence se trouvait

alors dans un état de trouble et de désordre tel que l'officier de justice le plus sévère se serait difficilement déterminé à les faire observer rigoureusement. Tout ce que le
chasseur avait à craindre, c'était de rencontrer quelque
officier subalterne du bailli, quelque nonce, servant ou
curseur, ainsi qu'on les appelait, qui, pour gagner la
prime à laquelle lui donnait droit la constatation d'un
délit, aurait pu lui déclarer procès-verbal, et ensuite le
saisir-gager. Mais ce danger ne le préoccupait guère ; sauf
son arbalète, il n'avait rien ; partant il ne craignait pas
la saisie. Quant à le désarmer, pas un des agents de police
du bailliage n'y aurait même songé, tant le caractère peu
endurant et déterminé du chasseur était connu. Il approchait donc sans la moindre crainte.

Nous avons dit qu'il était dans la fleur de la jeunesse,
à ce moment d'expansion et d'exubérance où l'homme ne
doute de rien. Sa figure et sa tournure accusaient environ
vingt-cinq ans ; de taille un peu au-dessus de la moyenne,
il était bien constitué. Ses membres régulièrement pro-
portionnés promettaient une grande vigueur, et celui qui
l'aurait vu descendant de la montagne en bondissant, en
aurait conclu qu'il unissait la légéreté à la force. Ses
traits étaient réguliers ; les cheveux courts, noirs et soigneusement peignés ; le front un peu bas ; les yeux, ca-
chés sous l'arcade sourcilière, étaient vifs, ardents, et
leur expression annonçait le courage reposant dans sa
force ; la couleur en était indécise ; la pupille, au fond
glauque, s'irradiait de tons jaunâtres ou violacés. Il avait
le nez aquilin, la bouche large, ornée de dents d'une
blancheur éclatante ; le menton fortement accusé. Il por-

tait une barbe noire, courte, proprement entretenue, qui
tranchait fortement sur son teint pâle, quoique légèrement basané; c'était, en un mot, un assez beau spéci-
men du mélange de la race celtique avec la race latine.

Les vêtements de ce personnage, en rapport avec sa
condition et son apparence, étaient communs, usés;
mais on voyait que celui qui les portait en avait un soin
particulier. Ils étaient propres, et s'ils annonçaient la
pauvreté, ils n'indiquaient pas la misère. Ils étaient
ajustés avec une certaine coquetterie qui ne manquait
pas de grâce. Il était facile de se convaincre qu'ils ne
couvraient pas un corps dirigé par un esprit vulgaire.

Notre héros, car ce personnage, tout infime qu'il
paraissait être, est destiné à jouer le principal rôle dans
notre récit, notre héros, disons-nous, se nommait Bertrand *Chicholet* (1). Il appartenait à la basse classe de Manosque, dans laquelle étaient nés son père et sa mère,
morts depuis plusieurs années. Ses ancêtres avaient vécu
dans le même milieu, et, soit que la fortune n'eût pas
secondé leurs efforts, soit que la paresse et les vices
qu'elle entraîne après elle se fût opposée à leur élévation,
ils étaient demeurés dans le même état, vivant miséra-
blement du jour à la journée, et gagnant tout juste, d'une
manière ou d'autre, de quoi ne pas mourir de faim.

Cette famille, toute pauvre qu'elle était, et, peut-être,
par cette raison, était une des plus anciennes de Manosque; car il n'y a rien de comparable aux gens du peuple

(1) Prononcez, tchi-tchoulet. En provençal, l'o qui n'est pas final
sonne presque toujours comme *ou*.

pour jeter des racines profondes. Prenez une localité, quelle qu'elle soit, pour un gentilhomme, vous trouverez dix paysans plus anciens que lui. Elle était fort ancienne, mais Bertrand en fut le dernier. Après lui elle disparut. Il est présumable qu'elle finit en sa personne ; ou bien, s'il la perpétua dans des enfants issus de lui, ils portèrent un autre nom et vécurent dans un autre pays. Quoi qu'il en soit, il est positif, qu'après le XIVe siècle, on ne rencontre plus de Chicholet à Manosque.

On eût été fort embarrassé pour indiquer sa profession. Il travaillait quelquefois comme portefaix. Il donnait par-ci, par-là, un coup de main aux divers industriels qui avaient besoin d'un aide momentané; mais, le plus souvent, il ne faisait rien. Il avait un goût très prononcé pour le braconnage, goût qui le jetait incessamment dans des démêlés avec la justice du bailliage, et dont il ne se tirait qu'en payant l'amende. Il était surtout passionné pour la chasse au furet; c'est au point qu'un jour il eut jusqu'à vingt-quatre de ces animaux. La police de Manosque s'émut de ce fait extraordinaire, et maître Bertrand Chicholet fut çité devant le juge pour avoir à s'expliquer sur ce nombre exorbitant. Il s'engagea envers ce magistrat à ne vendre, échanger ou donner ses furets, qu'autant qu'il en aurait obtenu son consentement. On ne put pas le mettre à l'amende, parce que la possession d'un furet n'était répréhensible qu'autant qu'on le saisissait sur le chasseur en action de chasse.

Un autre goût, également très vif, était pour lui une source de profits ainsi que de dangers : il était fraudeur par instinct et par passion. Ainsi, un particulier vou-

lait-il vendre du vin en fraude , il avait recours à Chicholet, qui s'estimait heureux quand il avait trompé les
agents du seigneur. Il faut savoir que , toutes les années , à une certaine époque, le commandeur de Manosque , assisté de son bailli , faisait publier, à son de
trompe , la défense aux habitants de vendre leur vin
pendant un temps déterminé. Il était alors le seul qui
pût débiter cette denrée tout le temps que durait la prohibition qu'on appelait gabelle ou ban-vin. Ce droit, qui
existait dans d'autres villes au profit du seigneur, était
de sa nature passablement exorbitant ; il dégénérait
en injustice criante quand on en abusait. Par exemple ,
si le commandeur avait en cave du vin aigre ou tourné ,
il le gardait jusqu'à la publication du ban-vin. Alors
malheur à ceux qui ne possédaient pas de vignobles : il
fallait se mettre à l'eau , ou se résoudre à boire le vin
gâté du commandeur. L'abus fut porté à un tel point que ,
par convention en date du 4 janvier 1315 , passée entre
l'ordre de Saint-Jean de Jérusalem représenté par son
commandeur, et la communauté de Manosque , il fut
dit , entre autres choses, que , pendant la durée du ban-
vin , les *hospitaliers* (1) vendraient ou feraient vendre
du vin bon et franc , et s'abstiendraient de vendre du
vin aigre ou gâté. Mais cette convention était fréquemment violée par le seigneur ou par ses fermiers , et ,
comme il était puissant, il ne lui arrivait guère de perdre
sa récolte. Ajoutons , pour en finir à ce sujet , que la
fraude au ban-vin était punie de vingt sous d'amende.

(1) Les membres de l'ordre de Saint-Jean , devenu ordre de Malte.

Il en était de même lorsqu'il s'agissait de frauder les droits de *lesde* et de *cosse*, sorte d'impôts mis par le seigneur sur la sortie et la vente des denrées. Un des plus vifs plaisirs de Chicholet consistait à tromper les fermiers de ces droits, qu'on nommait *lesdier* ou *cossier*, selon l'objet sur lequel portait la ferme. On le surprenait quelquefois et on le mettait en prison ; mais le fraudeur payait l'amende pour lui, et, dès qu'il était libre, Chicholet recommençait. En un mot, on était sûr de le trouver mêlé dans toutes les affaires de ce genre, ainsi que dans bien d'autres. Son activité, sa ruse, faisaient le désespoir des agents du bailli, en même temps que sa promptitude à dégaîner le couteau leur inspirait un salutaire respect. Plus d'une fois cette facilité à mettre le couteau à la main, lui avait attiré de méchantes affaires, mais il s'en était tiré jusqu'alors à l'aide d'un protecteur puissant qui composait avec la justice et payait pour lui le montant de la composition.

Bertrand Chicholet était joueur, non pas comme les cartes, car on ne les connaissait pas alors ; mais il eût été difficile de le trouver dépourvu de dés. Il en avait toujours une couple dans ses poches, et ses ennemis prétendaient qu'il n'ignorait pas l'art de les piper. Nous n'avons pas la preuve de ce fait, mais nous savons que sa passion pour le jeu n'avait pas de bornes, et que celui qui, le soir, aurait fait le tour des tavernes de Manosque, et n'y eût pas rencontré Chicholet, jouant aux dés, aurait pu se flatter d'avoir constaté un fait extraordinaire.

Parmi ses bonnes qualités, sur lesquelles nous pas-

serons rapidement , on doit compter la sobriété. Nul ne
l'avait jamais vu pris de vin. Nous devons mentionner
ce fait, bien qu'en Provence ce soit un petit mérite. En
revanche , il était l'un des clients les plus assidus d'une
certaine femme , nommée Ruffa Pagan , laquelle tenait
une certaine maison dans la rue des Puyadetas , près le
rempart et la tour carrée , et non loin de la porte d'Au-
bette. Il partageait son temps entre ses visites à Ruffa ,
le jeu , la chasse et la contrebande. Quant à la pêche ,
il n'en faisait nul cas , il prétendait que cet amusement
exigeait trop de patience ; or, disait-il , la patience n'est
bonne que pour les sots ou pour les maris malheureux.

Nous ne dirons pas que Chicholet jouissait d'une immense notoriété à Manosque ; mais il est certain qu'il
la possédait sans partage. Hommes et femmes , jeunes
ou vieux , il était connu de tout le monde. Ses vices ,
son originalité et les bons tours qu'il jouait de temps en
temps , soit aux fermiers des droits seigneuriaux , soit
à ceux de ses concitoyens qui avaient le malheur de lui
déplaire , suffisaient amplement à fixer sur lui les yeux
du public. Il était le héros des basses classes , les femmes surtout raffolaient de lui. Sa jolie figure , son air
ouvert , son attitude gracieuse et insouciante , et, par
dessus tout , sa réputation de mauvais sujet , tout concourait à lui donner un attrait irrésistible pour elles.
Il y avait cependant des esprits mal faits , des caractères
moroses , car il s'en trouve partout, qui appréciaient
fort peu les dons que mère nature avait répandus à pro-
fusion sur Bertrand Chicholet. Pour ceux-là , notre héros
n'était qu'un garnement de la pire espèce , d'autant plus

dangereux que ses vices étaient recouverts et relevés par une bravoure incontestable , qualité fort rare chez les gens de sa sorte. Ces détracteurs de Chicholet, n'osant pas le prendre à partie ouvertement, avaient inventé une manière indirecte mais cruelle de lui témoigner leur mépris. Quand un événement insignifiant arrivait , lorsque quelqu'un était affligé d'une perte facilement réparable, on disait : *Ce n'est pas la mort de Chicholet* (1), parodiant ainsi un dicton beaucoup plus ancien relatif à Roland ; car l'existence réelle ou supposée du paladin, neveu de Charlemagne , a laissé dans l'esprit du peuple des traces qui durent encore. Nous ne savons quel effet ce dicton produisait sur Chicholet, dont l'épiderme n'était pas fort chatouilleux , mais nous avons pu nous convaincre que beaucoup de gens le prenaient en mauvaise part. Par exemple , une femme en tombant de son âne se trouvait-elle dans une position plus ou moins équivoque, gare au mauvais plaisant qui disait : *Ce n'est pas la mort de Chicholet !* Vite un procès en diffamation dont il ne se tirait qu'en finançant entre les mains du bailli.

Bertrand Chicholet avait une affinité remarquable , on pourrait même dire une ressemblance parfaite avec cet être original connu aujourd'hui sous le nom de *nervi*. Il appartenait évidemment à cette variété malfaisante de l'espèce humaine , qu'on ne s'est avisé que beaucoup plus tard de dénommer et de classer. Autant que le nervi, il était vicieux , outrecuidant, enclin à mal faire, et se

(1) Les textes portent *non est mors chicholeti*.

réjouissant des peines d'autrui. Nous pouvons donc, malgré l'espèce d'anachronisme qui en résulte, lui infliger une dénomination qui semble avoir été inventée pour lui, tant elle lui sied à merveille.

A ce sujet, il faut bien se garder de tomber dans une double erreur, qui consisterait à s'imaginer que la création du nervi est nouvelle, et quelle est particulière à Marseille. Loin de là : le nervi a existé en tout temps et par toute la Provence. Il fleurit à Marseille, il est vrai, parce qu'il s'y trouve dans un milieu qui favorise son développement; mais on le rencontre partout où l'on parle notre idiome. Le nervi est un véritable aborigène; c'est un produit du sol provençal que les autres provinces de la France peuvent nous envier, mais quelles sont impuissantes à porter.

Beaucoup de gens croient, ou affectent de croire, que le nervi n'existe plus, grâce à *Chichois* et la police correctionnelle aidant: C'est une erreur, mais une erreur profonde; non seulement le nervi vit, mais encore il se reproduit par un mode qui lui est particulier au moyen des *orients* (1). Il s'est seulement modifié, à cause d'une crainte plus que révérencielle de la prison. Il n'assomme plus les gens inoffensifs, ne jette personne dans le port et ne bat que très rarement les femmes. Tout au plus, la nuit, se permet-il de faire la chasse aux matous, ou se livre-t-il à quelque autre gentillesse aussi peu dangereuse, en ayant grand soin de se garer des sergents de ville. Mais il est vivant, bien vivant,

(1) On appelle ainsi les garçons de 14 à 15 ans apprentis nervis.

grâce à Dieu ! Promenez-vous sur les quais , et vous le
verrez , la casquette sur l'oreille , le cigare à la bouche ,
le maintien débraillé , regardant les femmes sous le nez ,
et lançant des quolibets à celles qui font les précieuses
ou qui ne lui plaisent pas. Le nervi serait mort ? Dieu
nous en garde ! Que deviendrait la Provence ? C'est le
seul trait original et caractéristique qui nous reste pour
nous faire distinguer dans cette époque de nivellement
général. Déjà , nous sommes menacés de perdre notre
langue si riche et si harmonieuse ; l'idiome barbare du
nord , qui a mis dix siècles à se polir, nous poursuit et
nous talonne : sauvons le nervi , en compensation !

Terminons ce portrait , déjà trop long , en disant que
Bertrand Chicholet était clerc , c'est-à-dire que , par
une exception remarquable , il savait lire et écrire , et
que jadis il avait porté la tonsure et l'habit écclésias-
tique. Il était redevable de son éducatiou à une famille
puissante et justement considerée , avec laquelle il avait
d'étroits rapports. Ses parents le destinaient à l'état ecclésiastique ; mais, après leur mort , Chicholet n'eut rien
de plus pressé que de quitter la soutane. Ce costume ,
pour lequel il n'était pas fait , le gênait , bien qu'il fût
pour lui la plus sûre des garanties. En ce temps , en
effet , le port de la tonsure et de la soutane rendait le
clerc justiciable des tribunaux ecclésiastiques , en l'af-
franchissant complètement de toute juridiction laïque.
Néanmoins, cela ne l'empêchait pas toujours de se marier, car on rencontre fréquemment des textes tels que
celui-ci : *Guillaume , clerc , marié avec une seule
femme vierge.* Nous croyons cependant que , même à

cette époque , le célibat était la règle et le mariage l'exception.

Sans doute , le lecteur curieux voudra savoir comment nous avons pu connaître cette particularité de l'existence de Bertrand Chicholet , à l'énorme distance qui nous sépare du temps où il vivait. Nous sommes en mesure de le satisfaire ; car ce personnage a réellement vécu , et notre imagination ne l'a pas créé. Sous ce rapport , la fantaisie n'y est pour rien.

Un jour, c'était le 14 mai 1350 , Raymond Descauce , boucher à Manosque , ayant été cité à comparaître , en qualité de témoin , devant maître Isnard Garelli, notaire et greffier du tribunal du bailliage , refusa de déposer ; il fit plus , il injuria Garelli, qui le menaça de lui infliger une amende. Pour y échapper, Raymond Descauce imagina un singulier expédient. Soit qu'il fût clerc, soit qu'il usurpât cette qualité, il excipa du privilége clérical , et , séance tenante , se dépouillant de son habit laïque , il pria Bertrand Chicholet , qui était présent , de lui prêter sa soutane , et s'en revêtit. Muni de ce palladium, il nargua le greffier. Mais celui-ci , l'entreprenant à nouveau pour le fait d'avoir voulu transporter la juridiction de l'Hôpital, autrement dit de l'ordre de Saint-Jean de Jérusalem , à un tribunal ecclésiastique , dirigea contre lui des poursuites. Nous ignorons comment elles aboutirent : tout ce que nous pouvons dire , c'est que , préliminairement, le greffier nomma une commission composée de trois probes hommes de Manosque , à l'effet de visiter Raymond Descauce , constater s'il portait la ton-

sure , et faire rapport de leur mission. Le rapport fut
négatif.

Nous sommes convaincu que le lecteur donnera de
nouvelles marques d'incrédulité. Comment pouvait-il
se faire, nous dira-t-il, qu'un boucher fût clerc , et quel
besoin avait-on de savoir s'il portait ou non la tonsure,
pour être convaincu du contraire ?

On se tromperait beaucoup en parlant ainsi. Cette
erreur proviendrait de l'habitude où nous sommes de
juger du temps passé par le temps présent , c'est-à-dire
d'admettre, avec difficulté , des usages , qui ne sont plus
dans nos mœurs. Nous comprenons cette défiance, mais
elle doit avoir des bornes, sous peine de tomber dans un
scepticisme déraisonnable.

On admettra sans peine , comme un fait certain et incontestable, que la société dont nous parlons et dont nous
avons l'intention de reproduire les habitudes , était cons-
tituée sur des bases tout-à-fait différentes de celles dans
laquelle nous vivons : c'est au point , qu'en fait d'usages , tout est nouveau. Le changement ne s'est pas fait
brusquement ; car un revirement soudain serait contraire aux lois qui régissent l'espèce humaine. Il s'est
opéré peu à peu , de telle sorte que la transition ayant
été insensible n'a pas été aperçue , et que , arrivée où
elle en est , la société a complètement perdu de vue le
point de départ. Mais cette ignorance presque invincible , qui peut être une cause raisonnable de doute , doit
se dissiper devant des preuves authentiques.

Depuis le XIVe siècle , la société a subi une prodigieuse transformation. La richesse publique a augmenté

le bien-être des masses , et la civilisation faisant son effet a adouci l'âpreté des mœurs. La féodalité a disparu , les rapports entre le peuple et le souverain ont changé , en même temps que le pouvoir se constituait sur de nouvelles bases. L'ordre ecclésiastique devait se modifier à son tour en ce qui touchait à sa manière de vivre. Il a pris , depuis lors, une dignité de conduite , une régularité de mœurs qu'on ne rencontrait pas toujours chez ses devanciers.

En tout temps, le clergé a formé une classe à part ; cependant il fallait qu'il subît l'ascendant du milieu dans lequel il vivait, car nul ne peut se soustraire à l'influence de l'esprit de son siècle. Vivant à une époque d'abrutissement général , alors qu'il n'existait parmi le peuple et, trop souvent, chez les grands , nul sentiment de dignité personnelle, il n'est pas surprenant que quelqu'un des siens eût embrassé , pour vivre, ou pour toute autre cause, une profession manuelle. Cette espèce de dérogeance n'était pas la règle, tant s'en faut ; ce n'était qu'une exception ; mais elle se montrait assez souvent pour que l'autorité crût devoir y remédier.

Ainsi, une ordonnance de l'archevêque d'Arles, autorisé à cet effet par le roi, comte de Provence, rendue en Conseil, le 12 novembre 1304, déclare déchu du bénéfice du privilége clérical , et, par conséquent, justiciable des tribunaux ordinaires, le prêtre qui se loue pour servir dans les tavernes , ou qui exerce manifestement l'usure, ou qui fait le métier de boucher ou de corroyeur ; il en est de même pour ceux qui embrassent la carrière militaire, ou qui ne portent pas la tonsure et l'habit de prêtre.

Notre intention n'est pas de nous appesantir sur ce point ; mais il fallait que le mal eût poussé de profondes racines pour que le pouvoir législatif s'occupât de l'extirper, car l'ordonnance du 12 novembre 1304 compte parmi les statuts provençaux. Nous citerons seulement un exemple de l'application de cette ordonnance. En 1338, c'est-à-dire à une époque presque contemporaine de celle sur laquelle nous écrivons, Raymond Romei, dit du Buis, clerc, exerçant la profession de boucher à Manosque, ayant volontairement blessé un individu, perdit le privilége clérical à cause de sa profession, et fut traduit devant le tribunal ordinaire. Ces citations suffiront pour faire croire à la vérité du récit de l'espèce de mascarade dont nous avons parlé, et nous espérons qu'on ne doutera plus quand nous affirmerons que les clercs portaient le couteau et s'en servaient à l'occasion. A cette époque, on ne connaissait pas de profession absolument pacifique ; tout le monde se battait ; les femmes même s'en mêlaient.

Revenons à Bertrand Chicholet qui s'approchait à grands pas du pont de Drouilhe. Il se disposait à le traverser ; mais il s'arrêta subitement à la vue du nouvel arrivant. Il le reconnut, car son œil brilla d'un éclair de plaisir, et sa figure prit un air de vive satisfaction mélangée de surprise. Evidemment cette rencontre était imprévue.

Le personnage qui avait ainsi le privilége de fixer l'attention, toujours un peu dédaigneuse, de Chicholet, était à cheval et arrivait lentement, car il descendait une pente assez raide. Parvenu près du pont, il mit lestement

·pied à terre et serra vivement la main que Chicholet lui tendait. Il manifesta aussi une grande joie à cette rencontre inespérée.

Ce cavalier était un beau jeune homme, âgé de vingt-trois à vingt-quatre ans, grand, bien fait, vigoureusement constitué. Ses manières et sa tournure indiquaient un homme appartenant à la classe élevée, supposition que ses traits ne démentaient pas. Tout chez lui annonçait une origine normande. Sa haute taille, ses cheveux blonds, sa barbe tirant un peu sur le rouge, attestaient qu'il descendait des dominateurs qui, venus jadis du Nord, avaient renversé l'empire romain. Il avait les yeux bleus et à fleur de tête, le nez droit, la bouche bien formée, les joues pleines et vermeilles. Malgré sa jeunesse, sa tournure aristocratique, ses manières pleines de distinction, inspiraient un respect que tempérait un air gracieux et affable. Il était courtois naturellement, de même que d'autres sont grossiers par instinct. Sa figure respirait le contentement que donnent la santé et la jeunesse ; on y lisait aussi la satisfaction de l'homme riche et puissant, pour lequel le privilége de la naissance ouvre toutes les portes et aplanit tous les obstacles. Il s'y peignait une insouciance naturelle prenant sa source, non dans la paresse d'esprit ni dans le défaut d'intelligence, mais bien dans la bonne opinion qu'il avait de lui-même. Cependant, à travers cette insouciance réelle ou affectée, sous ce contentement apparent, perçait une secrète préoccupation. Quel en était le motif? La suite nous l'apprendra.

Ce jeune homme portait un costume de cavalier, c'est-à-dire qu'il était en pantalon collant sur lequel montaient

de grandes bottes. Un jacque de cuir, espèce d'armure
défensive, moins lourde que la cuirasse et la remplaçant,
recouvrait la tunique bleue dont il était vêtu, et il était
coiffé d'une casquette de drap garnie à l'intérieur d'une
calotte d'acier. A gauche, il portait une longue épée à
double tranchant, et à droite l'arme de miséricorde, la
dague avec laquelle on donnait le coup de grâce à l'ennemi vaincu et terrassé. L'insécurité des routes justifiait
assez cette espèce de panoplie, qui était cependant loin
d'être complète.

Celui dont nous venons d'esquisser ainsi le portrait
était le descendant d'une noble et grande race. Il se nommait Boniface de Forcalquier. Il habitait Pierrevert,
village à peu de distance de Manosque. Ses ancêtres s'y
étaient établis il y avait plus de cent ans.

Cette famille descendait en ligne directe des comtes souverains de Forcalquier, ainsi qu'il est attesté par un acte
de foi et hommage que l'un de ses membres prêta au
comte de Provence, et par lettres de la reine Yolande,
datées de Pertuis, le 28 août 1420. Elle était depuis fort
longtemps détachée du tronc principal, puisqu'elle existait contemporainement aux comtes de Forcalquier. Guillaume Auger de Forcalquier, seigneur de Céreste et de
Viens, chef de la branche aînée, exerça, en 1361, la
charge de capitaine, pour le roi, du comté de Forcalquier,
et le 5 mai 1363, Foulque d'Agout, alors sénéchal de
Provence, le nomma son lieutenant.

Elle était donc illustre sous tous les rapports, bien
qu'elle eût perdu les priviléges de la souveraineté, et
peu de gentilhommes pouvaient se vanter d'une aussi

haute origine. Cependant, comme si une fatalité s'était attachée à elle, elle ne fit que déchoir, à partir du XVe siècle. Les fiefs de la branche aînée passèrent, par un mariage, dans la maison de Brancas, et les mâles de cette branche vécurent obscurément jusques vers le milieu du XVIIe siècle. Le dernier qui soit parvenu à notre connaissance, mourut à Apt, où il exerçait la profession d'avocat.

Ainsi s'éteignit une noble et antique race. Le fils des conquérants de la France, le descendant d'une famille princière, est réduit, pour vivre, à plaider devant le tribunal d'une petite ville. Quel revers de fortune et quel exemple de la fragilité des grandeurs humaines ! Encore, Louis de Forcalquier, le dernier de cette race, dut-il s'estimer heureux de n'être pas tombé plus bas. Il exerça une profession qui fut toujours réputée honorable. Mais il en est qui, presque aussi illustres que lui, n'eurent pas une semblable consolation, et qui durent se résoudre à embrasser un état manuel. Ceux-là vidèrent le calice jusqu'à la lie. Nous savons qu'il existe un maréchal-ferrant dont les ancêtres étaient vicomtes au XIVe siècle.

La descendance de Boniface de Forcalquier ne fut guère plus heureuse. Elle s'établit à Manosque, où elle avait plusieurs propriétés, entre autres tout le quartier d'Espel, qui, de ses mains, passa ensuite dans celles de la ville, et après avoir végété pendant deux siècles, elle s'y éteignit en la personne de Gaucher de Forcalquier, son dernier représentant.

Mais le noble jeune homme, auquel Bertrand Chicholet serrait si vivement et si affectueusement la main, était loin de prévoir la déchéance de sa race. Jeune, riche, bien portant, il ne s'inquiétait guère de l'avenir de sa famille, et s'il avait quelques préoccupations, elles lui étaient entièrement personnelles. Tout entier au plaisir de revoir Bertrand Chicholet, sa main répondit avec cordialité à l'étreinte de la main de son ami, en même temps qu'il lui témoignait de vive voix l'affection qu'il avait pour lui.

Les rapports que la parité d'âge crée ordinairement entre les jeunes gens que le hasard ou les exigences sociales rapprochent, ne suffiraient pas à rendre vraisemblable l'amitié qui unissait deux êtres si diversement placés dans la société. Ils étaient si éloignés l'un de l'autre, qu'on ne pouvait supposer qu'un pareil sentiment parvînt à se placer entre eux. Mais il existait un lien intime entre Boniface de Forcalquier et Bertrand Chicholet, qui explique leur amitié mutuelle. La mère de celui-ci, vigoureuse et avenante femme, avait allaité le gentilhomme, et naturellement les deux frères de lait, ayant sucé la vie à la même source, étaient demeurés intimément unis. Malgré la différence des conditions, des habitudes et des penchants, en dépit des fredaines de toute nature de Bertrand Chicholet, l'amitié des deux jeunes gens s'était maintenue, elle s'était même accrue en raison des services que Boniface de Forcalquier avait rendus à son frère de lait, car c'était lui qui l'avait protégé jusques alors, qui avait payé les amendes auxquelles Chicholet avait été plus d'une fois condamné, et qui le rapatriait avec la justice quand il lui arrivait de se brouiller avec elle. On sait qu'il est dans la nature de l'homme de s'attacher à celui qu'on protége, bien que souvent le bienfaiteur soit payé d'ingratitude. De son côté, Chicholet, dont le cœur était bon malgré tous ses défauts, éprouvait une affection profonde pour Boniface de Forcalquier, qui était pour lui un ami, un frère et un protecteur. C'était en outre à Bertrand de Forcalquier, père de Boniface, qu'il devait l'inappréciable avantage d'avoir reçu une éducation libérale, telle que l'époque le comportait. Il avait été élevé à Pierrevert, dans la maison même de Bertrand de Forcalquier, et avait été, par conséquent, pendant plusieurs années, le compagnon assidu des jeux et des études du jeune Boniface. La séparation qui intervint par la suite n'altéra en rien leur affection réciproque. Telle fut la source d'une amitié dont l'existence eut été invraisemblable dans toute autre circonstance.

Après des protestations d'amitié, d'une part, et de dévoûment, de l'autre, car le rang ne perd jamais ses droits, Boniface de Forcalquier interrogea Bertrand :

— Il paraît, frère, lui dit-il, que tu reviens de la chasse. As-tu été heureux ?

— Pas trop, *monsen* (1) Boniface, répondit Chicholet, j'ai mis mon furet dans plusieurs terriers, mais je n'ai pu attrapper que deux lapins ; encore un maudit renard a-t-il emporté un de mes filets autour de son cou. Il doit se trouver joliment empêtré à l'heure qu'il est. Les grives n'ont pas donné, car je n'ai rien trouvé sous les piéges que j'avais dressés.

— Peut-être, dit Boniface, auras-tu été prévenu par

(1) Monsieur ou Monseigneur.

quelqu'un. Il arrive maintefois que celui qui tend un piége ne touche pas le gibier qui s'y prend.

— C'est vrai, répliqua Chicholet ; mais dans ce cas je conseille au voleur de ne pas se laisser prendre sur le fait. La belle volée de coups de bâton que je lui administrerais ! Cependant, je ne crois pas qu'on ait volé mes grives ; s'il s'en était pris, j'aurais trouvé des plumes sous les piéges.

— Tant mieux ! fit Boniface ; il est toujours fâcheux d'être volé, et encore plus fâcheux de ruminer des projets de vengeance qui, mis à exécution, peuvent nous conduire plus loin que nous ne voudrions.

— Cela m'est bien égal, répondit Bertrand ; jamais je ne souffrirai qu'on visite mes piéges. Est-ce que celui qui sème ne doit pas moissonner ?

— Sans doute, lui fut-il répondu ; mais toi qui parles si bien, n'as-tu jamais visité les piéges tendus par les autres ?

Cet argument *ad hominem* embarrassa un peu Chicholet, car il s'était rendu coupable plus d'une fois d'un pareil méfait. Ce n'était pas qu'il l'eût sur la conscience, de bien s'en faut ; mais on n'aime pas à être mis en contradiction avec soi-même. Aussi, laissant là grives et piéges, il s'écria : Ah ! j'ai failli faire une bien belle chasse aujourd'hui, monsen Boniface ! Pendant une heure, j'ai poursuivi un cerf et sa biche là haut sur la montagne. Malheureusement je n'ai pu les approcher à portée d'arbalète. Un moment je me suis cru sur le point de tirer le cerf ; mais un imbécile de berger sonnant de la trompe, l'a fait fuir. Que le diable l'emporte ! Je me suis dédom-

magé en lui infligeant une petite correction : il se taira
désormais quand il saura que Bertrand Chicholet chasse.

— Tu seras toujours le même ! répondit en riant Boniface de Forcalquier ; toujours prompt à frapper sans trop
t'inquiéter si tu as raison. Savais-tu si le pauvre berger
t'avait vu poursuivant le cerf ?

— Certainement il m'avait vu. Il était perché sur une
hauteur d'où il pouvait m'apercevoir. Au reste, s'il ne
m'a pas vu, il devait me voir.

— Bravo ! fit Boniface ; et, sur ce beau raisonnement,
tu l'as rossé. Eh bien ! moi je crois qu'il t'a rendu service,
sans le vouloir toutefois. Si tu avais tiré le cerf, tu l'aurais tué, car nul, dans ces quartiers, ne se sert de l'arbalète mieux que toi. Sais-tu ce qui serait arrivé? Cette
espèce de gibier devient fort rare dans nos contrées. On
aurait su à la ville que tu avais tué un cerf. Le fait n'aurait pas manqué d'arriver aux oreilles du bailli, et tu
t'en serais mal trouvé.

— Comment cela, frère? demanda Chicholet. La chasse
n'est-elle pas permise en ce moment?

— Je sais bien qu'elle est permise, répliqua Boniface,
mais je sais aussi qu'il n'y a pas de pire sourd que celui
qui ne veut pas entendre. Tu n'ignores pas que le bailli,
en sa qualité de représentant du seigneur de Manosque,
ou le commandeur, lui-même, ont droit à un quartier
de toute grosse bête qu'on tue sur leurs terres. Or, je te
connais assez pour être sûr que, si tu avais abattu le cerf
que tu poursuivais, commandeur et bailli n'en auraient
pas goûté. On leur aurait dénoncé la contravention, et il
en serait résulté pour maître Bertrand Chicholet un bon

4

petit procès, la saisie, l'amende, la prison, et tout ce qui s'en suit. Comprends-tu maintenant comment tu es l'obligé du berger que tu as battu sur un simple soupçon?

— C'est ma foi vrai! répondit Chicholet. A coup sûr, si j'avais tué ce cerf, que je regrette bien cependant de ne pas avoir sur mon dos, monsens le commandeur et le bailli n'en auraient tâté que d'une dent : il ne leur aurait pas donné d'indigestion. Et ce pauvre berger que j'ai rossé pour m'avoir rendu service! Je lui en demanderai pardon à notre première rencontre.

A ces marques de repentir, exprimées d'une façon comique, Boniface de Forcalquier, partit d'un éclat de rire. Il connaissait trop bien Bertrand Chicholet pour essayer de le sermonner davantage. Ils cheminèrent côte à côte et en silence pendant quelques instants, Chicholet tirant le cheval de Boniface par la bride ; quand l'animal, vif comme toute bête de race, effrayé à la vue d'un chien qui se présenta subitement devant lui, fit un écart et manqua jeter son conducteur dans le fossé.

— Le loup puisse-t-il te manger, et que le grand diable d'enfer emporte ton maître! s'écria Bertrand qui, après avoir maîtrisé le cheval, se baissa pour ramasser une pierre. Je le reconnais. C'est le chien du sous-viguier, ce *malvays* (1), ce *trachour* (2), dont l'unique plaisir consiste à tourmenter les pauvres gens, tandis qu'il rampe devant les riches. Si jamais je le rencontre dans la montagne, il passera un mauvais quart d'heure. Mais parlez du loup, vous en verrez la queue!

(1) Méchant.
(2) Traître.

En effet, l'individu dont on parlait d'une manière si peu flatteuse apparut environ à une cinquantaine de pas en avant de nos jeunes gens. Il se dirigeait vers eux. Il siffla son chien, grand levrier croisé de chien courant, que l'on emploie spécialement à la chasse du lapin, et que l'on connaît en Provence sous le nom de *charnigue*. Cette espèce de chien réunit la subtilité de l'odorat à la légéreté, tandis que le levrier ne possède que le dernier de ces avantages. L'intelligent animal, entendant le coup de sifflet, et devinant les intentions peu amicales de Chicholet, se hâta de rejoindre son maître.

Celui-ci était un homme d'une cinquantaine d'années, porteur d'une mine peu avenante. Il était grand, maigre, efflanqué, le nez busqué, le menton pointu et très saillant, conformation qui, jointe à l'absence des dents de la mâchoire supérieure, avait singulièrement rapproché ces deux organes. Ainsi qu'on le dit en Provence, son nez et son menton se mariaient, c'est-à-dire, qu'ils se touchaient presque, et devaient infailliblement se réunir quelques années plus tard, si Dieu lui prêtait vie. Ce défaut, que l'on rencontre assez souvent, produit un singulier effet sur la physionomie de l'homme. Ses yeux étaient petits, vifs et toujours en mouvement, cherchant constamment une proie. A cette figure peu gracieuse, s'adjoignait un appendice plus disgracieux encore, sous la forme d'une barbe rouge, longue, touffue et inculte. Sa mise n'avait rien de particulier. Il était vêtu comme les gens du commun, mais il portait l'indispensable couteau dont le manche sortait à moitié de la poche de sa culotte.

Les fonctions du sous-viguier étaient purement des fonctions de police. Il faisait le guet la nuit à la tête des nonces ou des curseurs, noms sous lesquels étaient connus les huissiers de la justice seigneuriale, et les agents de police du bailli ; il dénonçait les délits et arrêtait les délinquants, qu'il n'oubliait jamais de saisir-gager. Ainsi, dès que le sous-viguier avait constaté une contravention, il se transportait dans le domicile du contrevenant, et y saisissait un chaudron, une marmite, ou tout autre meuble, qu'il déposait en main tierce, et qui devait répondre du paiement des condamnations. On comprend que de pareilles fonctions faisaient peu d'amis à ceux qui les exerçaient. Aussi prenait-on toujours les sous-viguiers au-dehors. Au reste, l'extranéité des officiers de justice et de police, en Provence, était une règle que l'on enfreignait rarement. Les statuts voulaient aussi qu'ils fussent annuels.

En général, les sous-viguiers étaient gagés. Mais leurs salaires étant minimes, on les avait autorisés à percevoir une certaine rétribution pour les exécutions qu'ils faisaient. Cette rétribution les dédommageait de l'achat de leurs offices ; car, à cette époque, tout se vendait. Le trésor, ainsi que les possesseurs de fiefs, trouvaient un grand avantage à payer ainsi les honoraires de leurs officiers ; mais le mode employé était fécond en abus pour les administrés. Il en résultait que les fonctionnaires, pressurés par ceux qui les instituaient, pressuraient à leur tour les populations, et que ceux-là même qui auraient dû les protéger, devenaient pour elles un véritable fléau.

Les annales de la Provence sont pleines de doléances sur la manière dont les sous-viguiers exerçaient leurs offices. Celles qui émanaient des communes soumises à la puissance des seigneurs étaient rarement écoutées ; mais quelquefois on faisait droit aux plaintes des villes relevant directement du comte. Ainsi, à Seyne et à Guilhaume, les officiers du bailliage ne pouvaient avoir de sous-viguier ; à Barjol, on avait fixé leurs honoraires ; à Draguignan, on avait tracé les limites de leurs fonctions ; enfin, à St-Maximin, ils ne pouvaient faire de ronde pendant la nuit, sans être accompagnés par deux conseillers de la commune. En d'autres villes, par exemple à Forcalquier, il leur était défendu de se donner des associés sans avoir obtenu pour eux l'approbation de la communauté.

Il fallait que les exactions des sous-viguiers fussent devenues insupportables, puisque un statut du roi Robert, en date du 20 avril 1324, les supprima. Ce prince les révoqua tous, sauf ceux de Marseille et d'Avignon. Malheureusement on rétablit l'office sous le règne suivant.

Si l'institution des sous-viguiers pesait lourdement sur les villes royales, elle était insupportable pour les communes appartenant aux seigneurs à titre de fiefs. La rapacité des agents subalternes s'y exerçait sans obstacles, et le fait le plus insignifiant était par eux déféré aux officiers de justice, lesquels, à leur tour, s'en emparaient avec avidité. Un seul exemple suffira pour démontrer jusqu'à quel point l'abus des poursuites judiciaires avait été poussé. Ainsi, à Manosque, un homme faisait-il la *figue* (1) à un autre, ce qui s'opérait en mettant le pouce

(1) On appelait ce geste, *facere ficum.*

au bout du nez et en remuant les autres doigts, malheur si le sous-viguier venait à passer! il y avait dénonciation, saisie, citation et condamnation à l'amende, sans que celui dont on s'était moqué se fût plaint, à moins que le délinquant n'eût le bon esprit de couper court à toutes ces tracasseries en composant avec la justice, en d'autres termes, en transigeant avec elle. Il faut voir ces choses-là, il faut avoir tenu entre les mains les cahiers d'information, pour y croire.

Un comprend sans peine que Manosque n'échappait pas aux tribulations dont était affligée la Provence tout entière. Elle en avait, au contraire, sa bonne part. Chaque soir, on sonnait la cloche du guet. Le dernier coup avait à peine retenti, que sous-viguier, nonces et curseurs se mettaient en marche et parcouraient la ville, donnant la chasse aux gens qui se hasardaient hors de chez eux sans porter de lumière, et attrapant et gageant ceux qui sortaient à la sourdine pour une cause quelconque. Quelquefois le bailli, lui-même, commandait le guet. Il se faisait alors de grandes razzias dans lesquelles tout était confondu, hommes et femmes, innocents et coupables, passants attardés et mauvais garnements courant par la ville avec l'épée, la lance et le bouclier.

L'abus des arrestations et des saisies-gageries arriva à un tel point que, le 4 janvier 1315, une transaction fut passée entre la communauté de Manosque et le commandeur de l'ordre de Saint-Jean, laquelle convention portait, entre autres choses, que, dorénavant, la sonnerie du guet serait assez longue pour donner à tout particulier le temps d'aller d'une porte de la ville à l'autre et en revenir, et que toute personne honnête, trouvée marchant la nuit sans lumière, ou satisfaisant un besoin, n'encourrait pas de peine, et ne serait plus saisie-gagée pour la somme de cinq sous, ainsi que les nonces en avaient l'habitude.

Mais cette convention, aussitôt éludée que passée, n'apporta pas grand remède au mal, parce que l'application en appartenait aux agents de l'autorité, et que ceux-ci avaient un intérêt contraire ; elle eut le sort de tous les palliatifs, c'est-à-dire que, peu après, on recommença à dénoncer et à saisir-gager de plus belle toute personne rencontrée pendant la nuit au coin d'une rue, lorsqu'elle oubliait de se munir d'une lumière.

Il va sans dire que cet état de choses satisfaisait médiocrement Bertrand Chicholet. La prohibition de sortir sans lumière l'inquiétait peu : il la violait tout à son aise, sauf à éreinter le nonce assez hardi pour le dénoncer. Mais, ce qui l'intéressait particulièrement, c'était l'obligation, pour lui et ses pareils, de quitter le cabaret aussitôt après la sonnerie du guet. Une ordonnance de police fort ancienne, rendue peut-être par les comtes de Forcalquier, et que le commandeur de Manosque faisait publier chaque année, défendait, sous peine de cinq sous d'amende, de boire et de jouer dans les tavernes après que la cloche du guet avait sonné !

Cette ordonnance était pour Chicholet une cause de vexations journalières. Empocher ses dés et sortir du cabaret demi-heure après le coucher du soleil l'accommodait fort peu. Il bravait souvent la prohibition, mais il s'en trouvait mal ; car, les nonces affamés, le trouvant au cabaret, en induisaient qu'il jouait et le lendemain le déféraient à la justice pour un double délit. Il avait beau réclamer, crier à l'injustice en disant qu'on ne l'avait pas trouvé en flagrant délit, on ne l'écoutait pas. Son caractère bien connu empêchait qu'on crût à sa protestation, et faisait une vérité de la supposition du nonce. N'en pouvant mais, il payait l'amende et rongeait son frein.

Quand un homme est dans de pareilles dispositions d'esprit, il est rare que la haine qui fermente dans son âme ne remonte pas des agents au chef, pour s'y concentrer entièrement. C'est ce qui arriva à Chicholet. Laissant de côté les pauvres diables que la faim contraignait à faire un métier nécessaire mais déplaisant, il s'en prit au sous-viguier, qui devint ainsi le bouc-émissaire sur lequel Chicholet, avec tous les mauvais sujets de sa sorte, déversa sa colère.

Malheureusement ce sous-viguier, qu'on nommait Giraud Avon, et qui arrivait de l'une des extrémités de la Provence, s'était comporté de manière à justifier la préférence que lui donnèrent Chicholet et consors. Un sous-viguier était nécessairement rapace de sa nature, mais Giraud Avon avait trouvé le moyen d'exagérer cette qualité inhérente à la fonction. Semblable au lion de l'Écriture, il était toujours en quête d'une proie pour la dévorer. Son appétit n'avait pas de bornes.

Ces dispositions peu conciliantes lui valurent la haine de presque toute la population de Manosque, principalement des basses classes, toujours prêtes à prendre parti contre la police et à se ruer sur elle. Naturellement, Chicholet ne resta pas en arrière dans le concert de malédictions qui s'éleva contre Giraud Avon. Un mois après l'arrivée de ce fonctionnaire, il avait vingt griefs à venger envers lui, et ce nombre était allé croissant. Ajoutez à cela que le sous-viguier était chasseur, qu'il avait un excellent chien, et que Bertrand Chicholet, ce digne personnage, était férocement jaloux à l'endroit de la chasse. Nous ne connaissons pas de gens plus exclusifs qu'un gaillard de cette trempe; il rapporte tout à lui, veut dominer partout, en un mot, c'est l'aristocrate de la pire espèce.

La mesure s'emplit encore quand Giraud Avon s'avisa, sous un prétexte ou sous un autre, de molester Ruffa Pagan. Un soir, il voulut pénétrer dans le domicile de cette femme. Celle-ci, peu flattée d'une pareille visite, s'y opposa. Insistance de la part du sous-viguier, résistance du côté de la femme. Bref, le débat se termina comme il devait finir, c'est-à-dire, que Ruffa injuria Giraud Avon, et lui laboura même un peu la face avec les ongles. Le crime était irrémissible, elle fut saisie, conduite devant le juge, et ne se tira d'affaire qu'au moyen d'une bonne composition.

Ce fait acheva de mettre Giraud Avon au plus mal dans l'esprit de Chicholet. Il ruminait contre lui mille projets de vengeance, aboutissant tous à lui donner une bonne volée de coups de bâton, et à le rendre la risée du public. Il se flattait qu'une pareille correction assouplirait l'humeur revêche du sous-viguier et le rendrait plus traitable. Il ne savait pas que le désir de se venger entraîne toujours l'homme au-delà des bornes de la justice et de l'honnêteté, et que l'arme que la vengeance lui met entre les mains blesse souvent celui qui la manie.

Giraud Avon ne manquait ni de courage ni de perspicacité, il avait deviné quelle sorte de sentiment il inspirait à Bertrand Chicholet, et il se tenait sur ses gardes.

Ces dispositions peu bienveillantes de part et d'autre faisaient que, à chaque rencontre, les deux ennemis se mesuraient du regard et semblaient prêts à en venir aux mains. C'est ce qui eut lieu quand le sous-viguier arriva près de Boniface de Forcalquier. Il salua très civilement et même humblement le gentilhomme, puis, se redressant, il passa à côté de Chicholet en le toisant. Celui-ci le fixa à son tour d'un œil colère, tandis que sa main droite caressait le manche de son couteau.

— Qui nous débarrassera de ce drôle-là ! dit Chicholet, se souciant fort peu que Giraud Avon l'entendît. De mémoire d'homme, on n'a vu un sous-viguier plus méchant et plus avide. Avec lui, il n'y a pas d'action qui ne fasse matière à poursuite, et si je n'étais pas en votre compagnie, je suis sûr que mon équipement de chasse lui fournirait quelque prétexte pour me tourmenter. Mais qu'il s'en avise ! Ne trouvez-vous pas, frère, qu'il ressemble à Caïn ?

— Pour sûr, il n'est pas beau, répondit Boniface de Forcalquier; mais ce qui est pire que la laideur, c'est qu'il a quelque chose de repoussant dans la physionomie. Il y a des hommes plus laids que lui que l'on voit, sinon avec plaisir, au moins sans dégoût.

— Celui-là fait mal aux yeux, répliqua Chicholet; mais laissons Giraud Avon, qu'un jour le diable ne peut man-

quer d'emporter, et parlons un peu de vous. Vous avez
été bien longtemps absent, monsen Boniface, et je lan-
guissais grandement de vous revoir.

— Une affaire importante m'a retenu loin de Pierrevert
pendant plus d'un mois, dit Boniface ; je n'y suis retourné
que depuis avant hier.

— N'est-ce pas que vous venez à Manosque pour assister à l'exécution qui se fera demain ? demanda Chicholet.

— Non certes ! se hâta de répondre le jeune homme :
le spectacle des souffrances humaines n'a rien d'agréable
pour moi. Je viens passer l'hiver à Manosque, ainsi que
c'est mon habitude, et, en arrivant, je te demanderai
un service, car j'ai besoin de toi, frère Bertrand.

— Hé ! parlez donc ! s'écria Chicholet ; que faut-il
faire ? quelqu'un vous a-t-il injurié ? quelque damoiseau
de récente origine aurait-il osé manquer de respect au
plus noble chevalier de la Provence ? Je jure qu'il s'en
repentira !

— Ce n'est pas cela, répondit Boniface. Nul ne m'a
injurié ; et si un de mes pareils avait eu cette audace,
mon épée aurait su l'en punir. Il s'agit d'une affaire beaucoup plus délicate, de laquelle dépend le bonheur ou le
malheur de ma vie.

— Vous me faites trembler, fit Chicholet ; mais n'importe, dites ! dites ! quoi qu'il faille faire, je suis prêt.
Vous savez que je suis tout à votre service, ma tête et
mon bras vous appartiennent.

— Je te raconterai cela ce soir, dit Boniface. Ici le lieu
serait mal choisi pour te faire une confidence, d'ailleurs
mon récit sera un peu long. Viens à la maison, tu sou-

peras avec moi, et nous pourrons causer tout à notre aise.

— Ça va, répondit Chicholet, rien que le temps de quitter mon arbalète et de me débarbouiller ; puis, je suis à vous. A propos, j'apporterai un de mes lapins pour le souper, ce sera notre rôti.

— Accepté, répliqua Boniface ; je vais t'attendre, dépêche-toi.

A ce moment, les deux jeunes gens étaient arrivés devant la porte Guilhen-Pierre, ainsi nommée d'après un citoyen qui avait demeuré dans le voisinage, et qui vivait plus de cent ans auparavant. En effet, un acte notarié, à la date du six novembre 1220, nous apprend que Wilhen-Pierrre possédait, à cette époque, une *ferraye* (1) tout près de la porte qui avait reçu son nom. On était alors dans l'habitude de désigner chacune des portes de la ville par le nom de l'habitant le plus voisin et le plus considérable du quartier. Ainsi, la porte *dan* (2) Gaud, aujourd'hui détruite ; celle de la Saunerie ou dan Garnier ; celle d'Aubète ou dan Chabassut, étaient nommées d'après les familles Gaud, Garnier et Chabassut. Il n'y a que la porte du Soubeyran à laquelle une pareille appellation n'ait pas été appliquée. Encore n'en sommes-nous pas bien sûr.

Boniface de Forcalquier et Chicholet cheminèrent ensemble jusque sur la place ; ensuite, ils se séparèrent. Le premier, qui demeurait près de la porte Soubeyran,

(1) Terre à blé de première qualité.
(2) Seigneur. Corruption du mot *dominus.*

prit à gauche pour gagner son logis. Bertrand, dont la maison était dans le quartier des Pagans, au voisinage de la porte d'Aubète, eut à traverser toute la ville. Il le fit d'un pas allègre, donnant et recevant sur son passage des saluts francs et joyeux.

CHAPITRE III

L'EXÉCUTION

Dreh , ni lei , ni justizia vos non tenetz ;
Ome que a vos se clam , si lo guabetz :
So es la piger decha que vos avetz.
GERARD DE ROUSSILLON.

Le lendemain était un grand jour pour Manosque , car
il devait s'y passer des événements de nature à impres-
sionner vivement la population. Environ deux mois auparavant, Guillaume Blanchi , crieur public , avait publié
à son do trompe , par la ville , une ordonnance rendue
par Pierre Fouquier , juge ordinaire de Manosque, aux
noms de Hugues de Villemus , commandeur , et de Jean
Luppi , son bailli , enjoignant à tous ceux qui étaient
accusés devant lui de crimes ou de délits , et qui voulaient se défendre , de présenter leurs défenses dans les
dix jours suivants , sous peine de forclusion. Un mois
après , nouvelle proclamation de la part du juge , agissant toujours au nom du commandeur de Manosque et

de son bailli , par laquelle il était donné avis à tous les accusés , qui désiraient entendre leur condamnation ou leur acquittement , de se présenter devant le tribunal , à l'heure de tierces , pour y ouïr leur sentence. Cette dernière ordonnance annonçait ainsi la tenue du deuxième parlement du juge ordinaire de Manosque pour l'année 1357. Il faut savoir qu'ordinairement , dans les villes royales , il y avait quatre sessions ou parlements par année , et que le jour de l'ouverture en était fixé par le sénéchal, qui pouvait, à son gré , en prolonger la durée au-delà de quinze jours , terme habituellement adopté. Il avait aussi la faculté d'ordonner des parlements extra-ordinaires , selon que le besoin du service l'exigeait. Mais Manosque étant sous la seigneurie de l'ordre de Saint-Jean, c'était au commandeur ou au bailli à fixer le nombre, l'époque et la durée des sessions.

Au jour dit , une vingtaine d'individus , dont les affaires avaient été instruites précédemment et mises en état, se présentèrent devant le magistrat, assisté du clavaire, sorte de procureur fiscal du seigneur , remplissant à peu près les fonctions du ministère public. Il y avait à juger des injures , des diffamations , des délits de chasse, de port d'armes prohibées ; des vols et surtout des coups de couteau , car on ne les ménageait pas à cette époque, et sur vingt affaires , il y en avait presque la moitié où le couteau avait joué le rôle principal.

Parmi ces affaires , il en était deux qui avaient excité la curiosité au plus haut point. L'une surtout, concernant un délit d'adultère, promettait une ample moisson de scandale, circonstance qui a toujours singulièrement alléché le public. Quant à la seconde, elle était relative à un délit de blasphème. Toutes deux étaient remarquables, tant par la sévérité de la peine infligée aux délinquants qu'à cause du mode d'exécution.

La veille des ides de mars de l'année 1234, une commission composée d'Aldebert Ricavis et de Jean Pierre, agissant pour l'ordre de Saint-Jean ; de Bertrand Pierre et de Pierre de Mota, institués par la Communauté de Manosque, rédigea, en trente-sept articles, une espèce de code pénal spécifiant les délits desquels le juge pouvait informer d'office.

L'article 31 de ce statut ne punissait le délit d'adultère que sur la personne qui était engagée dans les liens du mariage ; le complice, homme ou femme, libre de sa personne, ne tombait pas sous son application. La peine attachée à ce délit était une amende de soixante sous, somme alors considérable. Si le délinquant ne pouvait payer, on le faisait courir tout nu par la ville, d'une porte à l'autre, en le frappant de verges.

Le délit de blasphème était puni beaucoup plus sévèrement. Ainsi que nous l'apprend un statut de la reine Jeanne, du 5 novembre 1352, il existait en Provence un statut général édictant des peines contre les blasphémateurs, gens qui ne sont que trop communs et que l'on déteste justement, mais nous n'avons pu le trouver encore. Il fallait que les peines qu'il portait fussent excessives, puisque le juge qui rendit la sentence dont nous allons parler, déclare qu'il en mitige la rigueur. Probablement la peine était la mort ou le retranchement du membre qui avait failli. Quoi qu'il en soit, le jugement qu'on devait exécuter le jour même portait que le condamné , après avoir eu la langue percée avec un fer aigu , de telle sorte qu'il n'en mourût pas , serait promené par la ville , fustigé sur les places où l'on avait l'habitude de faire ces sortes d'exécutions , et , chemin faisant , frappé avec un boyau plein de...... il nous est impossible d'écrire ce mot : nous préférons qu'on le devine et qu'on remplisse la lacune.

Nous demandons pardon au lecteur de l'entretenir de pareilles vilenies ; mais si nous ne représentions la société que sous son beau côté , nous n'en donnerions qu'une idée très inexacte et fausse , par conséquent. Pour qu'on puisse la connaître à fond , il faut entrer dans des détails qui répugnent quelquefois , surtout aujourd'hui où nos yeux et nos oreilles sont devenus plus raffinés. En est-il de même de nos pensées , et sont-elles plus saines ? Ceci est une autre question que nous n'avons pas à examiner.

Il nous semble entendre crier au réalisme. Sans doute , nous en faisons, parce que , en fait de mœurs, d'usages, de préjugés, il faut s'en tenir à la réalité , sous peine de dépeindre une société de convention. Tout ce qui n'est pas rigoureusement vrai doit être banni d'une pareille étude, qui n'est bonne qu'autant que les faits qu'elle constate sont exacts. Ainsi, l'histoire veut du réalisme, et l'on se méfie à bon droit de l'écrivain qui s'avise de farder la vérité. Ce n'est pas à dire cependant qu'il faille mettre du réalisme partout. Loin de là , nous croyons que dans les œuvres d'imagination , dans les beaux-arts surtout, on ne doit en user que sobrement. Par exemple , si nous avions à faire le portrait d'une paysanne en costume national, nous ne la peindrions pas en loques, nous la revêtirions de ses habits de fête.

Nos ancêtres, moins délicats que nous, ne mettaient pas de fausse pruderie dans leurs paroles : ils nommaient les choses par leur nom, et ne croyaient pas blesser le moins du monde la morale publique. Leurs descendants sont plus circonspects : ils repoussent avec juste raison les détails orduriers, mais ils sont plus accommodants pour les obscénités; elles passent à condition qu'elles soient légèrement gazées; il importe peu qu'elles salissent l'imagination, pourvu qu'elles n'offensent pas la vue. Tel lecteur nous blâmera, qui se pâmera d'aise au récit des aventures d'une héroïne dont le vaste cœur, semblable à celui de la fiancée du roi de Garbe, peut contenir toute la portion virile de l'humanité; et il y a tel roman, circulant librement, qui est mille fois plus dangereux que la page la plus sale de Rabelais. Ceux-là ignorent que l'esprit humain est semblable à une glace : une image ordurière le trouble momentanément, un propos obscène en altère à tout jamais la pureté.

Si nos ancêtres ne perdaient pas de temps à choisir leurs expressions, et s'ils ne connaissaient guère l'artifice des circonlocutions, ils n'étaient pas non plus très délicats dans le choix de leurs amusements. Dès lors, le spectacle qui se préparait devait avoir un grand attrait pour eux. La vue d'un malheureux patient, traîné par les rues et fouetté jusqu'au sang, avait le privilége de les intéresser. Eh ! pourquoi pas ? on court bien aujourd'hui à une exécution capitale. L'échafaud qui se dresse est de suite entouré de spectateurs, et, chose incroyable ! nous

avons vu des êtres, ayant perdu le sens moral, passer
la nuit couchés à côté de la fatale estrade.

Dans l'occasion dont nous parlons, une circonstance
particulière rendait plus vive encore la curiosité populaire. L'une des malheureuses victimes offertes en spectacle était une jeune femme, destinée à subir le supplice
ignominieux du fouet, et celui, plus ignominieux encore,
d'étaler sa nudité aux yeux du public. C'était plus qu'il
n'en fallait pour mettre en émoi tous les habitants de
Manosque, et pour attirer dans la ville la population entière des environs. Personne n'avait manqué au rendez-
vous. Dès le matin, les rues regorgeaient de gens attendant impatiemment l'heure de l'exécution.

Pourquoi chacun courait-il repaître ses yeux d'un
spectacle odieux que tout honnête homme devait fuir ?
Pourquoi la violation des lois de la pudeur et de la décence attirait-elle une foule cruelle et inconsidérée ?
Pourquoi? C'est que l'esprit humain a un penchant secret, mais invincible, pour le scandale ; c'est que le vice
a une saveur que la vertu ne possédera jamais ; c'est
que les délassements honnêtes deviennent aisément insipides et qu'ils affadissent le cœur s'ils ne sont relevés
par un condiment immoral.

Voyez ce qui se passe à l'entour de nous : l'homme de
bien obtient un succès d'estime, mais il ne rencontre
que des indifférents ; la courtisane est entourée d'hommages qui ne devraient appartenir qu'aux femmes honnêtes ; les détails de l'existence du demi-monde allèchent
le public ; et, le plus sûr moyen d'arriver à une fortune
littéraire, c'est de traiter des sujets scabreux, plus ou

moins immoraux. Voilà la seule et la meilleure manière d'expliquer l'empressement inusité dont Manosque donnait le spectacle en ce jour mémorable.

Mais avant de faire assister le lecteur à l'exécution, il faut lui parler de la sentence qui l'avait ordonnée. Depuis quelque temps, une jeune femme, âgée de vingt-cinq ans environ, nommée Béatrix Pachière, native de Bezaudun, où elle était mariée, avait quitté son mari et était venue habiter Manosque. Au commencement, sa conduite avait été régulière, mais elle avait fini par nouer des relations coupables avec Antoine Maupoil, garçon à peu près du même âge et célibataire.

Ces relations ne pouvaient demeurer inaperçues ; on les découvrit, et les langues des commères voisines commencèrent à se donner carrière. Il était impossible que le fait, ainsi divulgué, ne parvînt pas à la connaissance de la police. Cela ne manqua pas d'arriver. Maître Giraud Avon, le sous-viguier, en fut instruit, et, sans perdre de temps, il le déféra au juge de Manosque. Celui-ci s'empressa d'informer. On saisit Béatrix Pachière et on l'emprisonna, parce qu'elle ne put trouver de caution, soit qu'Antoine Maupoil, aussi pauvre qu'elle, ne pût la fournir, soit que, le pouvant, il fût assez lâche pour l'abandonner. Dans ses premiers interrogatoires, la femme nia tout d'abord le fait qui lui était imputé ; mais, pressée de questions par le juge, trahie par son complice qui avoua tout, et effrayée à la vue des instruments de torture, elle se rendit. Son aveu clôtura naturellement l'information, à la suite de laquelle elle fut condamnée aux peines portées par le statut de Manosque.

Une instruction semblable amena devant le même parlement Giraudin Anfossis, de Manosque, accusé et convaincu du crime de blasphème. On le condamna, et son exécution fut renvoyée au jour fixé pour exécuter le jugement rendu contre Béatrix Pachière. Afin de réunir un plus grand nombre de spectateurs, et pour qu'il y eût plus de solennité, les exécutions devaient être faites successivement à deux heures après midi, par le ministère de Raymond Martin, maréchal-ferrant et exécuteur des hautes-œuvres du bailliage.

On commença par Giraudin Anfossis; il fut amené devant le palais, sur les terreaux, par les soins de Giraud Avon et de ses alguazils. Maître Raymond Martin lui perça la langue avec un fer aigu, en présence du bailli et de nombreux assistants, et ensuite on le conduisit sur diverses places de la ville pour y être battu de verges. Cela fait, on le relâcha, lui permettant d'aller se faire panser, et le laissant exposé à la vindicte du bras régulier; car le jugement réservait le droit de l'inquisition.

Cette première exécution se fit assez paisiblement; c'était, en quelque sorte, le prologue de la pièce. Mais il n'en fut pas de même de la seconde. A la vue de la malheureuse femme, conduite toute nue par Jean Gaubert, maître de la tour du palais, c'est-à-dire concierge de la prison, il s'éleva de la foule une immense clameur, suivie de propos de toutes sortes, tels qu'on peut les attendre d'une populace grossière, assistant à un pareil spectacle. Béatrix Pachière était jeune, et sa figure, sans être belle, n'était pas désagréable à voir. Elle donnait les marques du plus profond désespoir. Cette femme, n'étant point complètement pervertie, ressentait vivement toute l'horreur de sa position. Cependant peu de gens la plaignaient ; car il n'y a rien de plus impitoyable que le peuple à un moment donné ; comme aussi, quelquefois, personne ne montre plus de sensibilité que lui.

On conduisit d'abord Béatrix Pachière à la porte Soubeyran, nom qui signifie porte supérieure, et qui est justifié par la position qu'elle occupe. Il s'agissait de lui faire traverser la ville dans toute sa longueur, c'est-à-dire, de la faire aboutir à la porte de la Saunerie, en suivant un itinéraire que tout Manosquin tracera sans peine. Le cortége devait passer devant les églises de Notre-Dame et de Saint-Sauveur ; car, depuis cette époque, Manosque a subi peu de changements dans sa constitution intérieure. Les plus remarquables consistèrent en la suppression des nombreux jardins existants dans son enceinte. Il y avait même des vignes tout entières. Ce fait conste d'un acte notarié, à la date du 12 des kalendes de mars 1277. Il paraît extraordinaire ; mais il n'y a pas à se méprendre sur le sens et la portée des expressions que l'acte emploie, puisque, à une vigne qu'il dit positivement être située dans la ville de Manosque, il donne des maisons pour confronts des deux côtés. Nous croyons, avec le père Columbi, l'historien de Manosque, que la suppression de ces terrains vacants eut pour cause l'invasion des grandes compagnies qui, en ruinant les hameaux voisins, refoulèrent dans la ville une population considérable. Les guerres de Raymond Roger, dit de Turenne, s'y aidèrent aussi. Cependant, il pourrait se faire que l'enceinte de Manosque fût plus étendue qu'elle n'est de nos jours. Cette supposition acquiert un certain degré de créance par le fait suivant : Nous avons trouvé un acte du 15 des kalendes d'avril 1275, qui parle de la première porte de la Saunerie. Ce fait, unique il est vrai, rapproché de l'acte de 1277, tendrait à établir que l'ancienne enceinte s'est retrécie.

Avant de se mettre en marche, maître Raymond Martin commença par fouetter Beatrix Pachière ; mais il s'y comportait mollement. Le même individu qui avait, sans sourciller, percé la langue au malheureux Giraudin Anfossis, cédant malgré lui à l'influence des larmes d'une femme, ne frappait que d'une main mal assurée. Il fallait, en effet, avoir le cœur revêtu d'un triple chêne, doublé d'un triple airain, pour torturer sans scrupule une femme jeune et jolie. Grâce à l'heureuse disposition dans laquelle se trouvait le bourreau, la victime n'aurait pas trop souffert de son supplice, si maître Giraud Avon n'avait été présent, et n'en avait surveillé l'exécution. Affectant une grande rigidité de mœurs, peut-être parce que, à cause de sa laideur, il n'avait jamais eu de succès auprès du beau sexe, il témoignait un profond dégoût pour la coupable. Il exhorta Raymond Martin à frapper fortement, le menaçant de la peine du fouet s'il mollissait.

Nous renonçons à décrire les larmes, les cris, les contorsions de la pauvre Béatrix. Honteuse de son état, désespérée d'être en butte aux propos malséants de la populace, presque folle de douleur, elle échappa à ses bourreaux et s'élança vers le puits de la porte Soubeyran pour s'y précipiter. On la retint à temps. Deux nonces la saisirent chacun par un bras, et l'odieux cortége commença sa marche.

Il passa tout d'abord devant la maison habitée par Boniface de Forcalquier. Cette maison, qui existe encore aujourd'hui, forme l'angle à droite de la rue des Marchands, tout près d'une fontaine de construction plus récente. A cette occasion, Boniface de Forcalquier avait reçu chez lui nombreuse compagnie composée de ce qu'il y avait de plus distingué à Manosque. Chevaliers, damoiseaux, nobles et belles dames s'empressaient aux fenêtres pour assister au supplice de Béatrix Pachière. On n'avait pas le cœur fort tendre en 1357 ; d'ailleurs, pareil spectacle était assez rare pour qu'on y accourût avec empressement. Quant au maître de la maison, loin d'y prendre du plaisir, il ne lui inspirait que le dégoût. Le cœur du noble jeune homme était trop bien placé pour qu'il pût s'amuser du supplice de son semblable, surtout à raison d'une faute que l'homme tiendra toujours pour vénielle, tant qu'il n'en souffrira pas; et la violation des lois de la décence et de la pudeur, n'avait rien d'agréable pour lui. En cela, il devançait son siècle. Le cœur et la raison lui disaient à la fois que la sauvagerie de la répression, la barbarie des peines, la fréquence des mutilations, — car pour un larcin on coupait le poing ou le pied au criminel, — au lieu d'éclairer le peuple et de l'améliorer, le plongeaient plus avant dans les ténèbres et l'endurcissaient au crime. Quelle moralité, en effet, peut-on tirer de la vue d'un supplice disproportionné au délit et violant les règles de la décence la plus commune ? Cependant le barbare usage de fouetter en public les femmes légères, ne disparut pas de sitôt. Nous avons trouvé un jugement rendu plus de quatre cents ans après qui prononçait une peine semblable, avec les accessoires du bannissement et de la hart, en cas de violation du ban. Que Dieu pardonne à celui qui le rendit !

Mais, parmi les nombreux spectateurs, il en était qui s'apitoyaient sur le sort de la malheureuse Béatrix Pachière. Bertrand Chicholet était un de ceux que la vue de ce déshonnête supplice irritait le plus vivement. Disons-le à sa louange, malgré ses travers, ses défauts, ses vices même, il n'avait pas mauvais cœur, et il lui était impossible de se plaire à la vue des souffrances de son semblable, à moins toutefois que le patient appartînt à la police, ou fût fermier des droits seigneuriaux. Alors il devenait implacable, au point de le faire brûler vif, s'il l'avait pu. Mais la vue d'une malheureuse jeune femme, fouettée pour une faute qu'il n'estimait pas bien lourde, soulevait son indignation et faisait bouillonner son sang. Le supplice lui répugnait et l'attirait à la fois. Il aurait dû quitter le cortége ; mais une force invincible le retenait et le poussait à sa suite. Il ne parlait pas, car il sentait que, s'il ouvrait la bouche, il ne serait pas maître de lui et se ferait quelque méchante affaire.

Il y eut une halte devant l'église Notre-Dame. Là, sur les ordres de Giraud Avon, maître Raymond Martin, se remit à fustiger Béatrix Pachière. Il fallait que le sang coulât, car le statut, et, après lui, la sentence, portaient que la fustigation aurait lieu jusqu'à effusion de *sang* (1).

_____

(1) *Usque ad effusionem sanguinis.*

On approchait du terme, et le cruel sous-viguier n'entendait pas que la loi fût éludée ou violée. Il enjoignit au bourreau de frapper plus fort. Celui-ci obéit, bien qu'à contre cœur. On vit le nerf de bœuf se lever, descendre en sifflant, et tomber sur le dos nu de la pauvre Béatrix. Le coup fut si rudement appliqué, que le sang jaillit, et que, poussant un cri terrible, la malheureuse femme s'affaissa sur elle-même. Elle serait tombée si ses bourreaux ne l'avaient soutenue.

A ce coup, Bertrand Chicholet tressaillit. Il porta la main à son couteau, en regardant Giraud Avon d'un air farouche. Sa colère était sur le point d'éclater, quand, heureusement pour lui, un propos prononcé par l'un des spectateurs vint lui donner un autre cours.

— Oh ! quel coup ! dit un individu placé derrière lui : Voyez comme le sang coule !

Chicholet se retourna brusquement. — Tu le trouves beau, le coup, fit-il, mange *saoumo* (1)? Eh bien ! je voudrais que tu en eusses reçu vingt semblables !

L'individu ainsi interpellé sous cette dénomination bizarre, était un homme d'une trentaine d'années, déguenillé, au teint hâve, à l'air famélique, dénotant une profonde misère. Il était bien connu à Manosque par sa gloutonnerie et son appétit insatiable. Il en avait donné une preuve récente, en volant une ânesse qu'il tua et mangea. Depuis lors, les Manosquins, grands donneurs de surnoms, comme tous les Provençaux, ne l'appelèrent plus que mange *saoumo*. On le poursuivit d'abord pour

(1) Anesse.

ce fait, mais on finit par le laisser tranquille, attendu que, *là où il n'y a rien, le roi perd ses droits.* Nous ignorons si ce dicton existait alors; mais, connu ou inconnu, on le mettait en pratique. Le mangeur d'ânesse, que l'on nommait Guillaume Maurel, s'en tira sain et sauf. On ne lui coupa ni main, ni pied, genre de peine que l'on infligeait ordinairement aux malfaiteurs insolvables. Peut-être la justice crut-elle que l'homme qui avait mangé une bourrique volée, était assez puni par l'obligation de la digérer. Nous sommes un peu de cet avis.

— Ce ne sera pas toi qui me les donnera, répondit le mange *saoumo,* auquel Bertrand Chicholet en imposait fort peu ; de quoi te mêles-tu? et depuis quand veux-tu m'empêcher de parler?

— Je t'en donnerai mille, traître que tu es ! répliqua Bertrand, en le saisissant à la gorge ; prends-tu un chrétien pour un âne, que l'on puisse le battre de cette manière ?

— Lâche-moi, cria son adversaire, ou je te ferai sentir la pointe de mon couteau ! Qui t'a dit que j'approuvais le supplice de Béatrix Pachière?

— Je le croyais, répondit Chicholet, subitement apaisé : il m'a semblé que tu as applaudi au coup qu'elle vient de recevoir.

— Tu ne t'es jamais mieux trompé, dit Guillaume Maurel : je la plains au contraire de tout mon cœur. C'est une honte de voir traiter ainsi une femme, parce qu'elle n'a pas d'argent pour se racheter. Pareille chose n'arriverait pas à une belle dame! Mais nous sommes de pauvres gens, et nous devons subir notre sort, sans murmurer trop fort, de crainte de l'aggraver.

— C'est vrai ! dit Chicolet ; peut-être, quelque jour, cela changera-t-il. Mais touche là ; je suis fâché de t'avoir colleté.

— Entendez-vous ces deux drôles ? fit une voix derrière eux : ils voudraient réformer le monde. Ils nous feraient une jolie société s'ils gouvernaient !

Celui qui parlait ainsi, et qui se trouvait là en amateur, se nommait Arnaud Agrena. Il était avocat, exerçant près la justice seigneuriale de Manosque. En sa qualité, il n'était pas ami des réformes, car elles l'auraient privé de la partie la plus claire de son revenu. Maître Agrena aimait à pêcher en eau trouble. Cependant la postulation ne l'avait pas engraissé, bien qu'il mît une ardeur louable et peu commune à se faire payer de ses honoraires, et qu'il sût enfler son rôle au besoin ; quelque cause secrète l'avait empêché de prospérer.

— Nous ne voulons rien réformer, répondit Chicholet ; bien qu'il me semble que, si l'on corrigeait quelques abus, le monde ne s'en porterait pas plus mal. Nous voudrions seulement qu'on traitât les pauvres gens avec plus d'humanité, et qu'on ne battît pas comme une bête une créature qui a reçu le baptême. Ce n'est pas être fort exigeant.

— Cela ne vous regarde pas, riposta l'avocat ; la loi le veut ainsi, et vous devez vous y soumettre. *Dura lex*, *sed lex* (1).

— Il le faut bien, dit Chicholet ; au reste, ce que nous

(1) Dure loi, mais c'est la loi.

en disons n'est que manière de parler. Je crois cependant que si nous avions le bonheur de vous avoir pour juge, de pareilles scènes ne se représenteraient plus. A propos, ne pourriez-vous pas, maître Agrena, me prêter le digeste nouveau? Je voudrais le consulter sur un certain point. Vous savez que je suis quelque peu clerc.

A ces derniers mots, maître Agrena rougit légèrement, habitude dont un avocat besogneux doit soigneusement se corriger, fit une brusque pirouette sur ses talons, et partit sans mot dire. Bertrand Chicholet le regarda quelque temps d'un air narquois, puis il partit d'un grand éclat de rire, auquel le mange *saoumo* fit chorus.

C'est que ces deux dignes personnages, ainsi que tout Manosque, savaient que maître Arnaud Agrena faisait bassement la cour au commandeur et au bailli afin d'en obtenir une charge de judicature. C'était l'objet de tous ses désirs. Fort heureusement pour les justiciables, il ne put y parvenir; nous avons constaté avec plaisir qu'il n'atteignit jamais son but. Malgré tous ses efforts, il n'arriva qu'à la fonction de vice-juge. Ils savaient encore, car les cancans ne font jamais défaut, que, quelque temps auparavant, maître Agrena, pressé par le besoin d'argent, avait engagé partie de sa bibliothèque à un juif. Il remit le digeste nouveau en nantissement à son créancier moyennant la somme de trois cents sous *tournois* (1). Le sarcasme de Bertrand Chicholet le renvoya chez lui en grommelant. Il en prit bonne note, se promettant d'avoir

(1) La somme paraît exorbitante. Néanmoins, elle est écrite en toutes lettres dans la procédure où nous avons pris ces détails.

sa revanche plus tard. C'était ainsi que l'imprudent Chicholet allait, grossissant le nombre de ses ennemis.

Cela lui importait fort peu. Cependant, son altercation avec le mange *saoumo*, et son colloque avec maître Arnaud Agrena, avaient produit une utile diversion, en apaisant sa colère et en donnant un autre cours à ses idées. Maître de lui, désormais, il suivit le cortége, assista à la troisième flagellation de Béatrix Pachière, qui eut lieu devant l'église de Saint-Sauveur; puis à la quatrième et dernière qu'on lui administra devant la porte de la Saunerie, ensuite on la relâcha. Il était temps que le supplice finît, car la pauvre créature, épuisée de fatigue, rouée de coups ne pouvait plus se soutenir. Elle avait vidé le calice. Quelques femmes compatissantes, aidées de Chicholet et du mange *saoumo*, la portèrent chez Raymond Gaud, pharmacien du voisinage. Elle y reçut des secours et un pansement dont elle avait le plus pressant besoin.

On est porté à croire, au premier abord, que de pareilles scènes devaient produire une impression durable sur le peuple, et que l'intimidation qui en résultait tendait à diminuer considérablement le nombre des délits. Il n'en était rien. Les délinquants pullulaient, en dépit de la torture et des fréquentes mutilations infligées judiciairement aux malfaiteurs. Sans doute, l'intimidation doit être la base d'un système pénal; mais elle est impuissante si les exemples qu'elle donne ne sont pas précédés et confirmés par les enseignements d'une éducation fondée sur des principes moraux et religieux. La connaissance des devoirs sociaux, la pratique des obligations qu'ils nous imposent, le respect de nos semblables, inculqués de bonne heure aux jeunes gens, feront plus pour la moralisation du peuple, que le système pénal et pénitencier le plus parfait. Nous avons pu nous convaincre, en compulsant les monuments judiciaires de l'antiquité, que la sévérité des peines manquait complètement le but. La civilisation, en répandant les lumières, a mieux fait : elle a adouci les mœurs, et elle a rendu un grand service aux classes populaires en leur apprenant que le port d'armes était inutile dans un pays où l'homme n'a pas à craindre d'ennemi. Depuis que le couteau à gaîne a cessé d'être en usage, les rixes que nos misérables rivalités engendrent sont devenues inoffensives. Maintenant, le peuple vide ses querelles à coups de poing.

Tel était le traitement que la sévérité de nos ancêtres réservait aux femmes infidèles. Mais ce n'était pas seulement contre les femmes qu'ils sévissaient : l'homme convaincu d'avoir violé les lois du mariage, subissait un traitement semblable. Ils étaient complètement impartiaux, et les femmes ne pouvaient leur reprocher d'avoir abusé de la force en faisant la loi. Cet argument qu'elles ont toujours à la bouche leur échappait.

La promenade du coupable par les rues, avec accompagnement de fustigation, n'était pas particulière aux chrétiens. Les juifs, alors fort nombreux à Manosque, ainsi que dans toute la Provence, avaient aussi adopté cette peine bizarre et malhonnête. En fait d'oûtrage aux mœurs, ils se comportaient à peu près de même que les chrétiens, à cette différence près qu'ils ne recouraient pas aux tri-

bunaux pour avoir justice et qu'ils se la faisaient eux-
mêmes. Voici le fait singulier que nous avons pu constater ; il est antérieur de cinquante ans à l'époque dont
nous parlons, mais il est tellement original que nous
avons dû le rapporter. On ne pouvait le négliger dans
une étude de mœurs.

Le 5 avril 1306, plusieurs juifs de Manosque, alors
que leurs coreligionnaires célébraient une de leurs fêtes
religieuses nommée *purim*, mirent le nommé *Bendich*
tout nu, le conduisirent par la ville, et le fustigèrent
pendant le trajet, en criant : *Voyez la peine qu'on inflige à celui qui a été trouvé avec une telle femme !*
En même temps, à côté du coupable marchait la complice
représentée par un jeune garçon habillé en femme. Pour
rendre le spectacle plus saisissant, on aurait dû fouetter,
par procuration, le complice sur le dos du jeune juif; mais
il paraît que celui-ci ne voulut pas se charger de cette
partie du rôle.

Cette parade, beaucoup moins indécente cependant
que celle dont les chrétiens donnaient l'exemple,
déplut à l'autorité. Elle fut déférée au juge, qui fit
comparaître les acteurs devant lui. Nous n'avons pu
savoir à quoi aboutirent les poursuites ; mais il est probable que les délinquants furent condamnés à l'amende.
Cela engraissait la caisse du commandeur.

Il y a cependant une circonstance que nous nous croyons
obligé de relever, en faveur des juifs, et qui doit faire
excuser l'acte dont nous venons de parler ; c'est que,
probablement, ceux qui le commirent, ne possédaient
pas, en ce moment, toute leur raison. En effet, la tra-

dition voulait que, lors de la fête du *purim*, chaque juif fût tenu de préparer, selon ses moyens, un beau festin, où se trouvait de la viande, et pendant lequel on devait boire jusqu'à s'enivrer. Il fallait que les convives en vinssent au point de ne plus savoir discerner entre la malédiction d'Aman et la bénédiction de Mardochée.

CHAPITRE IV

LA DÉLIVRANCE

Ab tan ve us floripar, la filha l'almirat :
Anc pus gentil donzela no vic lunh home nat.
De la sua faytura vos dirai veritat.
Ac lo cors bel e dreyt e ben afaysonat ;
La carn avia pus blanca qu'evori reparat ,
E la Cara vermelha cum roza en estat ,
E la boca petita , e tene las dens serrat ,
Qu'ela avia pus blancas que neu can a gelat.
E cenh una correya de seda de baudrat :
La fivela fon rica de fin aur emerat.
Ja luns hom que la cinte non aura'l pel mesclat ,
Ni ja de lunh veri non er enpoyzonat.
E si avia tres jorns o quatre dejunat ,
Si auria el son cors del tot resaziat.

FIÈRABRAS.

Il faut maintenant revenir sur nos pas, et raconter ce qui se passa dans l'entrevue que Boniface de Forcalquier et Bertrand Chicholet eurent la veille au soir. Mais auparavant nous croyons utile de donner au lecteur quelques renseignements sur la position de famille , la fortune et l'éducation de Boniface de Forcalquier, qui occupera une place importante dans le récit des événements qui vont suivre.

Il était fils de Bertrand , fils aîné d'Isnard et de dame

Villane, dont l'histoire ne nous a pas conservé le nom patronimique. Sa mère était morte depuis quelques années, emportant avec elle la consolation d'avoir pu diriger et surveiller l'éducation d'un fils qu'elle chérissait par dessus tout. Les enseignements maternels avaient porté leurs fruits. Guidé par la main d'une femme, dès les premiers pas qu'il fit dans la vie, soutenu et encouragé par elle jusqu'aux confins de l'adolescence, il prit dans ce commerce journalier une aménité de mœurs et une douceur de caractère qu'on ne rencontrait pas toujours chez les gentilhommes de cette époque. A ces qualités s'unissaient la fermeté d'âme, l'intelligence et un courage à toute épreuve.

Mais l'excellente femme, que nous ne connaissons que sous le nom d'*Alaëte*, ne s'était pas bornée à cultiver le moral de son fils. Connaissant l'incertitude du temps où elle vivait, sachant que la force seule inspirait le respect, et que la faiblesse était constamment opprimée, elle lui fit donner une éducation toute virile. Sur ce point, elle fut puissamment secondée par Bertrand de Forcalquier, son mari, et par Guillaume, frère de celui-ci.

Guillaume de Forcalquier touchait alors à sa cinquantième année. En sa qualité de cadet de famille, il avait abandonné de bonne heure le toit paternel pour prendre du service. Il avait pris part aux guerres soutenues par le roi Robert, et s'était distingué dans les événements qui avaient eu lieu à Naples, lorsque à la suite de la mort violente d'André, Louis, roi d'Hongrie, son frère, envahit le royaume de Sicile. Après la paix, faite en 1350, entre le roi Louis et la reine Jeanne, Guillaume de Forcal-

quier retourna à Pierrevert, où il se fixa définitivement.
Il y arriva juste à point pour mettre la dernière main à
l'éducation militaire de son neveu, car si Bertrand de
Forcalquier avait plus d'une fois pris les armes et n'était
point novice dans leur usage, il était loin d'avoir l'expérience de son frère, vieux soldat passé maître dans la
pratique du métier. Il s'en suivit que le jeune Boniface
de Forcalquier, à dix-huit ans, montait à cheval en cavalier accompli, qu'il savait manier l'épée et se servir de
la lance aussi bien que personne. Il avait également pratiqué le tir de l'arc et de l'arbalète, de manière à y être
devenu fort habile. Sur ce point, il ne reconnaissait pour
maître que Bertrand Chicholet qui, élevé à la même école,
et merveilleusement doué pour tous les exercices du corps
exigeant de la force ou de l'adresse, avait singulièrement
profité des leçons du maître.

Boniface de Forcalquier avait donc eu la bonne fortune
d'avoir reçu une éducation aussi complète qu'on pouvait
le désirer pour un gentilhomme vivant au milieu du
XIVe siècle. Il était lettré et soldat en même temps, chose
rare à une époque où, si nous en croyons les chroni-
queurs, la noblesse était presque toute illétrée. Sous ce
rapport, elle était bien inférieure au tiers-état. En effet,
la bourgeoisie qui, sans exception, se composait de gens
de métier, savait ordinairement lire et écrire. Ce fait est
mis hors de doute par l'existence contemporaine des éco-
les publiques. Toute ville de Provence, ayant quelque
importance, en avait une ou plusieurs, selon sa population, et les fonds nécessaires à leur entretien étaient pris
sur le budget municipal. Nous avons rencontré dans nos

recherches un fait venant à l'appui de notre assertion , et qui prouve combien la bourgeoisie tenait à répandre l'instruction. Cette pauvre bourgeoisie, si dénigrée, si calomniée maintenant, et que de prétendus malins ont voulu personnifier dans le type un peu trop naïf de M. Prudhomme, cette bourgeoisie, disons-nous, a été la première et même la seule à travailler à l'éducation et, par conséquent, à l'émancipation du peuple. La noblesse n'en avait cure, et le clergé aurait bien désiré accaparer pour lui seul les lumières afin d'en avoir le monopole. Qu'a gagné à tout cela la bourgeoisie? Rien. Elle y a perdu au contraire. Elle a été bafouée, vilipendée, mise à l'index, et peu s'en est fallu que la populace, soulevée par ses détracteurs, mettant en pratique les leçons qu'elle avait reçues, ne l'ait spoliée et massacrée. Parmi les lois qui régissent le monde , il en est une voulant que tout bienfait tourne contre le bienfaiteur.

Nous constatons avec plaisir, pour l'honneur de la bourgeoisie de Manosque , qu'en l'année 1298 , c'est-à-dire, il y a presque six siècles , le conseil de la communauté vota les fonds nécessaires pour la création de deux chaires , l'une de droit canonique et l'autre de droit civil; qu'il nomma les deux professeurs , et leur adjoignit un appariteur ou bedeau pour le service de l'école. Il établit en même temps un impôt spécial destiné à l'entretien de cette fondation si éminemment utile.

L'entreprise fut sérieuse , puisqu'elle eut un commencement d'exécution. Mais il paraît qu'elle ne put se soutenir, car il n'en est plus fait mention dans les nombreux documents que nous avons compulsés , tous relatifs au

XIVᵉ siècle. Peut-être n'était-elle pas née viable, soit
à raison de l'état mal assuré de la Provence, soit par toute
autre cause que nous ignorons. Quoi qu'il en soit, Manosque a eu l'honneur d'une tentative qui aurait pu rendre de grands services à toute la haute Provence. Nous
avons la preuve que, plus de cent cinquante ans après,
des jeunes gens de la viguerie de Forcalquier, qui se destinaient à l'état ecclésiastique allaient faire leurs études à
Turin.

Mais revenons à Boniface de Forcalquier. Son éducation était terminée quand il perdit sa mère. Ce fut le premier malheur qui le frappa. Cette perte irréparable laissa
chez lui des traces profondes. Il tenait à sa mère par le
triple lien de l'amour, du respect et de la reconnaissance.
Il en fut affecté, au point que le séjour de Pierrevert lui
devint insupportable, et que, pour le distraire, son père
le conduisit chez Guillaume Auger de Forcalquier, seigneur de Céreste, leur parent, et le lui confia pour quelque temps. Guillaume Auger s'attacha le jeune Boniface
en qualité d'écuyer, le garda pendant plusieurs années,
et l'emmena à sa suite dans toutes les excursions qu'il fit
en Provence. Il lui en fit connaître les principales villes,
l'introduisit dans les maisons de la plus haute noblesse,
où sa naissance lui donnait droit d'être admis, et le présenta même à la reine Jeanne dans un voyage que cette
princesse fit à Aix. Ces diverses excursions, la fréquentation d'hommes haut placés, le commerce de nobles châ-
telaines et de jeunes et belles demoiselles donnèrent le
dernier trait à l'éducation de Boniface de Forcalquier.
Ses manières aimables se polirent encore, en même temps

qu'il rapporta de ses voyages cette assurance qu'on ne rencontre jamais chez le jouvenceau inexpérimenté. La bonne opinion qu'il avait de lui-même s'en accrut, au point de lui donner une légère teinte de fatuité. Heureux défaut, qui est l'apanage exclusif de la jeunesse !.

A partir de ce moment, il devint indépendant. Se livrant avec vivacité, mais sans emportement, aux plaisirs de son âge ; il partageait son temps entre Pierrevert, résidence de sa famille, et Manosque, où il possédait une maison que sa grand'mère Villane lui avait léguée. Naturellement, il préférait le séjour de la ville à celui du village, et cependant, malgré tout l'attrait que Manosque avait pour lui, il n'y avait pas paru depuis plus de deux mois. C'est sur cette absence, qui avait éveillé la curiosité de ses amis, qu'il voulait s'expliquer avec Bertrand Chicholet. Il se proposait de lui en faire connaître les motifs, en l'initiant à ses secrets les plus chers. Voici ce qu'il lui apprit.

Dans le courant de l'été qui venait de s'écouler, Boniface de Forcalquier avait fait une visite au seigneur de Céreste, le même qu'auparavant il servit en qualité d'écuyer et qui l'introduisit dans le monde. Il y rencontra une de ses connaissances en la personne de Raymond de Reillanne, chevalier de Saint-Jean, homme beaucoup plus âgé que lui. Ce gentilhomme résidait habituellement à Manosque, où il avait maintes fois exercé le charge de vice-bailli, en absence du titulaire. Il était frère de Bertrand de Reillanne, co-seigneur de ce lieu, lequel avait été, de son vivant, le chef d'une famille qui, pour l'ancienneté et la noblesse, ne le cédait à aucune maison de Provence. A chaque génération elle fournissait des chevaliers à l'ordre de Saint-Jean de Jérusalem , puisque , indépendamment de Raymond , dont nous parlons en ce moment même , Guillaume de Reillanne, l'un de ses membres , habitant Montpellier, prenait la qualité de prieur de Saint-Gilles , l'une des dignités les plus élevées de l'Ordre. Cette famille s'est éteinte après des vicissitudes sans exemple. La branche aînée recouvra la seigneurie de Reillanne qu'elle avait perdue , et la transmit , par une femme , dans la maison de Valbelle. Mais la branche cadette fut toujours en s'amoindrissant, jusque vers le milieu du XVIIe siècle , époque à laquelle son chef exerçait la profession de menuisier à Mane. La lecture de son testament nous a mis à même de constater ce fait qui n'est pas unique dans les annales de la Provence.

Mais en 1357, la famille de Reillanne brillait encore de tout son éclat, et sa fortune était en rapport avec sa haute position. Quoiqu'elle n'eût conservé que quelques-uns des droits utiles et honorifiques appartenant à son ancienne seigneurie , et que la vicomté de Reillanne reposât sur une autre tête , elle possédait pourtant une partie du château et y avait établi sa résidence. Ce bâtiment , encore assez bien conservé dans certaines de ses parties , couronne la colline au pied de laquelle la ville de Reillanne est placée. Il domine l'une des plus fraîches et des plus jolies vallées de la Provence. Il est , en effet, peu de paysage plus agréable à l'œil que celui qui s'étend de Reillanne à Céreste.

La ville de Reillanne a beaucoup perdu de son importance. Siége de la vicomté de ce nom , elle était le chef-lieu autour duquel gravitaient les quatre ou cinq communes qui en faisaient partie. Mais sa prospérité diminua quand la vicomté fut démembrée, événement qui arriva dans le siècle suivant. Elle décrut alors peu à peu, pour arriver au point où elle en est aujourd'hui.

Raymond de Reillanne se trouvait en ce moment dans son pays natal. Ayant rencontré à Céreste le jeune Boniface de Forcalquier, il l'invita à lui rendre visite à Reillanne, voulant, lui dit-il, le présenter à sa famille, et lui faire faire connaissance avec son neveu Raybaud de Reillanne, jeune homme âgé d'environ vingt ans et fils aîné de son frère Bertrand. Boniface accepta cette invitation faite avec toute la cordialité désirable.

A quelques jours de là, c'était à peu près vers le milieu de septembre, le plus beau mois de l'année en Provence, une heure après le lever du soleil, Boniface de Forcalquier partit de Céreste, sans être accompagné. Il était monté sur son bon cheval, noble bête qui lui avait servi dans tous ses voyages. Suivant l'usage du temps, il portait l'épée et la dague, mais il n'avait pas d'autres armes.

Il prit par le chemin Seynès, l'ancienne voie romaine, passant sous Reillanne même. La matinée était superbe. La terre, rafraîchie par une pluie d'orage tombée quelques jours auparavant, reprenait la robe de verdure que les chaleurs de l'été avaient flétrie. Les champs étaient dépouillés des moissons, mais les arbres pliaient sous le poids du fruit, et la vigne étalait au soleil ses grappes dont quelques-unes commençaient à noircir. Le paysage était calme et presque désert. On rencontrait de loin en loin quelque paysan transportant sur l'aire les dernières gerbes, ou quelque berger chassant devant lui son troupeau et le poussant vers l'étable, afin de le soustraire aux ardeurs du soleil.

Boniface de Forcalquier cheminait lentement au pas de son cheval. Il admira d'abord le paysage qu'il avait sous les yeux. Nous avons dit qu'il en est peu de plus gracieux. Le chemin qu'il suivait serpentait à travers les ondulations du terrain, au milieu des prairies, des vignes et des arbres fruitiers. Il cotoyait sur sa gauche des collines complantées en chênes-verts, et au loin, sur sa droite, au delà des prés arrosés par le ruisseau de Lencrème, par dessus les peupliers qui ombragent ses bords, s'élevait la montagne sur laquelle est bâtie Montjustin. Les flancs en étaient couverts de bois de pin sombres et serrés.

Mais l'homme, insatiable dans ses désirs, se lasse bientôt de ce qu'il possède. Il en fut ainsi du voyageur. Après le premier moment d'admiration, il cessa de faire attention aux beautés de la contrée qu'il parcourait, et, laissant aller la bride sur le cou de son cheval, il tomba dans une profonde rêverie. A quoi pensait-il? Nous l'ignorons. Il était probablement dans cet état de quasi somnolence d'esprit que l'on remarque souvent chez l'homme inoccupé, alors que le passé ne lui inspire pas de regrets, qu'il est satisfait du présent, et qu'il laisse l'avenir aux mains de la Providence. Or, Boniface de Forcalquier était dans la disposition d'esprit que nous venons de dépeindre ; sauf la mémoire de sa mère, il ne songeait guère au passé : il jouissait du présent et s'inquiétait peu de l'avenir. Mais cette quiétude parfaite devait bientôt être troublée.

Il avait fait ainsi, sans s'en apercevoir, la moitié du chemin, et ne se trouvait qu'à une centaine de pas du couvent
de *Carluec* , lorsque des cris perçants firent évanouir les
images fantastiques qui se succédaient dans son cerveau ,
et le rappelèrent à la réalité. Il piqua des deux , et, arrivé
près du couvent , il vit trois hommes cherchant à entraî-
ner vers le bâtiment, alors désert , deux femmes qui
résistaient de toutes leurs forces.

La disproportion du nombre n'effraya pas Boniface de
Forcalquier. Il mit l'épée à la main , et, en deux bonds
de son cheval, il fut sur les ravisseurs. Ceux-ci lâchèrent
leur proie , saisirent leurs armes et se mirent en mesure
de se défendre. Fort heureusement pour le courageux
jeune homme , ils avaient, dans la lutte avec les deux
femmes , jeté leurs arbalètes, afin d'être plus libres de
leurs mouvements. Cette circonstance rendit moins iné-
gales les chances du combat. Plein de confiance en lui-
même , Boniface s'élança sur les bandits et para lestement
un coup de lance qui lui était adressé en pleine poitrine ;
puis , d'un revers, il fendit la tête à celui qui l'attaquait.
L'homme tomba sur le coup , sans pousser un cri. Ses
compagnons effrayés battirent en retraite. Profitant d'un
accident de terrain qui rendait le passage difficile pour
un cavalier, ils purent s'enfuir dans le cloître, où ils se
réfugièrent. Les y poursuivre eût été inutile et fort dangereux.

Le monastère de *Carluec* , dont les ruines subsistent
encore, mais disparaîtront bientôt, a depuis longtemps
exercé la sagacité des archéologues qui ne sont pas d'accord sur l'origine de son nom. On a bâti là-dessus plu-

sieurs systèmes. Le plus accrédité dans le pays fait remonter cette origine à Charlemagne qui s'y serait arrêté dans un de ses voyages. On l'aurait nommé *Caroli Locus* (1) ; de là, en provençal, *Carl luec*, synonyme du latin. Cette explication en vaut un autre. A tout prendre, il serait possible que le grand empereur eût passé sur l'ancienne voie romaine dans quelqu'une de ses nombreuses pérégrinations, bien que l'histoire n'en ait pas conservé le souvenir. Quoiqu'il soit difficile de croire qu'un souverain ait voyagé dans les montagnes de la haute Provence, où jamais ne se sont passés des événements importants, il pourrait se faire que quelque autre monarque du nom de Charles ait fait une station à *Carluec*. Cependant nous n'admettons pas cette étymologie. Nous avons trouvé une explication beaucoup plus naturelle à laquelle Charlemagne et ses successeurs n'ont rien à voir.

Il faut que l'on sache que, dans le courant du XIVᵉ siècle, il existait à Cereste une famille du nom de Carluec, maintenant éteinte. Il est probable qu'elle possédait auparavant le terrain sur lequel le monastère fut construit, et que, bien antérieurement, elle avait imposé son nom à ce quartier, fait très commun dans nos contrées. C'est pour l'avoir négligé que les archéologues, égarés par une étymologie trompeuse parce qu'elle est vraisemblable, sont tombés dans une erreur dont le bon sens seul aurait dû les garder. Nous pourrions, si la chose en valait la peine, appuyer notre opinion d'exemples pris sur le lieu même.

(1) Lieu ou station de Charles.

Quoi qu'il en soit de l'origine du nom de *Carluec*, nous dirons que ce couvent avait appartenu à l'ordre des Templiers supprimé, depuis cinquante ans, par le roi Philippe-le-Bel et par le pape Clément V. Le bâtiment n'était pas encore atteint de décrépitude ; mais il commençait à se ressentir de l'abandon dans lequel on l'avait laissé depuis lors. Sauf l'église que l'on avait entretenue parce qu'elle servait à l'exercice du culte, le restant de l'édifice témoignait de la négligence des hommes et des injures du temps. Les toits effondrés en plusieurs endroits, les murs intérieurs qui se disjoignaient, imploraient une main réparatrice ; semblable à l'homme qui, dans la force de l'âge, est atteint d'une maladie aiguë et se meurt, si les secours de la médecine lui font défaut.

Les deux bandits, échappés à l'épée de Boniface de Forcalquier, se réfugièrent dans ce bâtiment, où il eût été dangereux de les poursuivre. Il était, au contraire, prudent de s'éloigner sans tarder. On ne pouvait savoir s'ils n'appartenaient pas à quelque troupe nombreuse à laquelle ils auraient servi d'éclaireurs. En effet, les bandes d'aventuriers, que l'attrait du pillage avait réunis, et qui avaient déjà dévasté une partie du midi de la France, menaçaient Avignon. Leur chef, le célèbre Arnaud de Servole, de funeste mémoire, se disposait à demander au pape Innocent VI, ses trésors et ses indulgences. Mais les brigands auxquels venait d'avoir affaire Boniface de Forcalquier n'appartenaient pas à la grande compagnie. C'étaient des pillards isolés que les troubles qui désolaient la Provence avaient suscités.

Ils n'en étaient pas moins dangereux pour cela. Peut-être n'étaient-ils que plus à craindre ; car la grande compagnie devait, dans l'intérêt de sa sécurité même, avoir une sorte de discipline nécessairement inconnue à des gens agissant isolément. L'arrivée du jeune chevalier, et son intervention généreuse, sauvèrent d'un immense danger les deux femmes qu'il avait secourues si à propos. Il mit pied à terre, en ayant néanmoins l'œil au guet, et s'approcha d'elles pour les rassurer. Toutes les deux se jetèrent, pour ainsi dire, dans ses bras, tant elles étaient effrayées. Il les engagea à s'éloigner au plus vite, en leur promettant qu'il les accompagnerait jusque chez elles. Elles obéirent, car ce n'était pas le lieu des crises nerveuses et des défaillances subites, choses que les femmes ne se permettent guère qu'autant qu'elles se trouvent en bonne compagnie, et qu'elles sont sûres, en s'évanouissant, de tomber sur un sofa.

En courtois chevalier, Boniface de Forcalquier donna le bras à celle qui, à sa tournure et à ses vêtements, lui parut la plus qualifiée, et qu'il jugea appartenir à la classe élevée. Son extérieur n'annonçait guère plus de seize ans ; âge d'innocence et d'éclat radieux, où la femme semble arriver en droite ligne du ciel. Elle était blonde, rose et fraîche, à la taille élancée, au maintien noble et digne : c'était la maîtresse. L'autre était une petite brune, rieuse, accorte, rondelette, à l'œil vif, aux cheveux noirs, à l'air délibéré. Son âge ne dépassait pas dix-huit ans. Elle avait le nez retroussé, le pied mignon, la taille un peu courte, mais bien prise : c'était la servante ; alerte paysanne, née sous le ciel fortuné de la Provence, où s'épanouissent de si belles fleurs.

Ils marchèrent d'abord très vite et sans parler, le moment n'étant pas propice à la conversation , Boniface de Forcalquier conduisant la demoiselle, car elle avait un droit incontestable à cette qualification , et la suivante venant immédiatement après eux. Ils ne ralentirent le pas que lorsqu'ils eurent mis un certain intervalle entre eux et *Carluec* , et qu'ils eurent vu arriver à leur secours cinq ou six paysans armés de lances et d'épées. Ces braves gens avaient été prévenus par un jeune garçon qui accompagnait les deux femmes dans leur promenade matinale. Complètement rassurés sur leur sort, ils se dirigèrent vers *Carluec*, dans l'espoir d'y surprendre les bandits. Mais ceux-ci , mettant le temps à profit, avaient déguerpi. On ne les trouva plus.

Chemin faisant, Boniface de Forcalquier eut occasion d'apprendre quelle était la personne à laquelle il venait de rendre un service aussi signalé. Il avait sauvé l'honneur et, peut-être , la vie d'une noble demoiselle , nommée Ayssalène de Reillanne, fille de Bertrand de Reillanne, et nièce de Raymond , le chevalier de Saint-Jean , à l'invitation duquel il se rendait. La fortune ne pouvait mieux le servir, car elle l'introduisait dans cette famille sous le titre de libérateur d'un enfant chéri.

Il apprit encore, mais cette fois ce fût par l'intermédiaire de Sancie , la suivante, qu'Ayssalène était destinée par sa mère à prendre le voile , et qu'elle devait entrer bientôt en qualité de novice dans le couvent de Sainte-Claire , de Manosque.

La soubrette donna libre carrière à sa langue au sujet de la profession qu'une mère cruelle imposait à Ayssa-

lène de Reillanne. Elle prétendait, non sans raison,
que c'était grand dommage de voir entrer en religion
une jeune demoiselle aussi jolie et aussi aimable que
sa maîtresse. Elle serait allée plus loin, et n'aurait pas
craint de faire remonter son blâme jusqu'aux parents
d'Ayssalène, si celle-ci ne lui avait imposé silence. Elle
dit au chevalier que le zèle de sa suivante l'entraînait
trop loin, et que, pour elle, sa résolution était prise.
Elle ajouta qu'elle faisait sans regret le sacrifice de sa
liberté et des plaisirs de ce monde.

Ayssalène de Reillanne était sincère en ce moment.
Elevée loin du tumulte des grandes villes, accoutumée
au calme de la campagne, ne connaissant de la vie que ce
qu'elle avait pu en apprendre dans le cercle intime de la
famille, elle avait accepté sans peine la position que le
zèle peu réfléchi de sa mère lui destinait. La vie paisible
du cloître lui souriait, ainsi qu'il arrive à toutes les jeunes imaginations, elle y voyait une existence dégagée
de tout souci, couronnée dans le lointain par une sainte
et heureuse fin. Les légitimes aspirations de la femme
sommeillaient chez elle; mais l'arrivée de Boniface de
Forcalquier devait leur donner l'éveil. Il était impossible
que cette âme naïve restât insensible au mérite du jeune
chevalier, à sa figure, à ses manières courtoises, et que
l'immensité du service rendu ne provoquât pas sa reconnaissance.

De son côté, Boniface de Forcalquier était obligé de
s'avouer que jamais dans le cours de ses voyages, à la
ville, comme dans les châteaux, il n'avait vu figure
plus attrayante, maintien plus modeste et grâce aussi

parfaite. L'inexpérience d'Ayssalène de Reillanne et sa naïve candeur avaient pour lui un attrait irrésistible, et il sentait son cœur bondir dans sa poitrine, quand le grand œil bleu de la jeune fille lui adressait des remercîments que sa bouche n'osait proférer, crainte de ne pouvoir en tempérer la vivacité.

Bref, ce qui ne pouvait manquer, arriva. L'amour se mit en tiers, il était impossible qu'il en fût autrement. tout concourait fatalement à développer un sentiment que le premier coup-d'œil avait fait naître, et dont on n'aurait pu triompher qu'en l'écrasant dans le berceau. Mais personne n'y pensa ; personne ne pressentit le danger qui menaçait la naïve Ayssalène, et ses parents, tout entiers à leur reconnaissance envers son libérateur, n'eurent pas un instant l'idée qu'elle pût concevoir pour lui un sentiment plus tendre. Il en est toujours ainsi. Nous ne croyons possible que ce que nous pouvons réaliser nous-mêmes, et si notre maison est incombustible, nous ne concevons pas que celle de notre voisin puisse brûler.

Boniface de Forcalquier lutta vaillamment contre le sentiment nouveau qui s'emparait de lui, car il comprenait que ce serait fort mal reconnaître l'hospitalité qu'on lui donnait, ainsi que les égards qu'on lui témoignait, en détournant Ayssalène de la vocation que sa mère lui avait imposée. Mais comment résister à une séduction de tous les instants ? Que faire contre la jeunesse, la beauté, la grâce, la décence ? Comment se soustraire à cette influence irrésistible alors qu'elle est secondée par les ardeurs et les emportements du jeune âge ? De pareils

7

triomphes sont rares. Pour s'en vanter, il faut que le temps ait blanchi la tête, flétri le cœur, desséché les veines. Mais alors on ne vit plus : on végète encore quelque temps, et l'on meurt.

Boniface de Forcalquier fut vaincu. Il succomba, et fit bien. A quoi bon tant résister, quand le plaisir de la défaite vaut mieux que l'honneur de la plus haute victoire ! Quoique nous n'ayons pas l'honneur d'être un noble chevalier, nous en aurions fait autant à sa place. Mais il succomba en honnête homme. Il se promit à lui-même, et pour un homme de cœur ce serment en vaut bien un autre, il promit, disons-nous, qu'il aurait pour femme Ayssalène de Reillanne, et que, quelle que fût la fortune que le destin lui réservât, il ne donnerait jamais ce nom à une autre. Ayant appris à connaître le caractère absolu et opiniâtre de dame Catherine de Reillanne, mère de sa bien-aimée, il prévoyait des obstacles sérieux, de grandes difficultés, des luttes même ; mais il espérait que, Dieu aidant, et en mettant Ayssalène de son côté, il surmonterait tout et viendrait à bout de son dessein.

Tout jeune qu'était Boniface de Forcalquier, on ne pouvait lui faire le reproche d'être un amoureux spéculatif. Il comptait parmi ces hommes qui traduisent bien vite leurs sentiments en action. Dès qu'il fut tombé d'accord avec lui-même, il résolut d'avoir une explication avec Ayssalène de Reillanne, afin d'apprendre de sa bouche si elle approuvait son projet et encourageait ses espérances.

Il lui fut facile de savoir à quoi s'en tenir. Indépen-

damment du secret penchant qui attirait Ayssalène vers
lui, il avait auprès d'elle un chaleureux protecteur. L'af-
fabilité de Boniface de Forcalquier, sa bonne mine, sa
libéralité, le service rendu, car sans lui servante et maîtresse auraient eu même sort, l'avaient mis très avant
dans les bonnes grâces de Sancie. Certainement, si sa
condition l'avait permis, elle l'aurait gardé pour elle.
Mais ne pouvant réaliser une pareille espérance sans
faire une brèche notable à sa vertu, et en l'absence de
toute tentation venant de la part de la personne ainsi
favorisée, elle résolut d'appuyer auprès de sa maîtresse
l'amour du chevalier. Douée d'un tact féminin très sûr,
et d'un talent d'observation assez développé, qualité que
les domestiques possèdent à un fort haut point en ce qui
concerne les affaires de leurs maîtres, elle avait vu cette
passion naître, grandir, et enfin atteindre le degré d'intensité qui précède l'explosion. Elle avait, en même
temps, deviné les secrets sentiments d'Ayssalène. Quand
l'obligeante Sancie s'en fut définitivement assurée, elle
se mit sérieusement et sans le moindre scrupule de
conscience, à faire l'office du démon tentateur présentant la pomme fatale à notre mère Eve. Elle commença
par dire qu'une aussi belle fille que sa maîtresse n'était
pas faite pour rester dans un cloître; que c'était péché
de l'y enterrer, et que les parents qui sacrifiaient ainsi
leurs enfants étaient bien coupables. Ensuite, en regard
du couvent, elle mit le beau damoiseau Boniface de Forcalquier, jeune, brave, bien né et riche; après quoi,
elle ne manquait jamais de s'écrier que, si elle était
demoiselle, son plus grand bonheur serait de l'avoir

pour mari, et qu'elle aimerait mieux vivre un mois avec lui que pourrir pendant cent ans dans un cloître.

Le diable a souvent tort ; mais il peut avoir quelquefois raison : alors il devient irrésistible. La pauvre Ayssalène, sollicitée d'un côté par son propre penchant, tentée de l'autre par le diablotin femelle qui ne lui laissait pas un instant de répit, obligée de convenir que sa suivante disait vrai, et se sentant maintenant beaucoup plus de dispositions pour l'honorable existence de la mère de famille que pour la vie paresseuse du couvent, la pauvre Ayssalène, disons-nous, sentait son cœur se ramollir et se fondre ses précédentes résolutions. Boniface de Forcalquier n'avait qu'à se présenter, il était sûr d'être bien accueilli.

Il vint, en effet, non point en triomphateur, mais en amant soumis, suppliant, délicat. La trouvant seule au salon, un beau matin, pendant que Sancie, au dehors, faisait le guet, l'oreille clouée au trou de la serrure, il lui dépeignit la vivacité de la passion qu'il ressentait pour elle, lui dit que son plus grand bonheur serait d'obtenir sa main, et protesta qu'il n'attendait que son assentiment pour en faire la demande. Tout cela fut exprimé avec des gestes, des regards prouvant que le suppliant était aussi passionné qu'une femme, même très exigeante sur pareil chapitre, pouvait raisonnablement le désirer.

Que devait faire Ayssalène de Reillanne ? Refuser, sans doute ? Hélas ! elle n'en eut pas la force. Des larmes de bonheur jaillirent de ses yeux, coulèrent sur ses joues, et sa main tremblante tomba d'elle-même dans la main de l'heureux Boniface de Forcalquier. C'est ainsi que se firent leurs fiançailles. Sancie seule en fut le témoin ignoré. La curieuse jeune fille assista à cette scène d'amour. L'œil et l'oreille alternativement occupés, lui permirent d'en saisir tous les détails. Elle admira, avec un sentiment d'envie instinctive, le spectacle le plus gracieux qu'il soit donné à l'homme d'apercevoir : la vue de l'amant qui supplie et de la beauté qui capitule.

Jusque là, tout allait pour le mieux, et nos jeunes gens, ravis et passionnés, croyaient n'avoir plus qu'à entonner l'épithalame : Oh ! amour ! oh ! hyménée ! Mais le plus difficile restait à faire. Il s'agissait d'obtenir le consentement de dame Catherine de Reillanne qui, toute sa vie, avait eu la haute main dans sa maison. Poussée par des sentiments de piété exagérés, elle avait elle-même choisi l'état auquel elle destinait sa fille, et avait dirigé son éducation vers ce but. Tant que Bertrand de Reillanne avait vécu, il s'était opposé de tout son pouvoir à l'entrée de sa fille en noviciat. Son frère Raymond l'avait chaleureusement secondé ; mais sa mort, survenue depuis peu, avait laissé Ayssalène sans défense, en la réduisant à la protection peu efficace de son oncle Raymond. La résistance de Bertrand avait eu néanmoins le bon effet de retarder l'entrée de sa fille au couvent. Maintenant que la dame de Reillanne était devenue la souveraine maîtresse, elle avait résolu qu'Ayssalène commencerait son noviciat après les vendanges. Son beau-frère eut beau protester, il fallut s'y soumettre.

Boniface de Forcalquier, avons-nous dit, était instruit du projet bien arrêté que dame Catherine de Reillanne mûrissait depuis longtemps. Cependant, comme le propre des amoureux est de ne jamais désespérer, il se flattait de triompher de sa résistance. Il résolut de faire part de son projet à Raymond de Reillanne. Celui-ci lui répondit que, en ce qui le concernait, il serait bien aise de voir se former cette alliance ; qu'il croyait pouvoir répondre de l'assentiment de son neveu, Raybaud de Reillanne, lequel était en âge de discernement ; mais qu'il craignait que sa belle-sœur ne s'y opposât d'une manière absolue. Il lui promit de sonder le terrain, en exigeant toutefois qu'auparavant Boniface prît congé de la famille, et fût attendre à Céreste le résultat de sa médiation. Dame Catherine éclaterait, à coup sûr, disait-il, quand il l'informerait des prétentions du chevalier, et, sous tous les rapports, il valait mieux pour celui-ci que l'orage ne pût l'atteindre.

Raymond de Reillanne avait deviné juste. Au premier mot qu'il lui toucha de la demande de Boniface de Forcalquier, et de l'inclination réciproque des jeunes gens, la dame de Reillanne entra dans une terrible colère. Elle signifia tout net à son beau-frère qu'elle s'opposait absolument à ce projet, et, le laissant là, elle courut à l'appartement de sa fille, la fureur dans les yeux et la menace à la bouche. La charmante Ayssalène fut largement soufffletée, après que sa mère lui eut fait de vifs reproches sur la liberté grande qu'elle avait prise en se rendant amoureuse de Boniface de Forcalquier ; comme si jamais les enfants avaient demandé pareille permission à leurs parents ! La bonne dame oubliait que, dans sa jeunesse, elle avait aussi adoré le veau d'or.

Mais beaucoup de gens sont ainsi faits : ils se macèrent
par procuration.

L'opposition de dame de Reillanne fut un crève-cœur
pour les amoureux. Il va sans dire qu'on mit Ayssalène
sous clef dans sa chambre, et qu'il fut défendu à Sancie,
sous peine d'être chassée, de favoriser les relations que
Boniface de Forcalquier pourrait chercher à établir. Elle
fut battue, à son tour, pour avoir osé faire la moue en
recevant cet ordre, et pour s'être permis quelques observations. En agissant ainsi, dame Catherine de Reillanne commit une grande erreur et montra qu'elle connaissait peu le cœur humain, car Sancie, outrée du
châtiment qu'elle avait subi, lui en garda rancune. A
l'affection qu'elle ressentait pour sa maîtresse vint se
joindre le désir de se venger des soufflets qu'on lui avait
administrés. Elle atteignit sûrement ce résultat en se li-
guant avec Boniface de Forcalquier.

Celui-ci, instruit du refus de la dame de Reillanne et de
la séquestration d'Ayssalène, s'en vint tout naturellement
rôder à l'entour de sa prison. La mère eut beau faire,
mais sa surveillance ne put jamais être assez exacte pour
empêcher que les jeunes gens ne se vissent quelquefois,
de loin, il est vrai, et ne pussent s'entretenir. A cela,
Sancie s'employait de toutes ses forces, au risque d'at-
traper quelque soufflet. Le reste de la famille paraissait
indifférent. Il y avait même une connivence secrète en
faveur de l'amoureux. Tout le monde fermait les yeux sur
ses démarches, assez ostensibles pourtant, et l'on faisait
semblant de ne pas le voir. Ce manége impatientait encore plus la dame de Reillanne, qui se sentait seule con-

tre tous. Mais elle n'en persista que plus fort dans son refus. Enfin, les choses en vinrent au point que Raymond de Reillanne, désespérant de faire entendre raison à sa belle-sœur, prit congé d'elle et retourna à Manosque, abandonnant ainsi Ayssalène à son sort, et privant Boniface de Forcalquier d'un précieux auxiliaire.

Quelque temps s'écoula au milieu de cette guerre d'embuscades et de surprises. Quelquefois victorieux, encore plus souvent vaincu par l'infatigable surveillance de la dame de Reillanne, Boniface de Forcalquier voyait avec chagrin et avec dépit que ses affaires n'avançaient pas et que le moment de la catastrophe approchait. Déjà, dame Catherine de Reillanne était parvenue à jeter une certaine froideur entre lui et son parent, le seigneur de Céreste. Guillaume Auger de Forcalquier, en homme sensé, lui fit des remontrances sur sa conduite. Il s'efforça de lui faire comprendre qu'il lui serait difficile, sinon impossible, d'entrer dans la famille de Reillanne sans avoir, au préalable, obtenu le consentement de la mère qui en était le chef. Il lui dit que, s'il persistait dans sa poursuite, il se préparait un fâcheux désappointement, sans parler des mauvais traitements auxquels, à cause de lui, était soumise Ayssalène. Mais ces représentations furent faites en pure perte. C'est toujours un temps mal employé que celui que l'on met à raisonner un amoureux, car constamment le vent emporte les paroles du Mentor.

Comme, en résumé, Boniface de Forcalquier n'était pas plus sage que les autres jeunes gens de son âge, et que, eût-il été privilégié au point d'écouter les conseils

de l'expérience, l'amour lui eût fermé les oreilles, il ne
tint nul compte des paroles de son cousin. Il en résulta
seulement qu'il prit congé de lui. Les deux parents se
séparèrent civilement, mais avec quelque froideur. Boniface était peu satisfait de la mercuriale qu'il avait
reçue, et Guillaume Auger haussait les épaules de pitié
en voyant ce jeune homme persister dans un projet qu'il
lui était impossible de réaliser.

Mais la dame de Reillanne ne gagna rien à avoir ainsi
semé la désunion entre des parents. Boniface de Forcalquier se garda bien de retourner à Pierrevert. Il changea
seulement de résidence, pour établir son nouveau quartier général à Saint-Michel, village distant de Reillanne
d'environ une lieue. Il s'installa chez un des amis de
son père, nommé Pierre Arnaud, lequel avait plusieurs
fils à peu près de son âge. De là, il faisait ses courses
quotidiennes à Reillanne, tantôt seul, tantôt accompagné
de George Arnaud, l'un des fils de son hôte, avec lequel
il était plus particulièrement lié. Ce jeune homme, destiné d'abord à l'état ecclésiastique, avait, dans un moment d'effervescence juvénile, jeté le froc aux orties.
Depuis lors, pour se dédommager sans doute de la contrainte que son ancien habit lui avait imposée, il vivait
en homme mondain, affectant une grande désinvolture
soit d'esprit, soit de corps, et prenant les manières et
la tournure d'un cavalier. Il se faisait surtout remarquer
par une longue épée, qu'il portait néanmoins avec grâce,
et dont il savait se servir au besoin.

Mais les allées et venues de Boniface de Forcalquier
n'aboutirent à rien, et bientôt arriva le moment fatal,

c'est-à-dire le jour où Ayssalène de Reillanne devait être conduite par sa mère chez les religieuses de Sainte-Claire, à Manosque. Dire combien la malheureuse victime, que l'on sacrifiait ainsi, versa de pleurs, serait inutile, car tout le monde sait qu'en général le couvent a peu d'attrait pour les jeunes filles, et qu'il est particulièrement odieux à celles que l'amour du monde et de la créature tient au cœur. Ayssalène pleura donc beaucoup en quittant ses frères et ses sœurs, et Reillanne qu'elle n'espérait plus revoir. Mais ce fut avec un véritable désespoir qu'elle se sépara de Sancie, sa suivante, devenue sa confidente, par le fait même de dame Catherine de Reillanne. C'est le résultat ordinaire de la sévérité outrée des parents, et de leur refus de satisfaire les désirs légitimes et convenables de leurs enfants : non seulement ils provoquent la révolte, mais ils les contraignent à donner leur confiance à des mercenaires qui en sont rarement dignes.

Enfin, le sacrifice s'accomplit. Un matin du mois d'octobre, deux jours seulement avant celui qui fut témoin de la rencontre de Bertrand Chicholet avec Boniface de Forcalquier auprès du pont de Drouilhe, une caravane partit de Reillanne. Elle se composait de dame Catherine de Reillanne, d'Ayssalène sa fille, et d'un domestique, tous les trois à cheval. A quelques pas en arrière, un homme à pied chassait un mulet chargé de bagages. C'était le trousseau de l'infortunée novice.

Le trajet fut long, car la route, qui est très accidentée, était alors fort mauvaise. C'était un simple sentier praticable, tout au plus, pour des piétons et pour des cavaliers. A cette époque, le transport des marchandises se faisait entièrement à dos de mulet. C'était ainsi que l'on voiturait, d'une extrémité de la Provence à l'autre, les denrées provenant du sol, les produits exotiques, et ceux des rares industries qu'un commerce borné permettait d'exploiter.

En toute autre circonstance, le voyage entrepris par la dame de Reillanne aurait offert peu d'agrément; mais il était particulièrement ennuyeux à cause de la disposition d'esprit des voyageuses. La mère, dépitée de voir le peu de cas que l'on faisait de ses conseils et de son autorité, gardait rancune à sa fille; et celle-ci, outrée de la violence dont elle était l'objet, se renfermait dans un mutisme absolu. Pendant quatre heures que dura le voyage, il ne fut pas échangé entre la mère et la fille une parole amicale.

Ces dispositions, réciproquement peu bienveillantes, abrégèrent la longueur ordinaire des adieux. La dame de Reillanne arriva directement au couvent de Sainte-Claire, remit sa fille à une religieuse, et s'enferma avec la supérieure, qu'elle ne quitta qu'après un long entretien. Elle l'instruisit de la poursuite obstinée de Boniface de Forcalquier, des craintes qu'elle avait qu'il ne fît quelque esclandre compromettante pour sa fille, et l'engagea à la faire surveiller rigoureusement.

Dame Catherine de Reillanne n'avait pas tort de se méfier, car, pendant tout le cours de son voyage, à chaque détour du chemin, elle avait pu voir deux cavaliers la suivant à distance, et paraissant régler leur marche sur la sienne. L'éloignement ne lui permettait pas de les reconnaître, mais sa conscience lui disait que Boniface de Forcalquier était l'un de ces cavaliers. Quant à Ayssalène, elle était sûre que son amant la suivait. Elle se retournait de temps en temps en cachette pour tâcher de l'apercevoir, ce qui lui valait une verte semonce de la part de sa vigilante mère, toutes les fois qu'elle était surprise en flagrant délit.

La mère et la fille ne se trompaient pas dans leurs pressentiments. La colère et l'amour les servaient à merveille. C'était, en effet, Boniface de Forcalquier qui avait levé subitement le camp en apprenant le départ d'Ayssalène pour Manosque. Il s'en réjouissait presque, car il comprenait qu'il aurait meilleur marché des religieuses que de la dame de Reillanne. Il ne savait au juste ce qu'il résoudrait, à quoi il aboutirait ; mais il espérait pouvoir se procurer quelque entrevue avec Ayssalène ; apprendre de sa bouche si elle persévérait dans ses sentiments, et, enfin, en arriver aux grands moyens, c'est-à-dire lui proposer un enlèvement. L'expédient est ancien ; mais il n'en est pas plus mauvais pour cela. C'est la dernière raison des amoureux contrariés, de même que le canon est la dernière raison des rois. Il y a néanmoins cette différence essentielle, c'est que les amoureux vident leur querelle eux-mêmes et non par procuration.

Tel était le projet que Boniface de Forcalquier, dans l'emportement de son amour, exposait, pour la centième fois, à son ami George Arnaud, chevauchant à côté de lui. Celui-ci, qui n'était guère plus sage, approuvait hautement et offrait son concours pour l'exécution. Je tiendrai l'échelle, disait-il, pour que tu puisses escalader le mur, et si quelque nonce vient à passer, je me charge de l'assommer.

Nous verrons cela plus tard, répondit Boniface; je
compte sur toi, et je sais que tu ne failliras pas quand
le moment de m'aider sera venu. Mais auparavant il me
faut le consentement d'Ayssalène. Dès que je l'aurai
obtenu, nous agirons. Je veux aussi faire part de mon
projet à mon frère, Bertrand Chicholet; il pourra nous
être d'un grand secours.

— Tu as raison, reprit George; Bertrand est un garçon plein de ressources. Mais que diront ton père et ton
oncle? peut-être te blâmeront-ils d'employer le moyen
extrême de l'enlèvement.

— Je n'ai rien à craindre de ce côté, répliqua Boniface;
mon père, dont je suis l'unique enfant, consent à tout
ce que je veux. Mon oncle est aussi indulgent que lui.
Tous deux verraient avec plaisir que j'épousasse Ayssalène. Depuis longtemps ils désirent que je me marie; or,
comme le parti est convenable sous tous les rapports, ils
ne s'inquièteront pas outre mesure de la manière dont
j'aurai obtenu ma femme. D'ailleurs, je me garderai bien
de leur faire la confidence de mon projet. Une fois l'événement accompli, il faudra qu'ils le ratifient. Ils m'aiment trop pour me refuser quelque chose.

— Cela étant, dit George Arnaud, allons de l'avant.
Des deux côtés, les parents sont pour nous, sauf la dame
de Reillanne, qui pestera joliment quand on lui aura
soufflé sa fille. Mais peu m'importe! je n'aime pas les
mères qui violentent l'inclination de leurs enfants, et je
me range toujours du côté de ceux-ci. Je suis persuadé
que Raymond de Reillanne, ainsi que son neveu Raybaud, ne seront pas fâchés que tu les contraignes à te

donner Ayssalène. Ils cèderont sans peine à la nécessité, car il leur serait difficile de trouver mieux pour elle. Quant à moi, si j'étais à leur place, j'aimerais mieux la jeter aux bras du premier bourgeois venu que de l'enterrer ainsi toute vive. Ne serait-ce pas grand dommage qu'une aussi belle fille fût enfermée à jamais dans un couvent ? C'est une mort anticipée.

— Je suis bien de ton avis, répondit Boniface. Je suis déterminé à tout faire pour l'y soustraire. J'y perdrai plutôt la vie, car maintenant il me faut Ayssalène. Je l'aurai ; malheur à qui s'y opposera !

— Et je t'y aiderai de tout mon cœur, s'écria George Arnaud ; que le diable emporte les couvents ! Si on y enfermait ma maîtresse, j'y mettrais le feu pour l'en faire sortir !

George Arnaud était un peu ce qu'on appelle maintenant un esprit fort ; non pas qu'il fût irréligieux, car ce n'était guère le défaut du temps où il vivait ; mais quoiqu'il fût jeune, ardent et inconsidéré, il lui arrivait quelquefois de réfléchir. Dans ces occasions, sans manquer en rien au respect et à la fidélité qu'il avait pour le culte de ses pères, il s'était souvent demandé, dans une de ces éclaircies où la raison dissipe les préjugés et nous permet d'apercevoir la lumière, de quelle utilité étaient les couvents et à quelle nécessité sociale ils répondaient. La question ainsi posée était d'une solution facile. Ils sont inoffensifs aujourd'hui que le flot de la population monte, monte toujours, et menace d'étouffer dans l'étroite limite qui lui est assignée, — au point qu'on en est à se demander comment feront nos arrières neveux, — et que la doctrine malthusienne a pu se produire sans susciter trop de réprobation. Mais ils étaient éminemment nuisibles au XIVe siècle, alors que la population était tellement clair-semée que la moitié des terres restaient en friche, et en présence de la terrible peste noire qui ravageait l'Europe. Ils en tarissaient la source, en même temps qu'ils mettaient hors du commerce une fort grande partie de la fortune immobilière, principale richesse des nations. Il était donc impossible qu'un esprit clairvoyant, quoique réfléchi par boutades, ne fût pas frappé quelquefois des inconvénients résultant des établissements trop multipliés des fondations religieuses, et que, sans manquer en rien à ses croyances, il désirât voir s'amender une situation évidemment mauvaise. Celui qui raisonnait ainsi n'était pas en avant de son siècle, car le bon sens est de tous les pays, de toutes les époques et de toutes les conditions. Nous ne reconnaissons comme avant-coureurs du progrès que ceux qui, soutenus par la puissance de leur génie, encouragés par une foi ardente, ont recherché, aperçu et proclamé une de ces vérités destinées à modifier le sort du genre humain. On peut dire avec raison de ces esprits créateurs, qu'ils ont devancé leur siècle ; on est en droit de les appeler des esprits forts, car ils ne se sont pas laissé offusquer par les préjugés. Quelques-uns même ont abusé de leur puissance pour saper des institutions protectrices et sacrées, se mettant ainsi en opposition avec toutes les lois divines et humaines.

Les deux amis en étaient à ce point de leur conversation, quand ils furent joints par un cavalier, monté comme eux sur un excellent cheval, et armé en homme qui s'attend à faire quelque mauvaise rencontre. Nous n'avons pas besoin de répéter que si, en général, le port d'armes offensives était défendu dans l'intérieur des villes, on le tolérait en voyage, attendu l'insécurité habituelle des chemins. L'individu dont nous parlons portait l'épée et la dague. A son bras droit était attachée une longue lance reposant sur l'un des étriers. Il était coiffé d'un casque sans visière, et toute la partie supérieure de son corps était protégé par un jacque de cuir, muni de lames d'acier sur les épaules ; devant sa poitrine était suspendu un bouclier, dont le centre s'arrondissait en se terminant en pointe.

Le nouvel arrivant pouvait avoir environ vingt-deux ans. Il était grand, fortement constitué ; il avait la tête petite, le front haut, l'œil vif, les cheveux et la barbe noirs, et un grand nez aquilin donnait à sa physionomie, fort agréable d'ailleurs, un air de sévérité qui s'accordait mal avec son âge. Mais cette apparence calme et réfléchie était trompeuse : le feu couvait sous la cendre, car sous cette enveloppe d'austérité se cachait un caractère fougueux et un tempérament ardent. Il en donna plus d'une fois des preuves.

Boniface de Forcalquier et George Arnaud n'étaient pas fort éloignés du chemin de Pierrevert, quand ce cavalier, qui paraissait les connaître, piqua son cheval pour les atteindre plus vite. Au bruit qu'il fit, ils se retournèrent et reconnurent un de leurs amis, qu'ils accueillirent avec des témoignages de grande satisfaction, car, ils ne s'étaient pas rencontrés depuis quelque temps. Ce jeune homme était d'Apt : il se nommait Elzéar Raspaud.

— Eh ! bonjour ! fit George Arnaud, en lui donnant une cordiale poignée de main. Bonjour, Auzias ! D'où sors-tu ? Voilà deux ou trois mois que l'on ne t'a vu !

— Je viens d'Apt, tout simplement, répondit l'autre, et je vais à Manosque pour régler une affaire intéressant mon père. Je vous aurais rendu plus tôt visite, si le brave homme avait jugé à propos de délier les cordons de sa bourse. Mais, il tient à ses écus, ce qui fait qu'il n'est pas toujours facile de lui en arracher quelques-uns.

— Tant pis ! reprit George ; car tu sais comment les employer. Malheureusement, les parents oublient trop volontiers qu'ils ont été jeunes.

— Ce n'est que trop vrai, dit Elzéar ; j'en ai plus d'une fois fait la triste expérience. Cependant, pour ce coup, mon père a été généreux. Ce qu'il m'a donné, joint à un peu de blé de *lune* (1) que je lui ai fait, me permettra de passer une joyeuse quinzaine à Manosque. Il a beau fermer la porte : *qu a fa la sarrayo a fa l'enganno* (2).

— Parfait ! répliqua George Arnaud, en éclatant de rire ; car, faire du blé de lune à son père a toujours passé pour une pécadille ; ainsi, nous t'aurons à Manosque pendant quelque temps. Tant mieux ! Mais, dis-moi, tu es armé comme saint George, mon patron ; pourquoi cela ?

(1) Le fils de famille qui vole du blé à son père pendant la nuit, fait du blé de lune.

(2) Celui qui a fait la serrure a fait le moyen de l'ouvrir. Il existe un dicton semblable en italien.

— Ce n'est pas sans raison, répondit Elzéar Raspaud ; ne sais-tu pas que la grande compagnie est devant Avignon ?

— J'en ai ouï parler, dit George ; mais nous sommes trop loin et dans un pays d'accès trop difficile pour avoir quelque chose à craindre.

— C'est bon à dire pour vous, répliqua Elzéar ; mais à Apt nous devons nous tenir sur nos gardes à cause du voisinage d'Avignon. On peut rencontrer quelqu'un de ces bandits ; alors, malheur à celui qui ne serait pas en mesure de se défendre. — Eh bien ! Boniface, comment vont les amours?

Elzéar Raspaud connaissait de point en point les récentes aventures de Boniface de Forcalquier. La délivrance d'Ayssalène, la mort de l'un des bandits, avaient fait assez de bruit dans le pays, et Reillanne et Apt sont trop voisins, leurs relations sont trop multipliées, pour que ces événements eussent été ignorés dans cette dernière ville. Il avait appris aussi le rejet des prétentions de son ami, ainsi que son obstination à ne pas abandonner ses poursuites. Ce n'est pas trop de dire qu'il désirait vivement voir soulever l'obstacle qui s'opposait à son bonheur.

— Mal, répondit Boniface ; la mère s'obstine toujours dans son refus. Que lui ai-je fait, ô mon Dieu ! pour me traiter ainsi ?

— Tu abandonnes donc la partie, dit Elzéar, puisque tu quittes Reillanne?

— Point du tout, répliqua son ami. Je tiens, au contraire, plus que jamais, à mon projet. Je sens que je ne

puis vivre sans Ayssalène. Je vais à Manosque, où George
a bien voulu m'accompagner, parce que, aujourd'hui
même, la dame de Reillanne y conduit sa fille. Elle la
fait entrer au couvent des Clairistes pour y commencer
son noviciat. Mais les vœux ne sont pas encore pronon-
cés ! ajouta Boniface, en agitant la main avec colère ; il y
a loin de la coupe à la bouche.

— Et comment feras-tu pour t'y opposer ? demanda
Elzéar.

— Comment je ferai ? s'écria Boniface : eh ! pardieu !
je l'enlèverai. Qu'Ayssalène y consente, je t'assure que ce
sera bientôt fait.

— Caspi ! répliqua Elzéar Raspaud ; comme tu y vas !
prends garde ! Tu vas te mettre l'inquisition aux trousses.
Tu sais qu'il ne fait pas bon s'y frotter.

— Je m'en soucie fort peu. On n'est pas hérétique
parce qu'on aura enlevé une fille mise de force dans un
couvent. Je suis décidé à tout braver. L'inquisition ni la
justice ne m'arrêteront pas.

— Au fait, dit George Arnaud, il faut savoir oser.
Que Boniface commence par arracher sa belle du couvent,
c'est là l'essentiel ; après, il verra venir ; il aura toujours
le temps de se rapatrier avec tout le monde. Quant à moi,
je suis résolu à lui donner un coup de main au besoin ;
et toi, Auzias, que feras-tu ?

— Moi, répondit Raspaud, je lui en donnerai deux,
s'il le faut. Je n'ai parlé que pour prévenir Boniface du
danger qu'il courait. Cela fait, je suis prêt à le braver. Je
connais la demoiselle de Reillanne ; c'est un morceau
trop délicat pour un couvent ; et je trouve fort naturel

qué notre ami Boniface veuille le prendre pour lui. Mais,
à présent que j'y songe, j'ai affaire avec le révérend père
Pierre, abbé de Valsainte, qui habite en ce moment sa
campagne de Corbière. C'est un grand ami de mon père.
Qui sait s'il ne pourrait pas nous servir?

— Et en quoi? reprit Boniface de Forcalquier. En
supposant qu'il voulût intervenir, je ne vois pas comment
il me viendrait en aide.

— Plus que tu ne penses, fit Raspaud. Il est certain
qu'il ne t'aidera pas enlever ta belle ; mais il peut agir
auprès de la dame de Reillanne. Tu le connais peu , ou ,
peut-être même, pas du tout. Moi , je vis avec lui dans
une certaine intimité, car je suis un de ses compagnons
de chasse les plus assidus. Je sais pertinemment qu'il
n'aime pas qu'on fasse violence aux consciences. Il prétend que, cloîtrer une fille par force, c'est rendre une
créature malheureuse , et faire une offrande peu agréable
à Dieu. Or, il faut que tu saches qu'il a des relations fort
étroites avec la famille de Reillanne dont il est le voisin.

— Cela étant, dit George Arnaud, il me semble qu'on
ne risque rien d'avoir recours à lui. S'il échoue, nous
emploierons le grand moyen. Qu'en penses-tu , Boniface ? Qui ne dit rien , consent.

— Eh bien ! reprit Elzéar Raspaud , je lui en parlerai,
pas plus tard que demain. Mais , à présent que je connais
votre projet, quels moyens avez-vous pour l'exécuter?
Car il faut prévoir le cas où l'intervention de l'abbé de-
meurerait sans résultat.

— J'avoue que nous sommes fort embarrassés , répliqua Boniface de Forcalquier. Nous avons déjà discuté

plusieurs plans. Mais, avant tout, il me faut le consentement d'Ayssalène ; et, pour cela, il est nécessaire de la voir.

— Nous la verrons, répondit Raspaud. Ecoute ! Avant d'entreprendre le siége d'une place, on en fait la reconnaissance. Nous agirons ainsi pour le couvent. Ce soir, sans plus tarder, il faut commencer par étudier la position. Nous tâcherons ensuite d'en connaître la disposition intérieure, et j'ai pour cela un moyen infaillible. Ces préliminaires indispensables accomplis, nous serons en mesure d'agir, s'il est nécessaire d'en venir là.

— Il m'est impossible de commencer ce soir, dit Boniface. Je suis obligé d'aller à Pierrevert me présenter à mon père et à mon oncle, que je n'ai pas vus depuis plus d'un mois. Mais dans deux jours, sans faute, je vous rejoins à Manosque.

— C'est bon, fit Raspaud, d'ici là les voies seront aplanies. J'aurai dépêché l'abbé de Valsainte à la dame de Reillanne, et j'aurai gagné à notre cause une domestique du couvent. Il y a chez les Clairistes une fille d'Apt que je connais beaucoup.

— Bravo ! s'écria George Arnaud ; c'est un coup de partie. Une place dans laquelle on a des intelligences est bientôt prise. Maintenant, ami Boniface, au revoir ! Nous sommes sur la croisière du chemin de Pierrevert, il faut nous séparer. Tu sais qu'il est convenu que je ne t'accompagne pas chez ton père ; je ne veux pas me faire sermonner en ta compagnie ; j'ai assez des mercuriales que je reçois à la maison.

— Adieu ! et à bientôt ! dit Raspaud. A ton arrivée, tu trouveras la besogne avancée.

Sur ce, ils se séparèrent. Boniface de Forcalquier prenant le chemin de la maison paternelle, et Elzéar Raspaud, accompagné de George Arnaud, se dirigeant vers Manosque, où ils ne tardèrent pas à arriver.

Les événements que nous venons de raconter, furent dits encore plus longuement à Bertrand Chicholet par Boniface de Forcalquier. On sait que les amants sont prolixes quand ils s'entretiennent de leurs affaires de cœur. Au reste, ils ne sont pas les seuls à avoir ce défaut. Nous ne savons pas tarir, quand nous abordons un sujet qui nous est personnel, quelque futile qu'il soit.

Chicholet fut surpris et même scandalisé que la dame de Reillanne eût osé refuser sa fille à un homme qui, selon lui, par sa naissance et par ses qualités, aurait pu aspirer à la fille d'un prince. Il pesta à satiété contre l'outrecuidance de dame Catherine, et trouva fort simple que Boniface de Forcalquier, ne pouvant obtenir Ayssaléne du gré de sa mère, se proposât de l'enlever. La chose lui paraissait tellement naturelle, qu'elle ne supportait pas la moindre objection. On comprend qu'avec une pareille disposition d'esprit, il ne se fit pas demander deux fois son concours. Il l'offrit au premier mot, en disant à son frère de lait, qu'en cela, comme en toute autre chose, il était à sa disposition et qu'il n'avait qu'à parler.

On sera peut-être surpris de cette facilité de mœurs, qui faisait proposer sans honte et accueillir sans réserve un projet dont la loi punit aujourd'hui l'exécution avec sévérité. Mais il faut qu'on sache qu'en Provence, le rapt qui se fait du consentement de la personne enlevée n'a rien d'odieux. C'est un moyen extrême d'obtenir le consentement de parents récalcitrants. Les amoureux connaissent la puissance du fait accompli aussi bien que les plus fins diplomates. Ils procèdent même à l'enlèvement avec une sorte de solennité : ils y appellent des témoins, et, avant de partir, la demoiselle déclare, en leur présence, que c'est elle qui enlève le jeune homme. Celui-ci, dès lors, se croit à l'abri de toutes poursuites, parce qu'on ne peut l'accuser d'avoir usé de violence. Cette croyance est erronée quand la demoiselle est mineure, cependant elle est universellement répandue. Il nous est arrivé plus d'une fois, bien à contre-cœur, nous l'avouons, de convaincre de son erreur, quelque Léandre peu sentimental, qui se flattait de braver la vindicte publique, sur le motif que son Ariane avait prononcé les paroles sacramentelles.

Malgré cela, les enlèvements sont encore assez communs en Provence. Quand un couple amoureux, dont les parents n'entendent pas raison, a disparu, on entend répéter par les rues, *se sount raoubat* (1) ; puis tout est dit. On peut être sûr que c'est la fille qui a enlevé le garçon, car elle l'a déclaré ainsi à ses témoins. Cet usage baroque, ce renversement apparent des lois de la nature, a son bon côté, si on l'envisage au point de vue du sexe masculin. Celui-ci n'a pas le droit de s'en plaindre. Nous ne savons ce qu'il en est, n'ayant jamais eu l'avantage d'avoir été enlevé ; mais nous soupçonnons que ce ne doit pas être fort désagréable. Semblable au navigateur voguant sur une mer tranquille, l'amant ravi peut, sans

(1) Ils se sont enlevés.

crainte, se confier à sa destinée, à moins, toutefois, que la personne ravissante ne fût un peu trop majeure. Mais il ne faut jamais raisonner d'une manière absolue. On doit toujours sous entendre les réserves convenables : *exceptis excipiendis* (1), ainsi que nous disions à l'école.

(1) Excepté ce qui doit être excepté.

CHAPITRE V

LE SIÉGE

« Senher, oc, » dis Richart; « ja no y anetz duptan :
En agremonia so en una tor mot gran,
E teno'ls assetgat tre cent melia payan.
Per mi vos mandan tut, lor siatz socorran.
Et els que an ab lor la filha l'almiran,
Una gentil donzela ab le cor ben estan. »
Un pasatge lay a per mot grand maestria,
Martiple la Cieutat qu'es fort e ben ayzia,
Et hi a un gran pon et una tor garnia,
E perdenant la tor una porta garnia.
De dos parelhs de barras la porta es establia,
E cadenas de fer faytas ab maestria.

FIÈRABRAS.

Au dire du père Columbi, le couvent de Sainte-Claire
de Manosque, était situé hors de la ville, sous la porte
de la Saunerie, et à l'extrémité du faubourg de ce nom.
Sa fondation remontait à l'année 1323. Par acte ou bulle
du 25 septembre de la même année, Hélion de Villeneuve, grand maître de l'ordre de Saint-Jean, autorisa
les religieuses de Sainte-Claire à acquérir un terrain à
Manosque, pour y construire un couvent et y établir un
jardin, à condition qu'elles ne seraient qu'au nombre de
dix ou douze, au plus, et que, si ce terrain était ensuite

abandonné par elles, il retournerait à l'ordre. Il fut dit en outre dans la bulle que les religieuses ne pourraient acquérir des terrains, maisons ou redevances au delà de leurs besoins; le tout à l'appréciation du commandeur résidant à Manosque.

Ce couvent, ayant duré très peu sur cet emplacement, il est impossible d'en faire la description avec quelque exactitude. Moins de cinquante ans après, l'établissement fut transféré au quartier des Pagans. Tout ce que nous pouvons dire, c'est que, selon toutes les apparences, la porte principale s'ouvrait vis-à-vis la ville, sur cette partie qui est devenue plus tard une promenade publique, appelée les Lices. Le jardin était par derrière; une enceinte continue l'entourait à l'est, au midi et au couchant. D'après certains confronts que nous avons recueillis, nous conjecturons que le couvent de Sainte-Claire ne devait pas être fort éloigné de l'établissement du même genre existant aujourd'hui sur les lieux. Mais, nous le répétons, les documents nous manquent pour l'emplacer exactement.

Les communications de la ville au monastère se faisaient librement, soit par la porte de la Saunerie, soit par celle dan Gaud; car, chose extraordinaire, la ville de Manosque n'était pas protégée par un fossé, bien que le terrain sur lequel elle était assise permît d'ajouter cette défense au rempart qui l'entourait. Le père Columbi, qui écrivait au milieu du XVIIᵉ siècle, avoue que, de son temps, il n'en restait pas de traces, et si quelques-uns des documents qu'il rapporte prouvent qu'il exista des fossés sur une partie du périmètre de la ville, il en

résulte en même temps qu'ils furent creusés à une époque postérieure de près de dix ans. Quant à nous, nous
pouvons affirmer que, bien que nous ayons compulsé un
grand nombre d'actes des XIIIᵉ, XIVᵉ et XVᵉ siècles, nous
n'y avons jamais rencontré la mention d'un fossé. Lorsque
les héritages, et principalement ceux qui s'étendaient de la
porte de la Saunerie à celle du Soubeyran, et qu'on nommait les Ferrayes, touchaient la ville, on leur donnait invariablement le rempart, autrement dit le *barri*, pour
confront. Preuve évidente qu'il n'existait pas de fossé, car
c'est un confront trop saillant pour être omis. Cependant,
l'article 11 de la sentence arbitrale du 3 des ides de novembre 1234, défend d'élever des constructions dans les
fossés *communs* de la ville, joignant les remparts. Mais
ces fossés n'existaient plus en 1357, et nous croyons qu'ils
se trouvaient sur une autre partie de la ville. Par conséquent, nous pouvons établir en fait que Manosque n'a-
vait ni fossé, ni chemin de ronde extérieur, et que toute
sa défense consistait dans une enceinte continue de remparts, ainsi qu'au fait de n'être dominée de nulle part,
si ce n'était du côté du mont d'Or. Mais cette circonstance
était insignifiante à une époque où l'artillerie n'était pas
encore en usage.

Dans l'après-midi du jour qui suivit l'exécution de Béatrix Pachière, un conciliabule fut tenu chez Boniface de
Forcalquier. Elzéar Raspaud, George Arnaud et Bertrand Chicholet étaient présents. Elzéar Raspaud rendit
compte de la mission dont il s'était chargé. Il apprit à ses
amis que l'abbé de Valsainte lui avait paru fort bien
disposé envers Boniface de Forcalquier, et qu'il avait

promis d'intervenir en faveur d'Ayssalène. Ce dignitaire ecclésiastique devait agir d'autant plus chaudement, qu'il s'intéressait beaucoup à cette jeune fille dont il était le parrain; circonstance que nos amis ignoraient. Cependant, il ne dissimula pas à Elzéar Raspaud qu'il aurait fort à faire pour ramener à la raison la dame de Reillanne, parce que, lui dit-il, elle avait depuis longtemps arrêté de faire entrer sa fille en religion dans le monastère de Sainte-Claire de Manosque, et, qu'étant d'un caractère passablement opiniâtre, il était à craindre qu'elle persévérât dans ce projet.

Du côté du couvent, Raspaud avait été plus heureux. Quelques paroles bienveillantes dites à Ermessende Bésenèche, cuisinière de l'établissement, quelques sous provençaux glissés à propos dans la main, l'avaient disposée à faire parvenir un message à Ayssalène. La compatissante cuisinière, qui avait la tête chaude et le cœur tendre, se laissa gagner par le récit pathétique que lui fit Raspaud de l'amour des deux amants, et des chagrins que leur causait l'obstination irréfléchie de la dame de Reillanne. Elle se décida à leur venir en aide, en apprenant que Boniface de Forcalquier recherchait Ayssalène en mariage. Pour sa conscience peu timorée, le but légitimait les moyens.

Une lettre pour Ayssalène fut donc préparée. Point n'est besoin de dire si Boniface de Forcalquier y fut éloquent. On l'est toujours, soit que l'on parle, soit que l'on écrive, quand le cœur est plein de son sujet. En attendant l'occasion de la faire parvenir, et pour mettre le temps à profit, il fut convenu qu'on irait explorer le couvent de Sainte-Claire, et qu'on en étudierait les alentours afin de pouvoir y pénétrer plus aisément quand il s'agirait de mettre l'enlèvement projeté à exécution. Ce fut Bertrand Chicholet qui proposa cette expédition, attendu qu'il se fiait médiocrement à l'intervention du révérend abbé de Valsainte.

On peut concevoir un projet insensé et l'exécuter avec sagesse. Nos jeunes gens étaient dans ce cas. Enlever du couvent Ayssalène de Reillanne était un acte de haute folie ; mais du moment qu'ils prenaient cette détermination, il était prudent d'aviser aux moyens d'assurer la réussite du projet. Pour que personne ne pût se douter de leur intention, ils sortirent séparément de la ville pendant que la cloche du guet sonnait, c'est-à-dire, demiheure environ avant la nuit close. Les uns passèrent par la porte Guilhen-Pierre, les autres par celles dan Gaud et de la Saunerie, et, quelques instants après, ils se trouvèrent réunis devant le monastère.

Il va sans dire que Boniface de Forcalquier et Bertrand Chicholet arrivèrent les premiers au rendez-vous. George Arnaud et Elzéar Raspaud les suivirent de près. Tous ensemble, à la faveur de la nuit, examinèrent avec beaucoup de soin les murs d'enceinte du jardin. Ils reconnurent, avec satisfaction, que, du côté du couchant, il était aisé de les franchir au moyen d'une échelle de longueur médiocre. Ils n'étaient pourvus d'aucune défense, car on en avait arrondi la crête en la revêtant de tuiles enchâssées les unes dans les autres. La sortie ne présentait pas plus de difficultés que l'entrée.

— Voilà qui est vu suffisamment, dit Bertrand Chicholet ; maintenant retournons en ville. Quand le moment sera venu , je me fais fort de pénétrer dans le couvent et d'en sortir presque aussi aisément que si je marchais de plain-pied. Que Dieu bénisse le maçon qui a eu l'idée de construire un mur si bas!

— Le constructeur prévoyait peut-être qu'un jour un amoureux aurait besoin de l'enjamber pour délivrer sa maîtresse , répliqua George Arnaud ; mais prévoyant ou non , nous lui devons des actions de grâce.

— C'est bon , c'est bon ! dit Elzéar Raspaud ; nous le remercierons plus tard. A présent il faut rentrer bien vite, crainte que les gardiens des portes de la ville ne s'aillent coucher et nous laissent passer la nuit à la belle étoile.

L'avis était prudent. Aussi bien nos jeunes gens se hâtèrent-ils d'en profiter. Ils se dirigèrent vers la porte Guilhen-Pierre qui s'ouvrit pour eux , moyennant une légère rétribution. Le portier, maître Merlin Ponssillon , les admit sans faire la moindre observation. Il se contenta de leur souhaiter le bonsoir.

Quand ils eurent fait quelques pas dans la rue , Bertrand Chicholet dit à Boniface de Forcalquier qu'il était obligé de le quitter. Il se disposait à partir, après les avoir salués ; mais Elzéar Raspaud le retint en disant : Où vas-tu ainsi , Bertrand? Je croyais que nous passerions la soirée ensemble. Viens à mon logis , nous y jouerons aux dés en buvant une bouteille de vin blanc.

— Merci , monsen Auzias, répondit Chicholet; j'ai affaire quelque part. On m'attend , et je ne veux pas manquer à ma promesse.

— Quelque femme , probablement, dit à son tour

George Arnaud, t'aura donné rendez-vous : alors nous te laissons aller.

— Vous devinez juste en disant qu'une femme m'attend répliqua Chicholet ; mais vous vous trompez si vous croyez que ce soit pour un rendez-vous amoureux. Il s'agit de bien autre chose, ma foi !

— Eh ! de quoi diable peut-il s'agir à propos d'une femme ? s'écria Elzéar Raspaud ; à moins qu'elle soit vieille ! Vas-tu prendre une leçon de couture ?

— La belle figure que ferait Bertrand, une aiguille à la main ! dit en riant Boniface de Forcalquier, que la saillie de Raspaud avait arraché à sa préoccupation ; je m'attendrais autant à voir le diable tenant un goupillon !

— Vous brûlez, monsen Boniface, fit Chicholet ; le diable est pour quelque chose dans ce que je vais faire ; tout au moins, on le prétend.

— Raconte-nous donc cela, si c'est possible, dit George Arnaud ; que peux-tu avoir à faire avec Belzébuth ?

— Je vais consulter une sorcière, répondit Chicholet : voulez-vous en être ?

— Bien obligé ! répondirent en se signant Boniface de Forcalquier et Elzéar Raspaud : nous ne voulons rien avoir à démêler avec ces gens-là.

— Moi, je vais avec toi, si tu me le permets, dit George Arnaud ; j'assisterai au mystère sans y prendre part. Il ne peut y avoir du mal à cela. Venez, donc vous autres, fit-il en s'adressant à Boniface et à Elzéar ; ce n'est pas la peur qui vous retient, je pense ?

— Je crains plus l'inquisition que le diable, fit Ras-

paud ; et si je savais n'en avoir rien à redouter, j'irais.
Qu'en dis-tu , Boniface?

— Ma foi , répondit celui-ci , je serais curieux d'assister
aux opérations d'un sorcier; pourvu toutefois que je ne
m'en mêle pas.

— Eh bien ! allons , dit George Arnaud ; conduis-nous,
Bertrand ; mais fais en sorte que la sorcière soit jolie.

— Elle n'est pas trop mal , répondit Chicholet ; *s'es
vendumia eme de plus marris insarris* (1).

Sur ce , nos quatre étourdis partirent, se dirigeant
vers le quartier des Pagans. Ils s'arrêtèrent devant une
maison de la rue de la Cougourdello, frappèrent à la
porte , et furent admis , après que la sorcière eût reconnu
Chicholet. Mais avant de faire assister le lecteur aux
mystères qui vont se dérouler, il est bon de lui apprendre
pourquoi Chicholet , déjà peu favorablement noté dans
l'opinion publique , se hasardait à nouer des relations
avec une sorcière et à avoir recours à son art, au risque
de se brouiller avec l'inquisition.

Peu de jours auparavant, il était arrivé dans son quartier un événement, fort insignifiant par lui-même, qui
influa néanmoins assez fâcheusement sur son avenir. Une
de ses voisines , ménagère laborieuse et économe , avait
eu le malheur de voir presque toutes ses poules , atta-
quées de la fatale maladie qu'on nomme la pépie , mourir
les unes après les autres. En vain elles les avait opérées ,
en leur enlevant le corps dur qui se forme au bout de la
langue ; en vain elle leur avait fait manger, en abon-

(1) On a vendangé avec de plus mauvais paniers.

dance, du pain trempé dans du vin. Tout était inutile ; soit que la maladie fût incurable, soit qu'elle exigeât un traitement antiphlogistique, le remède échouait et chaque jour la contagion faisait de nouvelles victimes.

Or, advint qu'un beau matin Mengarde Adzami, la ménagère en question, visitant les deux dernières poules qui lui restaient, trouva le perchoir vide de l'une d'elles, et ramassa sur le carreau son corps inanimé. C'en était trop pour Mengarde, car cette poule était sa favorite. Bien qu'elle fût accoutumée à souffrir et à lutter contre le besoin, ce dernier coup mit sa patience en défaut. D'une main tremblante elle releva le cadavre encore chaud de la pauvre créature, et, la larme à l'œil, elle sortit dans la rue en poussant des cris de détresse.

— O ma poule ! faisait-elle ; qui me rendra ma belle poule ? une si bonne bête qui, pendant la moitié de l'année, pondait un œuf tous les deux jours ! si brave ! si gentille ! si privée ! elle mangeait dans ma main ; elle se laissait prendre et caresser ; si intelligente ! il ne lui manquait que la parole ! la voilà morte maintenant ! O ma poule ! ma belle poule ! et dire que je n'en peux plus rien faire !

Cette dernière exclamation prouvait que Mengarde Adzami aurait trouvé une atténuation à sa douleur si elle avait pu se donner la satisfaction de manger sa poule. Mais cette dernière et suprême consolation lui était refusée ; car il faut que l'on sache que les poules atteintes de la pépie meurent dans un état d'émaciation tel, qu'il faudrait être mort de faim pour les manger.

Aux cris de Mengarde, toutes les commères du voisi-

9

nage accoururent pour lui prodiguer leurs consolations ; les unes la plaignaient, les autres l'exortaient à prendre courage, car elle était fort aimée dans le quartier. Parmi ces dernières, se trouvait Fizas *Aymérique* (1), femme de Jean Ayméric, pharmacien, l'un des probes hommes de Manosque. Celle-ci, après avoir gémi avec Mengarde sur le malheur qui la frappait, l'engagea à la résignation, et finit par lui dire : Après tout, la perte d'une poule n'est pas irréparable : *ce n'est pas la mort de Chicholet.*

Le hasard, ou plutôt l'esprit du mal, toujours aux aguets d'une proie, voulut que maître Bertrand Chicholet survînt au moment où Fizas Aymérique proférait ces paroles consolatrices. Le groupe de femmes stationnant dans la rue avait attiré son attention, et, naturellement curieux, il s'approcha pour savoir ce dont il s'agissait. Il arriva à point nommé pour entendre le propos sacramentel et banal au moyen duquel les Manosquins se consolaient de leurs petites misères.

Nous avons dit qu'il n'était pas fort chatouilleux à cet endroit ; cependant il n'aimait pas qu'on vînt lui jeter ce dicton à la face : c'était le narguer d'une manière trop directe. Or, celui qui narguait Bertrand Chicholet était sûr de s'en repentir tôt ou tard.

Il se fâcha donc contre Fizas Aymérique. — Qu'avez-vous à dire de Bertrand Chicholet ? lui dit-il : sa mort serait un aussi grand malheur que la vôtre !

Nous n'avons pu savoir si Fizas Aymérique avait parlé de propos délibéré, ou si elle ne s'était pas aperçue de

(1) En provençal, le nom de la femme prend le féminin.

l'arrivée de Chicholet. Quoi qu'il en soit, en sa qualité de femme, elle ne voulut pas avoir la dernière et elle releva le gant. D'un caractère passablement acariâtre et hargneux, et douée d'une volubilité de langue remarquable, elle était de force à tenir tête à dix Bertrand Chicholet, et, par conséquent, infiniment supérieure à son adversaire, plus enclin à agir qu'à parler ; elle était en outre gonflée d'orgueil à cause de la position qu'occupait son mari.

En effet, par la nature même de leurs fonctions, les probes hommes de Manosque étaient à la tête de la bourgeoisie de la ville ; en vertu des priviléges accordés à cette ville par Guillaume, comte de Forcalquier, aux nones de février de l'année 1206, les probes hommes devaient participer aux jugements rendus en matière criminelle par le juge ordinaire de Manosque ; on les appelait alors justificateurs. Ils jugeaient les difficultés qui naissaient à l'occasion de la possession des biens délaissés par les citoyens mourant intestat, et n'ayant ni femme, ni enfants, et ils étaient gardiens des biens des étrangers décédés sans parents ; ils pouvaient même, en certains cas, en disposer. La concession ci-dessus rapportée les qualifie de *Proceres*, c'est-à-dire principaux. Nous soupçonnons même qu'on devait qualifier exclusivement *probes hommes* les soixante *des meilleurs et des plus sages*, parmi lesquels on choisissait les douze consuls qui avaient charge d'administrer la commune. Nous devons dire, cependant, qu'un document, ayant pour nous une grande autorité, restreint positivement aux douze consuls la qualification de *probes hommes*. Au reste, il est question des probes hommes dans presque tous les priviléges concédés par nos comtes à diverses villes de Provence. On les retrouve à Arles, Fréjus, Saint-Maximin, et autres villes. A Marseille, leur rôle était d'une extrême importance.

Fizas Aymérique était infatuée de la position brillante de son mari. Elle considérait, par conséquent, comme tout-à-fait au-dessous d'elle, Bertrand Chicholet, né dans la lie du peuple, et dont la réputation ne flairait pas précisément comme baume. A l'interpellation qu'il se permit, elle se redressa, le regarda du haut en bas, et dit : Voyez donc cet animal qui se met au niveau d'une honnête femme ! Si je mourais, je ferais faute à ma famille et à mes amis, au lieu que la mort d'un mauvais sujet tel que toi réjouirait tout Manosque. Si tu veux que l'on pleure à ton décès, je te conseille de mourir *quand on taillera la vigne* (1).

— Je mourrai quand il plaira à Dieu, répondit Bertrand, et je me soucie fort peu que l'on pleure ou que l'on rie à mon enterrement. Si ce que l'on dit dans le quartier est vrai, il y a quelqu'un qui devrait chanter de grand cœur au vôtre.

Cette réponse piqua au vif Fizas Aymérique, car on savait qu'elle ne vivait pas toujours de bonne intelligence avec son mari. Son humeur acariâtre et son caractère entêté amenaient de temps en temps des discussions fort vives entre les deux époux. Maître Jean Aymeric était un

---

(1) On sait que la vigne perd une certaine quantité de sève quand on la taille : on dit alors qu'elle pleure.

homme bon, aux mœurs régulières et légèrement facé-
tieux. Mais, les criailleries de sa femme, jointes à son
obstination, avaient en quelques circonstances triomphé
de son équanimité. Le quartier avait été témoin de ces
querelles. Jean Ayméric était fort endurant, il est vrai ;
mais, précisément à cause de cette qualité, sa colère n'en
devenait que plus violente et plus dangereuse quand on
le faisait sortir des gonds. Poussé à bout et rendu furieux, il saisissait le pilon et battait sa femme ; procédé
détestable et qui n'aboutit à rien. Les Provençaux le
savent bien, eux qui disent que frapper sa femme c'est
battre la fausse monnaie ! Mais la colère ne raisonne pas.

— Tu n'es qu'un mauvais drôle, répliqua Fizas
Aymérique, sentant où le bât la blessait ; tu n'es qu'un
marrias (1) que nous verrons un jour se promener par
la ville suivi de maître Raymond Martin. Va ! va ! pilier
de taverne, joueur de dés, entreteneur de femmes perdues ! si l'on t'avait rendu justice, on t'aurait déjà coupé
une main ou un pied !

— *Oh ! laido masquo* (2) ! *vieillo escarcelo* (3) !
pregue diou de restouble (4) ! fit Bertrand Chicholet :
plût à Dieu qu'on vous eût coupé la langue depuis dix
ans ; vous ne tourmenteriez plus personne !

Jamais homme n'avait osé traiter ainsi Fizas Aymérique. Les injures proférées contre elle la piquèrent

---

(1) Méchant, mauvais.
(2) Vilain masque.
(3) Vieille desséchée.
(4) Mante religieuse, insecte. On la nomme *pregue diou de restouble*,
parce qu'on la trouve surtout dans les chaumes.

d'autant plus qu'elles frappaient juste. En effet, elle
n'était plus jeune, elle n'avait jamais été jolie, et elle
était maigre et sèche, ainsi qu'il convient à toute personne méchante.— Parlez-moi des ventrus, ceux-là sont
la meilleure pâte du monde. — Elle s'aperçut, en outre,
que ses excellentes commères commençaient à rire à
ses dépens. Tout cela la rendit tellement furieuse que,
se trouvant, par extraordinaire, à bout de raisons, faiblesse qu'elle n'avait jamais eu à se reprocher, elle s'élança
sur Chicholet, les mains en avant, dans l'intention de
lui arracher les yeux. Les voisines intervinrent, et, un
peu par persuasion, beaucoup par force, parvinrent à la
ramener chez elle. Là, pour se dédommager, elle fit une
scène à son pauvre mari, qui n'en pouvait mais. L'acca-
blant d'un flux de paroles méprisantes, elle lui repro-
cha de la faire respecter si peu, qu'un garnement tel que
Chicholet osât l'injurier. Jean Ayméric, stupéfait à cette
explosion de colère inattendue et inexplicable pour lui,
déguerpit en toute hâte de la maison, laissant là dro-
gues, mortier et pilon, et s'en remettant au temps du
soin de calmer son irritable moitié.

Une heure après, Fizas Aymérique, qui n'était pas
rancunière, et dont le principal tort était de céder trop
facilement à l'ardeur de son tempérament, avait oublié
sa querelle avec Bertrand Chicholet; mais celui-ci lui
garda rancune. Outré d'avoir été provoqué et injurié sans
motifs par une femme qu'il avait toujours traitée convenablement, il jura de se venger. Mais comment s'y prendre? Il ne voulait pas l'injurier de nouveau; ce châtiment
ne lui paraissant pas suffisant. Il n'entrait pas dans sa

pensée de la battre, car il n'était pas homme à frapper une femme. Il pouvait tout au plus lui faire quelque bonne espièglerie qui fît rire les voisins et la ville aux dépens de son ennemie. Il rumina longtemps cette idée. Enfin, son cerveau, si fécond d'ordinaire en fait de méchanchetés, ne trouvant rien, il résolut de consulter une sorcière.

Il y avait à Manosque une veuve nommée Alasace Rascasse, âgée d'une trentaine d'années, qui se mêlait de sorcellerie et de divination. Elle jouait à peu près le rôle que les somnambules remplissent aujourd'hui, à l'exception du sommeil magnétique qui n'avait pas été encore inventé. Elle avait divers procédés, dont l'un consistait à se servir de paroles auxquelles elle attribuait une vertu cabalistique, bien que, par elles-mêmes, elles dussent exclure l'intervention de tout agent surnaturel. Ainsi, un jour des inconnus ayant volé une pièce de toile à Jean Enseric, celui-ci, accompagné de sa femme Sisteronne, s'en vint consulter Alasace Rascasse. La procédure dont nous tirons ces détails ne nous dit pas si la sorcière fit précéder sa réponse de quelques cérémonies magiques, telles que nous sommes habitués à les voir figurer dans les romans. Elle se contenta de répondre aux époux Enseric les paroles suivantes : *Allez ! Dieu, la vraie croix et la sainte Vierge vous la rendront.* Le procédé était d'une extrême simplicité, beaucoup trop simple même ; ce qui nous fait croire que les témoins durent passer quelque chose sous silence ; s'il en était autrement on aurait été sorcier à trop bon marché.

Quoi qu'il en soit, les époux Enseric jasèrent, et le fait

venant à la connaissance de la justice, on dirigea des poursuites, tant contre la sorcière, que contre ceux qui avaient eu recours à son art. Le procès-verbal porte que ceux-ci avaient agi au mépris de leur salut, contrairement aux préceptes du droit, et que leur conduite était d'un mauvais exemple. Si maintenant on poursuivait ceux qui vont consulter les somnambules, on parviendrait peut-être à faire tomber ce honteux charlatanisme. Mais il faut laisser les choses telles qu'elles sont, faute d'une loi qui punisse les dupes ; d'ailleurs, il y aurait trop à faire.

L'information que l'on prit à ce sujet nous apprend qu'Enseric et sa femme furent acquittés ; mais elle se tait sur le point de savoir s'ils retrouvèrent leur toile, de sorte que nous n'avons jamais pu constater l'efficacité du sortilége. Quant à Alasace Rascasse, le juge la condamna à l'amende de quarante sous, ce qui faisait une somme considérable ; de plus, il la déféra à l'inquisition. Cette femme fut en effet mandée devant les inquisiteurs. Elle se tira d'affaire en leur promettant de ne plus se livrer à de semblables pratiques.

Avant l'affaire des époux Enseric, elle avait subi d'autres poursuites à propos de la composition de certain philtre amoureux. Voici à quelle occasion.

Astringe Bannilone, fille d'Esmengarde, avait, à ce qu'il paraît, jeté son dévolu sur Guillaume Roche, fils de maître Jean, notaire à Manosque. Il est probable que le jeune homme avait courtisé la demoiselle ; mais comme il ne se pressait pas de se déclarer, et qu'il semblait même reculer devant le mariage, Astringe et Esmengarde Bannilone jugèrent à propos d'accélérer sa détermination.

Elles s'adressèrent à Alasace Rascasse, qui leur remit un philtre destiné à aiguillonner le nonchalant amoureux. Le breuvage fut dûment administré à Guillaume Roche. Nous ignorons quel effet il produisit, si ce n'est que le fait étant arrivé aux oreilles de dame Justice, elle manda devant elle la sorcière, ainsi que ses complices, et les condamna à l'amende. Quant à la composition du philtre, nous avouons, avec chagrin, n'avoir pu parvenir à la découvrir. Nous y tenions pourtant beaucoup, car il est maintes occasions où la recette aurait pu servir.

Ce sont les seuls antécédents d'Alasace Rascasse qui soient parvenus à notre connaissance. Il est probable qu'un plus grand nombre de faits de sorcellerie par elle commis sont restés et resteront toujours ignorés. Quoi qu'il en soit, il fallait que la profession exercée par cette femme fût très fructueuse pour lui permettre de payer les amendes auxquelles elle avait été condamnée. Les bénéfices qu'elle en retirait l'engagèrent à la continuer, au mépris des promesses qu'elle avait faites aux inquisiteurs. Elle y mit seulement plus de mystère.

Bertrand Chicholet conduisit ses compagnons chez cette sorcière. A leur grand étonnement, ils entrèrent dans une maison proprement tenue, et au lieu d'y rencontrer une vieille aux cheveux blancs et ébouriffés, à la figure ridée, aux yeux fauves et au nez à bec à corbin, signalement obligé des écuyères du manche à balai, ils se trouvèrent en présence d'une femme encore jeune, assez jolie et vêtue avec une certaine recherche. Peut-être devait-elle une partie de ses succès à ses avantages physiques. En effet, il est fort naturel que ceux qui désirent connaître l'avenir, préfèrent s'adresser à une jolie femme plutôt qu'à une vieille ratatinée. En supposant que nous soyons trompés dans notre attente, la déception sera moins amère quand elle aura passé par une jolie bouche. Peut-être encore était-elle redevable à sa beauté de ne pas avoir été trop chagrinée dans l'exercice de sa dangereuse profession.

Bertrand Chicholet, dont l'habitude était d'aller droit au fait, expliqua en peu de mots à Alasace Rascasse l'objet de sa visite, dont il n'avait fait que lui toucher un mot dans la matinée. Il lui dit que ses amis avaient désiré de l'accompagner, afin d'être témoins de la manière dont elle agissait, et de pouvoir la consulter en cas de nécessité. Il affirma qu'ils étaient gens d'honneur, incapables de la compromettre, et finit par l'assurer du secret le plus absolu.

La sorcière fit d'abord de grandes difficultés. Elle se retrancha sur la promesse qu'elle avait faite aux inquisiteurs, sur le danger qu'elle courait en cas qu'elle fût découverte, et protesta qu'elle avait depuis longtemps renoncé à prédire l'avenir et à composer des charmes. Mais ces excuses n'étaient qu'une feinte. Elle voulait seulement se faire presser. En un mot, elle reculait pour mieux sauter. Nos jeunes gens employèrent deux arguments également décisifs auprès d'une femme de son espèce. Chacun d'eux lui donna un sou d'argent, et George Arnaud, pour lequel une jolie sorcière n'était qu'une femme, la cajola, lui prit la taille, et finit par l'embrasser, aux grands applaudissements de ses camades. Dès ce moment, la glace fut rompue, la confiance s'établit de toutes parts , et sorcière et grimoire n'inspirèrent plus de craintes. Il est difficile , en effet, d'associer le diable à la figure d'une jolie femme , bien qu'il n'en soit pas toujours aussi éloigné qu'on pourrait le croire. Nous soupçonnons même que , plus elle est jolie , plus il est voisin.

— Eh bien ! voyons ! que veux-tu ? demanda Alasace Rascasse à Bertrand Chicholet; dis-moi ce dont il s'agit , et je verrai ce qu'il y a à faire.

— Voici , répondit Bertrand. Fizas Aymérique , que tu connais , m'a injurié , il y a quelques jours. Je voudrais me venger d'elle , sans lui faire de mal , pourtant. Est-ce qu'il n'y aurait pas moyen de lui jouer quelque tour, d'imaginer quelque chose qui la rendît pendant un mois la risée du quartier ?

— Cela n'est pas facile , dit la sorcière. Je connais des moyens de la faire souffrir personnellement ; par exemple , en faisant bouillir une poignée de clous que l'on met sans les compter dans la marmite ; mais il n'en est pas pour la rendre le jouet du public. C'est affaire à d'autres qu'à moi. Tu pourrais, ce me semble , t'acquitter de cette besogne mieux que personne.

— J'y ai bien pensé , répliqua Bertrand , mais j'y ai perdu mon temps et ma peine. Il m'est impossible de trouver le moyen de me venger d'une femme. Si c'était d'un homme , ce serait plus facile.

— Je t'aurais cru plus d'esprit, mon pauvre Bertrand , fit Alasace en haussant les épaules ; est-il possible qu'un garçon tel que toi ne sache comment s'y prendre pour se venger d'un ennemi? Tu me fais presque pitié. N'importe, je veux venir à ton secours. Mais je te préviens que le charme que je vais t'apprendre à composer pourra exposer Fizas Aymerique à quelques désagréments qui la toucheront personnellement. Elle verra son existence troublée pendant quelque temps ; peut-être recevra-t-elle quelque correction manuelle. Seulement, ce sera un autre que toi qui l'administrera. Es-tu content ?

— Voilà mon affaire ! s'écria Bertrand Chicholet. Qu'on la batte, qu'on l'assomme même, cela m'est égal, pourvu que ce ne soit pas moi !

— Bon ! reprit Alasace. Maintenant écoute bien. Ce soir, ou demain, quand tu voudras, tu prendras le chat de Fizas Aymérique ; tu te procureras le chien d'un juif ; puis, à minuit, tu laveras la tête à tous les deux, et ensuite tu jetteras entre Jean Ayméric et sa femme l'eau qui aura servi à ces ablutions. Tu peux être certain que la discorde se mettra immédiatement dans leur ménage ; qu'ils se brouilleront au point de ne pas s'adresser une parole pendant un an entier, et que, très probablement, maître Ayméric battra sa femme.

— Parfait ! dit Bertrand Chicholet, battant un entrechat et exécutant une gigue ; excellent ! C'est ce qu'il me faut ! Fizas Aymérique a un magnifique *catoun* (1) noir que j'attraperai dès ce soir. Je prendrai le chien du juif Abraham Fossoni, mon voisin, et je leur laverai la tête, deux fois plutôt qu'une, afin que le charme fasse tout son effet. Merci, Alasace ! Si jamais tu as besoin de moi, je suis à ton service. — Eh bien ! Monsens, voulez-vous venir ? Notre affaire est faite.

(1) Jeune chat.

— Allons! répondit Boniface de Forcalquier. Bonsoir, Alasace!

— Bonsoir, ma belle! dit George Arnaud ; garde-toi bien de l'inquisition , et sois toujours aussi jolie. Puis , la saisissant par la taille , il l'embrassa une seconde fois; hommage auquel Alasace ne fut pas insensible , attendu qu'elle s'y prêta de bonne grâce.

— Voilà une sorcière qui me plaît, dit George Arnaud, quand ils eurent dépassé le seuil de la porte ; elle a le goût du revenez-y. J'ai envie de faire plus ample con- naissance avec elle. Mais il faut avouer qu'elle compose de drôles de philtres et qu'ils produisent un singulier effet. Si, par ce moyen , Bertrand brouille Jean Aymé- ric avec sa femme, il sera bien heureux. J'y croirai quand je l'aurai vu.

— Attendez demain , monsen George, fit Chicholet ; demain nous verrons qui aura raison de la sorcière ou de vous.

— Je ne sais trop qu'en dire, ajouta Boniface de For- calquier ; ma raison refuse de croire à l'efficacité du sortilége. Cependant, si j'étais marié, je n'aimerai pas qu'on jetât entre ma femme et moi l'eau que va composer Bertrand.

— Ni moi non plus , dit Elzéar Raspaud. Je soutiens que ce sont pratiques dangereuses et blâmables. Que Dieu nous assiste! Et il se signa.

— Elles sont blamâbles , sans doute , reprit George Arnaud , car elles ont pour but de nous soutirer de l'ar- gent et de nous faire croire à un pouvoir surnaturel qui ne peut exister chez l'espèce humaine. Mais quant à être dangereuses, je le nie. Le danger de la sorcellerie n'est que pour ceux qui l'exercent. Je vous prédis que Bertrand en sera pour sa peine.

— Chut ! fit celui-ci ; enfoncez vos capuchons sur les yeux et couvrez-vous la figure de vos *garde-corps* (1). Voici les nonces qui arrivent. Nous n'avons pas de lanternes , et, s'ils nous reconnaissent , nous sommes sûrs d'être dénoncés au juge demain matin. Ne dites pas un mot; imitez-moi seulement.

En effet , deux hommes s'approchaient à pas de loup, dans l'espoir de les surprendre et de les faire condamner à une amende dont ils prenaient leur part. Quand ils furent à quelques pas d'eux , ils leur dirent : Qui va là? Pourquoi n'avez-vous pas de lumière?

Au même instant , deux bras se levèrent : c'étaient ceux de Chicholet et de Raspaud , qui se trouvaient à l'avant-garde. Deux poings tombèrent en même temps sur la tête des nonces. L'un d'eux, frappé par Chicholet, fut, en chancelant, s'appuyer contre la muraille ; mais celui que le bras gigantesque de Raspaud atteignit roula par terre comme une quille.

Aux cris : au secours ! poussés par les nonces, les voisins apparurent aux croisées et descendirent ensuite dans la rue avec de la lumière ; mais les quatre compagnons ne les attendirent pas ; ils déguerpirent, en riant comme des fous , attendu que , battre des nonces, était une gentillesse du bon genre. Ils se séparèrent néanmoins dans leur fuite, et chacun rentra chez soi. Quant

(1) Espèce de surtout ainsi nommé.

aux battus, on les engagea en ricanant, à aller faire panser leurs contusions, car ils n'étaient guère aimés du peuple. Ils ne cherchaient que plaies et bosses, et l'on n'était pas fâché qu'ils en reçussent quelques-unes.

— Mettez-y de l'eau de sel, maître Dalaria, cria un gamin, c'est excellent pour les meurtrissures.

— Non pas, fit un autre, l'*huile rouge* (1) vaut mieux. Venez ici, je vous en donnerai.

— Il paraît que celui qui vous a frappé a le poing solide, dit un troisième : votre joue est déjà toute enflée. Quel coup vous avez reçu, bon Dieu !

Ces marques hypocrites d'intérêt achevèrent de rendre les nonces furieux. Ils partirent en jurant et en menaçant les gamins, qui les accompagnèrent par des huées. On leur fit ce qu'en provençal on nomme la *loubo*.

---

(1) Espèce de vulnéraire que les bonnes femmes fabriquent depuis plus de cinq cents ans.

CHAPITRE VI

LE SORTILÉGE

« Senhors , dis Floripar , no us cal espaventár :
Car icu faray ades tot lo foc amortar. »
Del lag de la Camela si fay tantost portar :
Ab sal et ab vinagre o a fayt destemprar,
E lansa o sul foc si que'l fan amortar :
De mantenent fo mortz , que no poc pus mal far.

FIERABRAS.

Quelques heures après , celui qui aurait passé dans la
rue habitée par maître Jean Ayméric, aurait pu voir une
forme noire , soigneusement encapuchonnée , cachée
dans l'embrasure de la porte de la maison touchant celle
de l'apothicaire. C'était Bertrand Chicholet attendant le
chat de Fizas Aymérique. Depuis plus d'une heure, il
n'avait pas bougé, car lorsqu'il s'agissait de se venger, il
avait la patience et l'immobilité de la bête fauve à l'affût
de sa proie. Enfin le chat tant désiré apparut. Il passa
d'abord la tête à la chatière , comme s'il voulait explorer
la rue avant de s'y hasarder ; puis il sortit tout-à-fait,
s'assit devant la porte et se mit à se peigner en passant sa
patte par-dessus les oreilles. Ce geste signifie que le
maître de la maison recevra la visite de gens à cheval. On

n'attend que des piétons quand le chat se contente de se lisser le museau.

En ce moment, une voix qui s'efforçait d'être douce, fit : Minet! Minet! Ensuite on entendit ce léger bruit, que nul signe ne peut représenter, au moyen duquel les ménagères appellent leurs chats; et en même temps, un morceau de mou, dont Chicholet le tentateur avait eu soin de se munir, tomba devant le *catoun.*

L'animal, inexpérimenté, s'approcha, flaira la viande, et, la trouvant à son goût, l'avala lestement.

Nouvel appel du traître Chicholet; nouveau morceau de mou jeté cette fois un peu plus loin. Le chat, alléché, sauta dessus et le mangea.

Ce manége, plusieurs fois répété, amena, petit à petit, le chat à portée de son ennemi. Alors Chicholet l'appela de sa voix la plus caressante, lui présenta son dernier morceau de mou, et à mesure que le pauvre minet le saisissait, il le prit par le chignon et l'enferma dans un sac qu'il tenait tout prêt. Il s'enfuit ensuite dans sa maison où il se barricada.

Tout était prêt pour la confection du charme dont Alasace Rascasse lui avait enseigné la composition. Un plat rempli d'eau était sur la table, et dans un coin de l'appartement était attaché le chien d'Abraham Fossoni, dont Chicholet n'avait pas eu de peine à se faire suivre. L'opération ne tarda pas à commencer.

A minuit sonnant, Chicholet sortit le chat du sac, ce qu'il ne put faire sans recevoir quelques bonnes égratignures, et se mit en devoir de lui laver la tête. Ce traitement ne fut pas trop de son goût, car on sait que, de tous les animaux, le chat est peut-être celui auquel l'eau est le plus antipathique. A peine l'élément liquide l'eut-il touché, qu'il se mit à faire des contorsions furieuses, à souffler, et enfin à miauler d'une façon tellement lamentable que, au bout d'un instant, tous les chats du quartier se trouvèrent réunis sous la fenêtre de Chicholet.

Alors commença un de ces concerts diaboliques dont peuvent se faire une idée ceux qui ont entendu des chats hurlant pendant la nuit, au mois de février, époque de leurs amours. Mais cette fois, leurs cris n'étaient pas des cris de joie ou des appels à leurs femelles. Ils hurlaient de terreur et de colère, et leurs miaulements, tantôt plaintifs, tantôt stridents, avaient quelque chose de sinistre. On aurait dit d'une bande de sorcières assistant à l'opération magique que faisait Chicholet, et l'accompagnant d'incantations furibondes.

Les nerfs de Bertrand Chicholet étaient fermes. Cependant ces miaulements inaccoutumés, retentissant ainsi à l'heure si redoutée de minuit, finirent par les agacer. Une certaine terreur s'empara de lui, quand il réfléchit à l'occupation à laquelle il se livrait; et il se dit que le démon, dont il invoquait en quelque sorte le secours, pourrait fort bien se présenter à lui dans toute sa laideur, lorsque le charme serait sur le point de s'accomplir. Peut-être les hurlements qu'il entendait étaient-ils proférés par des esprits, *matagots*, *folletons* ou farfadets annonçant l'arrivée du père du mal.

Un esprit ordinaire, à la place de Chicholet, aurait pu se laisser halluciner par la terreur, au point de voir apparaître Satan, orné de sa queue et armé de ses griffes

redoutables. Mais la crainte ne le dominait pas longtemps.
Revenant à la réalité, et bravant l'esprit des ténèbres, il
contint d'une main ferme le chat qui avait manqué de lui
échapper, et lui lava la tête consciencieusement; ensuite
il le lâcha. L'animal, effarouché, resta une seconde indécis, puis s'élançant, en deux bonds il fut sur la fenêtre
et sauta de là dans la rue où il retomba sur ses pattes :
privilége antique des chats. Son arrivée subite dissipa
la bande féline qui hurlait, et l'infernale musique cessa.

Bertrand Chicholet agit de même pour le chien du juif
Fossoni. Mettant en pratique le précepte de la sorcière,
il lui lava la tête avec la même eau qui avait servi à laver
celle du chat. Après cela, il rendit à la liberté le pauvre
animal qui avait subi cette opération sans se plaindre, et,
fermant sa porte, il se coucha, tranquille comme un
homme auquel sa conscience ne reproche rien. Il dormit
paisiblement, sans rêver un seul instant au diable ni aux
sorciers.

Le lendemain, il fut sur pied de bonne heure afin de
guetter maître Jean Ayméric et sa femme. Il attendit
longtemps parce qu'il fallait que les époux fussent réunis
pour que le charme pût opérer. Or, il y avait de nombreuses années que la lune de miel s'était couchée pour
maître Jean; ce qui veut dire qu'il ne mettait pas une
trop grande ferveur à se rapprocher de sa femme.

Cependant, vers les dix heures du matin, l'instant
propice arriva. Fizas Aymérique était assise devant sa
porte, se chauffant au soleil et filant, quand Chicholet
vit apparaître le mari au bout de la rue. Il portait à la
main deux merles qu'il venait d'acheter pour le dîner, et

se disposait à les remettre à sa femme. Chicholet saisit l'occasion aux cheveux. Prenant son plat, il s'approcha furtivement des époux, et, pour être plus sûr de son fait, il jeta entre eux contenant et contenu, puis il se sauva à toutes jambes.

Comme de raison, le plat se brisa en tombant, et l'eau qui jaillit éclaboussa Jean Ayméric et Fizas.

— *Qu'es aco ?* Que nous veut cet imbécile ? dit Fizas ; je crois, sur ma foi, qu'il est devenu fou. Ce serait un petit malheur pour Manosque !

— Que le diable l'emporte ! ajouta le mari ; il m'a mouillé toutes les jambes. Sais-tu ce que cela signifie ?

— Comment pourrais-je le savoir ? répondit la femme ; à moins que ce soit pour se venger de la querelle que nous avons eue ces jours passés. Dans ce cas, il n'est pas méchant !

— Hum ! hum ! fit Jean ; il y a quelque chose là-dessous. Tout mauvais garnement qu'est Chicholet, il a assez de bon sens pour ne pas jeter, sans motifs, sa vaisselle aux jambes des gens. Tu as mal fait de te quereller avec lui. Au demeurant, qu'il me laisse tranquille et je lui pardonne. Tiens, prend ces deux merles, tu les feras cuire pour notre dîner.

— Ça des merles ? dit Fizas ; tu te moques ! l'un est bien un merle, mais l'autre est une *merlate* (1).

— Tu n'y vois pas clair, répondit le mari ; ce sont deux merles ; on me les a vendus pour tels. D'ailleurs je m'y connais.

_____

(1) Femelle du merle.

— Pas du tout, répliqua vivement la femme ; tu n'y entends rien. Il y a une merlate.

— Ah ça ! dit Jean, vas-tu recommencer le train de l'an passé ?

Il faut savoir, pour se rendre raison de cette exclamation, que l'année antérieure, à peu près à la même époque, il s'était passé une scène bizarre mais caractéristique entre les deux époux. Un beau matin, Jean Ayméric, en rôdant par la ville, avait rencontré un berger colportant des oiseaux pris au piége. Il lui avait acheté deux merles et les avait apportés à sa femme.

Celle-ci, agissant comme presque toutes les ménagères qui n'aiment pas que leurs maris fassent les provisions, reçut ce présent de très mauvaise grâce. Elle prétendit que, parmi les merles, se trouvait une merlate. Le mari soutint naturellement le contraire, et, de propos en propos, d'affirmations en dénégations, Fizas en vint à injurier si grossièrement son mari, qu'elle le rendit furieux, et qu'il la battit pour la faire taire. Ce traitement ne convenant pas à Fizas, elle se mit à crier de toutes ses forces ; sur quoi voisins et voisines, accourant au secours, séparèrent ces tendres époux, et mirent fin aux hostilités. On fit de grandes risées dans le quartier quand la cause de la querelle fut connue. Elle y gagna le surnom de *donne* (1) Merlate. Eh bien ! cette fois-ci, la même scène allait se renouveler, sans la moindre variante.

— Je te dis, reprit Fizas, que c'est une merlate.

(1) Dame.

— Et moi, je soutiens que c'est un merle, fit Jean.

— Tu es un imbécile, un niais, que tout le monde attrape, dit Fizas.

— Et toi, une mauvaise langue qui ne respecte personne.

— Mieux vaut être mauvaise langue qu'aveugle au point de prendre une merlate pour un merle.

— Mais si c'est un merle? fit le mari impatienté; tiens, regarde le plumage : son dos est tout noir.

— Oui, dit Fizas; mais il a le ventre gris : donc c'est une merlate, et tu es un âne, un gros âne.

— Ah! je suis un âne ! attend! Et, levant la main : Dis-le encore?

— Oh! *qu'unte aï !* (1) qui prend une merlate pour un merle! dit la femme, en lui faisant les cornes.

— Coquine ! reprit Jean, je t'apprendrai à appeler âne un probe homme de Manosque! *Tè ! vaqui per tu* (2) : et un soufflet bien appliqué tomba sur la joue de Fizas.

— Te tairas-tu, maintenant?

— Jamais ! dit la femme : quand tu devrais me tuer, tu ne m'empêcherais pas de dire que tu es un âne : tu n'es bon qu'à manger du foin. Tiens ! voilà le cas que je fais de ta merlate ! et elle lui jeta les oiseaux à la figure.

— *Tron de Diou !* s'écria Jean, je ne t'arracherai pas la langue! je ne te tordrai pas le cou ! Puis, saisissant Fizas par le bras, il se mit à la battre d'aussi bon cœur que si on l'avait payé pour faire cette besogne.

(1) Oh! quel âne !
(2) Tiens ! voilà pour toi !

Mais il avait affaire à forte partie. A chaque soufflet, Fizas pliait sous le coup, mais elle se redressait aussitôt en criant : *Aï! aï! o, sies un aï* (1)! Ce qui redoublait la colère du mari, de telle sorte que les coups tombaient drus et serrés comme grêle.

A la fin, ils firent un tel vacarme, en vociférant, en frappant, en renversant les meubles que les voisins jugèrent à propos d'intervenir. La cuisine, théâtre de la scène que nous venons de raconter, ressemblait à un champ de bataille; chaises et bancs étaient renversés. Les deux époux, dans leur lutte, avaient fait tomber l'escudélier, et les vases d'étain jonchaient le sol, mêlés avec des débris de poteries. Les voisins trouvèrent le mari furieux, l'oreille à moitié coupée par une morsure, baiser de Judas de sa douce moitié, et la femme épuisée, à bout de forces, sauf la langue qui continuait à faire son office. Dans un coin, le chat, auteur innocent de tout le mal, dévorait avec sensualité le merle et la merlate.

Ce fut en pouffant de rire que les voisins séparèrent les combattants; car quelques mots entendus du dehors les avaient mis au fait de la cause de la querelle. Rien, en effet, n'était plus bouffon que l'espèce de récidive dans laquelle Jean Ayméric et sa femme étaient tombés. La nouvelle égaya toute la ville, qu'elle parcourut avec la rapidité de l'éclair. Les faits eux-mêmes furent revus, corrigés et augmentés, et de mauvais plaisants y ajoutèrent de nombreuses variantes. Nous n'en citerons qu'une seule dans laquelle l'inventeur, tout en respectant la

(1) Ane! âne! oui, tu es un âne!

vérité, en ce qui touchait la cause originelle de la querelle, — c'est-à-dire, le point de savoir si Jean Ayméric avait pris une merlate pour un merle — avait étrangement brodé sur ce canevas, en arrivant à une conclusion aussi bizarre qu'inattendue. Cette variante suffira pour donner une idée de l'opinion que le public s'était formée de l'intempérance de langue et du caractère obstiné de Fizas Aymérique.

On prétendait que la dispute avait eu lieu à la campagne que Jean Ayméric possédait dans le terroir de Manosque. On disait que le mari qui, ce jour-là, se trouvait d'humeur tout à fait débonnaire, avait supporté, sans sourciller, la plus formidable bordée d'injures qu'une femme puisse proférer, et que Fizas commençait à désespérer de l'émouvoir par ce terrible feu de file, car elle avait à peu près épuisé le vocabulaire provençal, si riche cependant; lorsque son bon génie lui suggéra une épithète qu'elle avait oubliée. Profitant de ce secours inespéré, dernière et suprême ressource, elle saisit avec ardeur l'arme qui lui était présentée, et la jeta à la tête de son mari.

— *Pevouilloux !* (1) lui dit-elle.

Le trait porta juste. Jean Ayméric, piqué au vif, bondit de son siége; car c'était chose grave de qualifier ainsi un probe homme de Manosque. Il saisit sa femme, la secoua rudement, et la menaça de l'assommer si elle lui infligeait encore cette épithète.

Mais les menaces ne pouvaient rien sur la courageuse

(1) Pouilleux.

Fizas. Voyant qu'elle avait trouvé le défaut de la cuirasse, elle en profita pour frapper de nouveau. L'œil triomphant, un sourire de mépris sur les lèvres, elle s'écria : *Pevouilloux ! pevouilloux !*

La provocation produisit son effet. Jean Ayméric frappa, frappa encore ; mais à chaque coup la femme répondait *pevouilloux.*

Bref, Fizas tenait bon, jusqu'à la mort inclusivement ; tellement que son mari commençait à se lasser de frapper. Ne sachant comment la faire taire, il s'avisa d'un expédient qui aurait été efficace pour tout autre. Il prit sa femme par les cheveux, la traîna hors de la maison, et la plongea jusqu'à la ceinture dans un large et profond bassin.

— Eh bien ! crieras-tu encore ? lui dit-il.

— *Pevouilloux !* répondit Fizas.

Il baisse la main, et l'eau monte jusqu'au menton de Fizas. — Suis-je encore un *pevouilloux ?*

— *Pevouilloux ! pevouilloux ! pevouilloux !* crie l'obstinée créature.

Alors Jean, impatienté, lâche encore la main. Fizas disparaît entièrement sous l'eau. Toute autre à sa place se serait rendue, mais elle ne savait pas céder. On put voir alors à quel dégré de courage une femme peut s'élever quand il s'agit de résister à son mari. L'intrépide Fizas, ne pouvant plus parler, allonge les bras au dessus de sa tête, et, narguant une dernière fois le pauvre Jean, qui demeure stupéfait, confondu, elle fait semblant d'écraser des poux avec les onglés de ses pouces. Noble exemple de constance et de fermeté, que l'on ne saurait trop louer,

et digne d'être proposé pour modèle! Vous méritiez d'être
transmis à la postérité! Nous aurions cru manquer à notre devoir si nous vous avions passé sous silence! Pour
nous, Fizas est le véritable type du courage féminin porté
à son plus haut dégré.

La bataille entre Jean Ayméric et sa femme amusa la
ville et la banlieue, mais nul n'y prit plus de plaisir que
Bertrand Chicholet. Il est impossible de rendre la satisfaction, la joie, le ravissement qu'il éprouva en voyant
son charme opérer avec une rapidité presque électrique.
L'étincelle qui enflamme la mine n'est guère plus prompte.
Au premier bruit qu'il entendit dans la maison de Jean
Ayméric, il vint se camper au milieu de la rue, et, de
là, il assista en spectateur intéressé aux diverses péri-
péties de la querelle. Il commença par se frotter les mains
aux premières injures proférées par Fizas; il rit aux
éclats au premier soufflet, et finit par se tenir les côtes
lorsque la chute de l'escudélier lui apprit que le combat
était dans toute sa fureur. Il entra chez Ayméric en même
temps que les autres voisins. La vue du mari furieux, se
faisant tenir à quatre; l'état de Fizas échevelée et gla-
pissante, furent pour lui le plus beau spectacle auquel il
eût assisté de sa vie. S'il l'avait osé, il se serait vautré par
terre dans le transport de sa joie. Mais il se contint, afin
de se procurer une vengeance plus raffinée. Après que
Jean Ayméric eut été conduit chez une voisine, qui se
mit en devoir de lui radouber l'oreille, Bertrand Chicholet s'approcha de Fizas et lui adressa des consolations. Il
s'acquitta de ce soin avec toutes les apparences d'une affection sincère, et avec l'onction d'un prédicateur; puis,

lorsque la pauvre femme, étonnée d'entendre un pareil langage sortir de la bouche de celui qu'elle avait si fort maltraité quelques jours auparavant, allait l'en remercier, changeant de ton subitement, il lui dit, d'un air dégagé : *Tout ça n'est rien. Il ne faut pas tant vous désoler pour quelques soufffets : ce n'est pas la mort de Chicholet !*

A ces mots, l'œil de Fizas, un instant auparavant noyé dans les larmes, s'alluma, et montrant le poing à Chicholet, d'un ton qui n'avait plus rien de dolent, elle lui dit :

— *Oh ! marri fenat* (1) ! C'est toi qui es la cause de tout cela ! c'est toi qui nous a jeté un sort ! c'est toi qui m'a fait battre par mon mari !

Les mots, *c'est toi qui nous a jeté un sort*, frappèrent les assistants. Chacun se signa, après quoi, on demanda à Fizas Aymérique l'explication de ce propos. Elle ne se fit pas prier pour la donner. On sut bientôt, et sa querelle avec Chicholet, et le fait inexplicable que celui-ci s'était permis quelques minutes avant la scène qui venait d'émouvoir tout le quartier. Elle prétendit qu'il avait usé de sortilége, et prononça le mot d'*inquisition*.

Bertrand Chicholet fut à l'instant le point de mire de tous les regards. Sentant que le terrain devenait trop chaud pour lui, il déguerpit à la hâte; mais le coup était porté. On avait parlé de sortilége, de gibier d'inquisition,

---

(1) Oh ! méchant coquin ! — Le mot fénat signifie marqué avec du foin. On sait que les Romains mettaient du foin aux cornes des bœufs méchants : — *Habet fenum in cornu.*

imputations mal sonnantes à cette époque, et qui eurent de fâcheuses conséquences pour lui.

L'affaire n'était pas non plus terminée pour les époux Ayméric. Au ridicule dont leur conduite les couvrit, vinrent s'ajouter le scandale et le désagrément de poursuites judiciaires. Voici comment les choses se passèrent.

Maître Giraud Avon, le sous-viguier, qui était toujours a l'affût des événements de ce genre, eut vent de la querelle des époux Ayméric. Il se porta dans le quartier, et n'eut pas de peine à en recueillir tous les détails. Les voisins se hâtèrent charitablement de les lui donner. Il prit bonne note de l'accusation de sorcellerie portée contre Chicholet, en interrogeant Fizas Aymérique, et il termina sa descente sur les lieux en vérifiant par lui-même l'état de santé des époux Ayméric. Il constata que le mari avait l'oreille gauche déchirée par suite d'une morsure, et que Fizas avait été rouée de coups, sans que pourtant sa santé s'en trouvât compromise. De là, triple poursuite et triple occasion de bénéfices : d'abord contre Bertrand Chicholet accusé de sorcellerie, et puis contre les époux Ayméric prévenus de s'être réciproquement battus et blessés. C'était la manne du désert pour l'avide sous-viguier.

Nous parlerons en son lieu de la poursuite dirigée contre Chicholet et du résultat qu'elle eut. Quant aux époux Ayméric, nous dirons que maître Jean s'en tira, en ce qui le concernait personnellement, attendu que le juge ne trouva pas qu'il eût battu sa femme outre mesure. Les monuments judiciaires qui nous restent de ce temps-là nous apprennent que, *d'après les lois divines et humaines*, le mari avait le droit de châtier sa femme et qu'il pouvait la battre modérément. Cela comprenait depuis les soufflets jusqu'aux coups de bâton doucement et sainement appliqués. On voit que les maris avaient de la marge, et que c'était leur faute s'ils n'étaient pas maîtres chez eux. Cet heureux temps n'est plus : il reviendra peut-être. En attendant, voilà pourquoi tant de gens demeurent célibataires.

Mais, indépendamment de son oreille déchirée, il fallait qu'il en cuisît pécuniairement à Jean Ayméric. Si le mari pouvait battre sa femme, par manière de correction, — utile privilége dont la prétendue diffusion des lumières nous a privés, — La coutume, d'accord avec la morale, le rendait sacré pour sa femme. Il était pour elle une espèce d'arche sainte sur laquelle elle pouvait lever les yeux mais non porter la main. Néanmoins, malgré la prohibition, la téméraire Fizas avait osé, dans un accès de cannibalisme, mordre son mari. Le fait était trop grave pour qu'il échappât à la justice. Elle fut, en conséquence, mandée devant le juge pour y répondre du crime d'avoir dévasté l'oreille de son mari. Le magistrat ordonna qu'elle tiendrait les arrêts, c'est-à-dire, qu'elle ne sortirait pas du palais de justice, à moins de fournir caution. Alors, à la grande jubilation de tous les malins de Manosque, on vit le pauvre Jean Ayméric, injurié, mordu, bafoué par sa femme, obligé de se porter caution pour elle à l'effet de la tirer des mains de la justice. Heureusement pour lui les coups qu'il venait de donner à Fizas pouvaient passer pour une espèce de compensation. Cette circonstance toute favorable sauvait en quelque sorte la question de dignité personnelle.

CHAPITRE VII

L'AUDIENCE

Can l'enten Floripar, si cudet desenar.
« Per Bafom, glotz, » dis ella, « en fol vos aug parlar.
Sapiatz qu'ie 'us en faray vostre loguier pagar. »
FIERABRAS.

Aujourd'hui, peut-être, nos lecteurs accueilleront avec un sourire de mépris et d'incrédulité le récit des événements qui font le sujet du chapitre précédent. Nous leur donnons là-dessus toute licence. Ils pourront se moquer tout à leur aise de la prétendue sorcellerie d'Alasace Rascasse, nier l'efficacité des charmes qu'elle composait, et rire de la crédulité de Bertrand Chicholet, crédulité qui s'accordait mal avec son caractère hardi et aventureux, ainsi qu'avec sa manière de voir un peu sceptique. Nous leur dirons cependant que le charme que nous avons décrit était connu à Manosque et, peut-être bien, dans d'autres pays ; que son emploi est attesté par les poursuites judiciaires que, dans une autre occasion, on dirigea contre Alasace Rascasse, et que, si un pareil document pouvait entrer dans le cadre que nous nous sommes tracé, nous serions en mesure de le rapporter ici. Nous ne serions pas plus embarrassé en ce qui concerne le jugement rendu contre Giraudin Anfossis, le blasphémateur. Nous en avons le texte tout entier, ainsi que le procès-verbal d'exécution; et si parfois quelque curieux voulait le voir afin d'arriver à la certitude, à la manière de l'apôtre Thomas, nous le tenons à sa disposition. Qu'on soit bien persuadé que, en tout ce qui est essentiel dans cet ouvrage, nous n'inventons rien, et que l'on peut compter sur la vérité la plus rigoureuse. D'ailleurs, il y a des choses qu'il serait difficile d'inventer. Nous mettons au défi l'esprit le plus ingénieux et le plus subtil, d'imaginer quelque fait ou quelque usage du genre de ceux que nous avons rapportés. On peut y croire ou les nier quand on en lit le récit, mais on en était à mille lieues avant de les connaître.

Quant à la crédulité montrée par Bertrand Chicholet, elle n'a rien de surprenant, malgré l'éducation relativement libérale qu'il avait reçue. Il faut, pour en juger sainement, se reporter au temps où il vivait, alors que les classes lettrées ne pouvaient faire porter leurs études que sur trois sujets, savoir : le droit civil, le droit canonique, et la médecine. Le restant des connaissances humaines, qui se sont depuis si fort agrandies, était lettre close pour nos ancêtres. Ni histoire, ni géographie, ni chimie; pas la moindre notion des sciences naturelles, sauf celles qu'un petit nombre d'érudits pouvaient trouver dans quelques écrivains de l'antiquité; pas ou peu de livres, car leur grande cherté les mettait hors de la portée des classes moyennes ; partant, pas de bibliothèques. Qu'y a-t-il donc d'étonnant qu'un esprit sain, vigoureux, bien trempé, crût aux sorciers, ou, du moins, qu'il ne rejetât pas leur existence d'une manière absolue ? Sur ce point, le doute était la chose la plus naturelle. Une dénégation formelle eût été presque invraisemblable, et, abstraction faite de quelques rares exceptions, elle aurait constitué tout simplement une impossibilité. Ainsi donc, quand Bertrand Chicholet, à bout de ressources, se décida à consulter la sorcière, il ne fit rien d'extraordinaire ; il subissait, sans le savoir, l'ascendant que les préjugés exercent sur l'esprit humain, et il se conformait aux croyances de son époque. S'il vivait maintenant, il hausserait les épaules de pitié au seul mot de sorcier. Mais reprenons notre narration.

Le premier soin de Bertrand Chicholet, après s'être moqué de Fizas Aymérique, fut de courir chez Boniface de Forcalquier. Il y trouva Elzéar Raspaud et George Arnaud prêts à se mettre à table. Invité à y prendre place, il accepta, et, dans le cours du repas, il les régala de la nouvelle qui circulait avec rapidité dans Manosque, c'est-à-dire de la grande bataille livrée entre Jean Ayméric et sa femme. Il n'oublia pas de leur dire qu'il avait fait le charme qu'Alasace Rascasse lui avait enseigné la veille, et il s'extasia sur la promptitude avec laquelle il avait opéré.

— Figurez-vous, monsen Boniface, dit-il, que je n'eus pas plutôt jeté l'eau entre maître Jean Ayméric et Fizas, qu'ils se mirent à se quereller. Moins d'une minute après, ils se battaient tout de bon.

— Ce n'est pas possible ! répondit Boniface ; l'eau que
tu as composée ne peut avoir une pareille vertu.

— Cela me paraît aussi extraordinaire qu'à vous, répliqua Chicholet ; mais c'est pourtant la pure vérité. La
querelle a éclaté si subitement qu'on dirait qu'Ayméric et
sa femme se sont entendus pour donner raison à la sorcière. En vérité, cela tient du prodige !

— Je n'y comprends rien, fit Elzéar Raspaud. Tu n'as
fait que ce que la sorcière t'a dit de faire ? Tu n'as pas
prononcé de paroles magiques ? Tu n'as pas invoqué le
nom de Satan ?

— Rien de tout cela, répondit Chicholet. J'aurais été
fort embarrassé d'employer des paroles magiques ou
d'évoquer le diable, car j'ignore le grimoire des sorciers.
Je me suis tenu aux recommandations d'Alasace. J'ai
attrappé le chat de Fizas, ce qui, par parenthèse, m'a
fait monter une fort jolie garde ; j'ai amené chez moi le
chien de Fossoni ; à minuit sonnant, je leur ai lavé la
tête dans la même eau, en commençant par le chat ; ensuite, ce matin, j'ai jeté cette eau entre Ayméric et Fizas.
Ils se sont querellés et battus à l'instant même. Vous
n'auriez pas eu le temps de dire un *Pater*, qu'ils se
tenaient aux cheveux. Oh ! le beau secret que j'ai trouvé
là ! Gare aux gens mariés qui s'aviseront de me molester !

— Ce secret peut servir à quelque chose de mieux, dit
George Arnaud qui, jusque là, avait écouté d'un air fort
incrédule ; on peut brouiller un mari et sa femme, qui ne
vous auront jamais fait de mal, dans tout autre but que
celui de la vengeance. Je ne crois guère à la vertu du procédé, mais il faut que je l'essaie.

— C'est ça! fit Raspaud ; je devine ta pensée. Quelque pauvre diable, ayant une jolie femme, te servira à faire l'expérience. La femme étant battue, tu te chargeras de l'office de consolateur. Ce n'est pas si mal calculé ; mais tu pourrais t'en repentir. Il y a des armes qui sont dangereuses à manier parce qu'elles peuvent se tourner contre celui qui s'en sert. Pour moi, tu me donnerais la plus belle femme du monde, à condition de laver à minuit des têtes de chat et de chien, que je refuserais tout net. Je craindrais que le diable vînt me donner un coup de main.

— Que tu es simple! dit Arnaud. Ne vois-tu pas que le hasard a tout fait? Quelle vertu peut avoir l'eau que Chicholet a jetée entre les époux Ayméric? Elle aurait pu les engager à se caresser aussi bien qu'à se battre.

— Pas du tout! répondit vivement Raspaud ; Ayméric et Fizas devaient nécessairement se battre, en voici la raison : tu sais que le chien et le chat sont des animaux mutuellement antipathiques, qui ne peuvent se supporter. Pourquoi dit-on de deux ennemis qu'ils sont comme chien et chat? Eh bien! l'eau qui avait servi à leur laver la tête ne pouvait faire naître des sentiments d'amour ; elle devait nécessairement engendrer la haine et la colère. Maintenant que j'y pense, je suis surpris qu'ils ne se soient pas égorgés !

— Puissamment raisonné! répliqua George Arnaud. Il n'y a à cela qu'un léger inconvénient : c'est qu'il est impossible que l'eau se charge de ce qui n'est pas matériel. Autant vaudrait dire que celle qui aura servi à laver la tête d'un scélérat consommé sera méchante et dangereuse : elle deviendra sale, voilà tout.

— Bon ! bon ! dit Raspaud ; je sais que tu es un rai-
sonneur et qu'avec toi on ne peut avoir la dernière. Quant
à moi, si j'étais marié, je n'aimerais pas qu'on vînt jeter
une pareille eau entre ma femme et moi.

— Alors, tu n'auras pas de chats chez toi , et les rats
te rongeront les oreilles, s'écria George , partant d'un
éclat de rire. Tu sais qu'il faut que le chat auquel on lave
la tête appartienne au ménage que l'on veut brouiller.

— C'est bien mon projet, répondit Raspaud ; le jour
où je prendrai femme, j'assommerai tous les chats de la
maison.

— Aie soin de les tuer la veille , si tu veux être conséquent, dit Arnaud ; autrement le jour de la noce on
pourrait te régaler avec le charme d'Alasace Rascasse. Je
retiens la peau du plus beau chat pour en fourrer un
capuchon.

— Tu as beau plaisanter, répliqua Raspaud ; tu n'em-
pêcheras pas qu'avant de me marier je ne fasse maison
nette de cette maudite engeance dont les miaulements
m'ont plus d'une fois empêché de dormir. Ma mère n'en
a que six. Quelle chasse elle va leur faire faire quand elle
saura qu'elle entretient tant d'ennemis mortels !

— Pauvres chats ! s'écria George Arnaud. Nous allons
assister à un nouveau massacre des innocents ! car le secret d'Alasace Rascasse n'a de dangers que pour eux.
Heureusement, dans beaucoup de ménages on les laissera
vivre, attendu qu'ils y seront inoffensifs. J'imagine même,
qu'en définitive , ils ne souffriront pas autant qu'on pourrait le croire au premier abord. Chez ceux , par exemple ,

que l'incompatibilité d'humeur désunit, les chats ne seront nullement dangereux. Et toi, Boniface, que feras-tu ?

— Moi? répondit le jeune homme ainsi interrogé ; ma croyance en la puissance du charme n'est peut-être pas aussi robuste que celle d'Elzéar ; cependant, ce que vient de nous raconter Chicholet m'a impressionné. S'il est vrai, comme je le crois, que les époux Aymeric se soient battus après qu'il eut jeté l'eau entre eux, il y aura pour moi quelque raison de douter, car la coïncidence du jet de l'eau et de la querelle est extraordinaire. Alors, si j'ai le bonheur d'obtenir Ayssalène, je proscrirai les chats, bien que je croie qu'il sera difficile de me brouiller avec elle.

— Allons ! guerre aux chats ! s'écria George Arnaud, en se levant et en saisissant un superbe matou qui se pelotonnait auprès du feu. Guerre aux chats ! il faut que je commence par celui-ci. En même temps, il souleva en l'air le chat qu'il tenait par l'extrémité de la queue. L'animal, ainsi suspendu dans le vide, et peu content de cette position anormale, se mit à s'agiter et à crier comme un possédé.

— Vite ! Ayglantine ! dit George Arnaud à la vieille servante de Boniface de Forcalquier ; vite ! avant de le tuer, apportez un plat rempli d'eau : je veux faire le charme. Je l'essaierai ensuite sur vous et sur votre mari.

— Il n'y a pas de danger, répondit la vieille : mon mari est mort depuis plus de vingt ans. *Boueno salut* (1) ! Il

_____
(1) Dieu soit loué !

était temps qu'il partît : *Beni sie la mouto que li a tapa la goulo* (2) !

— On vous avait donc aussi jeté un sort ? demanda Raspaud.

— Je ne sais ce qu'on nous avait fait, dit Ayglantine Hospitalière ; mais, ce qui est positif, c'est que, huit jours après mon mariage, je m'aperçus que j'avais épousé un paresseux, un ivrogne, un libertin, et que, au bout d'un mois, il commença à me battre. Heureusement qu'il se brouilla bientôt avec la justice, car, à tous ces défauts, il joignait celui du vol. Un jour, on le prit sur le fait ; on le condamna à une forte amende, qu'il ne put payer, et on lui coupa la main droite. Il mourut des suites de l'opération. Croiriez-vous que, il y a quelque temps, Guillerme Girarde a osé me reprocher cela, en me disant, dans une querelle que nous eûmes ensemble, que l'on n'avait jamais coupé le poing à son mari pour avoir volé des ruches à miel. Comme si je pouvais répondre de ce que fit mon mari, il y a vingt ans !

— Et vous ne lui dites rien ? demanda Bertrand Chicholet.

— Oh ! que si ! fit la vieille : je lui répondis que jamais on ne m'avait vu sur le pailler de l'hôpital avec les frères de Saint-Jean. Cela lui ferma la bouche.

— Je le crois bien, remarqua George Arnaud. Les frères aiment donc toujours à s'amuser ?

— Oh ! ce sont de bons vivans, répliqua Chicholet : ils me font souvent concurrence. L'autre soir, je me suis

(1) Bénie soit la motte de terre qui lui a fermé la bouche.

rencontré quelque part avec frères Guillaume Arnaud et
Jean Bustia. Ils avaient commencé à chanter une fort
jolie cantinelle que l'arrivée des nonces les obligea à
discontinuer. Je me suis souvenu des premiers vers :

A lur dañ sia dieu to l'an
De cels que bella moler añ.

— C'est-à-dire que Dieu protége ceux qui ont une belle
femme ! s'écria George Arnaud. Par ma foi ! ces moines
avaient raison. Une belle femme est toujours un présent
du ciel. C'est une faveur que la Providence n'accorde qu'à
ses élus. Cependant elle nous coûte cher quelquefois.

— Témoin le juif Sullani Abraham, riposta Chicholet :
savez-vous ce qui lui est arrivé ?

— Non, répondit George Arnaud.

— Eh bien ! je vais vous l'apprendre, dit Bertrand.
Ginelle, la femme de Sullani est fort jolie. Frère Jean
Vaquète s'en aperçut et se mit à la courtiser. La justice le
sut. Or, savez-vous ce qu'elle fit ? Je vous le donne en cent
pour le deviner. On poursuivit Ginelle et l'on excusa le
frère, sous le prétexte que la juive l'avait ensorcelé et
séduit par ses ruses et par ses tromperies. Il en est résulté un long procès, dans lequel on a usé beaucoup
d'encre et de papier, et qui s'est terminé par la condamnation de la femme. Le mari a été obligé de payer l'amende
et les frais.

— C'est un peu fort, remarqua Boniface de Forcalquier;
cependant cela ne doit pas nous surprendre, car vous savez
que l'habit ecclésiastique est la meilleure de toutes les
immunités. Ceux qui le portent peuvent tout se permettre,

il les protége même contre la *médisance* (1). Ayglantine en a fait l'expérience, à mes dépens. Elle ne vous a
pas dit qu'un nonce entendit le propos qu'elle adressa à
Guillerme Girarde, et qu'elle fut immédiatement traduite
devant le juge. Il m'en a coûté cinq sous pour composer
avec le bailli. — Mais, qui est-ce qui nous arrive ? fit-il
en entendant frapper à la porte de la rue. Allez voir,
Ayglantine.

— *Qu'us* (2) ? demanda la servante avant d'ouvrir.

— Ami ! répondit-on du dehors ; ouvrez.

Ayglantine obéit et introduisit Guillaume Duranti, dit
Dalaria, nonce du tribunal. Cet individu n'avait rien
de remarquable, si ce n'est qu'il tenait l'œil gauche à
moitié fermé. Les paupières en étaient tuméfiées, et la
joue était noire et enflée ! Evidemment il avait, depuis
peu, fait une chûte ou reçu un coup violent.

— Eh ! bon Dieu ! qu'avez-vous, maître Dalaria ? lui
demanda Bertrand Chicholet, d'un ton moitié compatis-
sant, moitié goguenard ; car il reconnaissait le nonce auquel, la veille, Elzéar Raspaud avait fait faire la cabriole.
Voyez, dit-il, en clignant de l'œil vers ses amis, comme
ce pauvre homme est mal arrangé !

— Ce n'est rien, répondit Dalaria. Hier soir je suis
tombé en poursuivant des malfaiteurs.

— Alors vous ne les avez pas pris, fit Chicholet ; quel
dommage !

(1) Une bulle du pape Honorius II, donnée à Rome la première
année de son pontificat, datant, par conséquent, de l'année 1124 ou
1125, défendait de vexer les frères de Saint-Jean de Jérusalem surpris en adultère ou accusés de tout autre crime.

(2) Qui est-ce ?

Maître Guillaume Duranti ne fut pas dupe un instant de l'intérêt subit que lui portait Bertrand Chicholet, lui qui était ordinairement à couteau tiré avec tous ceux qui, de près ou de loin, appartenaient à la police. Mais il feignit de ne pas comprendre qu'on se moquait de lui. Il prit les paroles de Chicholet comme si elles étaient sérieusement dites et à bonne intention, se réservant d'en tirer vengeance plus tard.

— C'est vraiment dommage que je les aie manqués, dit le nonce ; car des gens rôdant dans les rues à une heure avancée de la nuit et ne portant pas de lumière, sont nécessairement suspects. Mais laissons cela. J'ai une mission désagréable à remplir auprès de vous, maître Bertrand : il faut que je m'en acquitte.

— Et laquelle ? fit Chicholet, qui était à cent lieues de croire avoir quelque chose à démêler avec la justice ; car pour le moment, sa conscience ne lui reprochait rien ; ce qui constituait une manière d'être à laquelle il n'était guère habitué.

— Je viens, répondit le nonce, pour vous citer à comparaître aujourd'hui, à l'heure de tierces, devant monsen le juge ordinaire de Manosque, siégeant sur la place du marché, afin de répondre à une accusation de sortilége portée contre vous par Jean Ayméric et Fizas, sa femme. Vous savez quelles sont les peines que les contumax encourent. Cela dit, il s'inclina devant la société, demanda pardon à Boniface de Forcalquier d'être venu remplir son office chez lui, rejetant cette liberté sur les ordres précis qu'il avait reçus, et partit.

— Eh bien ! fit Elzéar Raspaud, je ne me trompais pas

en disant que la magie était une arme à deux tranchants, dangereuse à manier. Te voilà pris, mon pauvre Ber- trand !

—Pas encore, répondit Chicholet, habitué aux manières de la justice ; pas encore ! Il sera difficile à mes dénoncia- teurs de prouver que j'ai employé la magie envers les époux Ayméric ; et, au pis aller, le bailli n'est pas intrai- table : j'en sais quelque chose.

De fait, il n'était pas intraitable, pas plus que son juge, pas plus que son sous-viguier, pas plus que son clavaire, officier remplissant les fonctions de procureur fiscal près la juridiction seigneuriale de l'ordre de Saint- Jean. Tous ces individus se souciaient fort peu de l'inté- rêt public ; mais, en revanche, ils s'occupaient du leur avec un soin tout particulier. On était sûr de les calmer avec de l'argent ; et quelques sous provençaux, désar- mant la justice de son glaive émoussé, faisaient l'office des gâteaux que le mortel assez audacieux pour descendre aux enfers jetait dans la triple gueule de Cerbère.

Ce système de tolérance et de compositions avait fini par brouiller toutes les notions du droit et par priver l'homme du sens moral. Il le poussait au crime, de même que la tyrannie l'avilit et façonne des esclaves. Nous ne connaissons rien de plus dangereux pour la société que l'affaiblissement de la morale publique. C'est un signe certain de décadence, car c'est une preuve que les instincts matériels prédominent.

Quelques-uns disent que l'honnêteté est une question de tempérament. Ce système est plus spécieux que solide. Mais, pour les temps dont nous parlons, c'était une question d'argent. En effet, avec le système des compositions au moyen desquelles on transigeait avec la justice, celui qui se proposait de commettre un méfait devait commencer par sonder sa bourse. S'il en voyait le fond, il était contraint de s'abstenir et demeurait honnête, genre de mérite négatif qui a bien son prix, attendu qu'il est à la portée du plus grand nombre. Au contraire, était-il riche, il pouvait aller de l'avant, sûr de se tirer d'affaire moyennant finance. C'était commode et provoquant à la fois, car on ne pouvait mieux favoriser les criminels, à moins de leur donner une prime. Seulement, en ce qui concernait la faculté de mal faire, on méconnaissait le principe d'égalité dont nous sommes, depuis, devenus si amoureux. Il fallait être grand et riche pour se faire impunément vicieux. Nous aimons à croire que cela est complètement changé.

Mais Bertrand Chicholet se souciait fort peu de la morale publique, dont il n'aurait pas donné un fétu. Une seule chose lui importait : c'était de pouvoir agir dans sa sphère sans trop courir de risques. Sous ce double rapport, il n'avait rien à désirer. D'un côté, il était absolument libre de sa personne, et, de l'autre, la protection et la bourse de Boniface de Forcalquier ne lui avaient jamais fait défaut. Quoi qu'il fît, il était donc à peu près sûr de l'impunité. Bien que pauvre et petit, il avait le privilége de pouvoir transgresser la loi tout à son aise.

Quand l'heure de tierces fut prête à sonner à l'horloge du palais, il partit accompagné de Boniface de Forcalquier, qui ne voulait pas abandonner son frère de lait. Elzéar Raspaud et George Arnaud les suivirent.

Ils trouvèrent le juge, assisté de son greffier, de ses nonces et du crieur public, déjà installé à la place publique, et assis sur un banc de bois, son siége habituel. L'auditoire était nombreux, car une accusation de sortilége n'était pas très commune, et le fait qui la motivait, c'est-à-dire la querelle des époux Aymeric, avait déjà couru toute la ville. A côté du juge étaient placés Jean Dionis, clavaire du tribunal, et Giraud Avon, le sous-viguier.

Ce n'était pas casuellement que le juge siégeait sur la place publique : c'était, au contraire, une habitude invétérée, pourrions-nous dire. Cet usage existait fort anciennement, et on le retrouve dans toute la Provence, soit qu'il fût question des tribunaux d'institution du Comte, soit qu'il s'agît de justices seigneuriales. Partout il y avait un banc de bois ou de plâtre servant de siége au juge. Ainsi, à Sisteron, par exemple, ce banc se trouvait dans la rue, tout près de l'église. Il va sans dire que les audiences en plein air n'avaient lieu que pendant la belle saison ; en hiver, le tribunal se mettait à l'abri.

A Manosque, la justice s'administrait sur la place du marché. Mais où était cette place? Nous n'avons pu le découvrir, bien que nous en ayons rencontré la mention dans une foule d'actes. Sauf les terrains vacants sur lesquels on construisit des maisons, intérieurement la ville n'a guère changé ; mais les rues ne portant plus les mêmes noms, il est devenu très difficile de faire l'emplacement d'un ancien titre. Tout ce que nous pouvons conjecturer, d'après les expressions de certains actes, c'est

que la place du marché de cette époque était voisine de
l'église de Notre-Dame. Quant à dire au juste où elle
était, cela nous est impossible. Nous soupçonnons
qu'elle devait se trouver tout près de la place actuelle;
une rue qui en partait aboutissait aux terraux.

Il paraît que l'ancien marché était extrêmement étroit;
car, antérieurement à cette époque, c'est-à-dire le 5 des
ides de mai 1285, Bérenger *Monachi* (1), commandeur
de Manosque, voulant l'agrandir et empêcher qu'on le
tînt dans les cimetières des églises de Notre-Dame et de
Saint-Jean, ainsi qu'on en avait l'habitude, acquit la
maison d'un particulier de Manosque et la fit démolir.
L'usage de tenir les marchés dans les cimetières ci-dessus
désignés remontait à une dizaine d'années. Il fut le résultat d'une délibération du conseil de la commune,
prise sous le pontificat de Grégoire X. Or, ce pape régna
depuis le 1er septembre 1271 jusqu'au 10 janvier 1276.

Quoi qu'il en soit, cette recherche de savoir où était
situé le marché, est devenue sans objet. L'essentiel est
de faire assister le lecteur à l'audience tenue par Pierre
Fouquier, juge ordinaire de Manosque, assisté de maître
Isnard Garelli, son greffier. On appela d'abord l'affaire
de Bertrand Chicholet. Le greffier lui fit connaître le délit
qu'on mettait à sa charge, en lisant en langue vulgaire,
c'est-à-dire en provençal, la plainte portée contre lui,
laquelle était rédigée en latin. Après cette formalité, le
juge l'interrogea.

Chicholet soutint, sans sourciller, les regards du juge

(1) Moine ou Monge, en provençal.

et du public , et répondit à l'interrogatoire avec un
flegme imperturbable. Il nia s'être livré à quelque
opération magique ; soutint que le jet de l'eau entre Ayméric et Fizas était un fait purement accidentel ; et
finit par dire qu'on n'avait pas besoin d'invoquer le diable pour faire battre les époux Ayméric ; qu'ils s'acquit-
taient de cette besogne sans être poussés par une intervention surnaturelle ; que leur réputation était faite sous
ce rapport, et qu'il n'était pas juste de l'accuser d'avoir
employé des sortiléges , alors que le fait s'expliquait naturellement.

La foule accueillit avec de grands éclats de rire la justification de Chicholet ; car elle la trouva piquante et ju-
dicieuse à la fois. Quant au juge , il fut très embarrassé.
Il eut beau tourner et retourner le prévenu , l'interroger
de cent façons , il ne put jamais le prendre en défaut. Le
rusé Bertrand ne se déconcertait pas , jouait serré et ne
montrait pas un instant le flanc. Cependant , comme la
justice ne perdait jamais ses droits , et dans le but, soit
de sauver les apparences , soit d'examiner plus à fond
l'accusation qui pesait sur le prétendu adepte en sorcellerie, il ordonna qu'il en serait informé , obligeant
Chicholet de fournir un cautionnement de dix sous provençaux, ou bien de tenir les arrêts dans le palais , c'est-
à-dire de garder prison. Le cautionnement était alors la
clef de voûte du système répressif. Tout accusé , mandé
devant le juge et qui ne se justifiait pas immédiatement,
devait le fournir. Or, comme le magistrat avait intérêt à
ce que la justification préalable ne se fît pas, il s'ensuivait
qu'elle n'avait presque jamais lieu, et que toujours l'accusé donnait caution.

En face de ce résultat prévu, Bertrand Chicholet se retourna vers Boniface de Forcalquier, et le supplia de l'œil. Son appel fut entendu. Boniface fendit la foule, s'approcha du greffier et remit entre ses mains le montant du cautionnement. Ce fut le premier acte de la procédure ; le second était l'information, et le troisième le jugement.

Jusqu'alors la foule avait assisté à l'audience avec assez de tranquillité, sauf les éclats de rire suscités par l'argumentation de Chicholet. Mais il se fit un grand brouhaha quand le nonce appela l'affaire des époux Ayméric. Le greffier donna lecture du procès-verbal rédigé sur la dénonciation de Giraud Avon ; puis le juge interrogea maître Jean Ayméric. Celui-ci fut obligé, pour se justifier, de raconter ce qui s'était passé dans la matinée, et de répéter à l'auditoire enchanté l'histoire du merle et de la merlate. Ce récit fut fréquemment interrompu par les rires et par les exclamations des assistants. Quant il fut terminé, le juge se recueillit un instant, et prononça ensuite sa sentence. Se basant sur ce qu'un mari avait le droit de corriger sa femme, et déclarant que, dans le cas qui lui était soumis, maître Jean en avait usé avec modération, il le renvoya des poursuites. Il est probable qu'en faisant cette déclaration, le *seigneur* (1) Pierre Fouquier, en sa qualité d'homme marié, se laissait influencer par l'esprit de corps, autant au moins que par les principes du droit, tels qu'ils existaient à cette époque. Il prévoyait, peut-être, qu'à son tour, il pourrait, en certaines circonstances, user du privilége dont il prononçait la consécration.

(1) Le juge était qualifié *dominus*.

Cette sentence fut diversement accueillie. Les femmes, qui en faisaient les frais, murmurèrent très fort, révoquant naturellement en doute la justice du principe de droit qui donnait aux maris le droit de rosser leurs femmes ; tandis que les hommes se frottaient les mains, en signe de jubilation, et que les plus niais d'entre eux regardaient les femmes d'un air qu'ils s'efforçaient de rendre malin.

Mais les rôles changèrent quand il s'agit de la blessure faite par Fizas Aymérique à son mari ; chose bien autrement grave, et qui méritait toute l'animadversion de la justice. A la vue de l'oreille déchirée du malheureux Jean Ayméric, car il fut obligé de l'exhiber en public, la foule partit d'un immense éclat de rire. Mais ce ne fut pas tout. Ce rire menaça de se changer en convulsions alors qu'on vit le mari s'approcher pour cautionner sa femme. Ce résultat était si bizarre, et la position de Jean Ayméric était tellement burlesque, qu'elle aurait déridé l'homme le plus sérieux. Que devait faire la foule, elle qui est si impressionnable ?

Pour le coup, les triomphateurs, si fiers, il n'y avait qu'un instant, ne rirent plus que du bout des lèvres, et les femmes, à leur tour, narguèrent les hommes du regard.

— C'est bien fait ! s'écria Ayssalène Baudoinette. Il faudrait que tous les hommes qui battent leur femme y laissassent un bout de l'oreille. Cela les rendrait plus circonspects.

— Il faudrait aussi que les femmes eussent la langue moins longue, répliqua François de Puyssac, aubergiste ;

ou bien qu'on en coupât un morceau à celles qui , comme Fizas Aymérique , s'en servent pour faire enrager leurs maris.

— Veux-tu te taire, brûle sauce ? fit Ayssalène Baudoinette; sinon je t'arracherai la tienne. Voyez un peu ce gros nigaud qui veut nous rogner la langue ! Apprends , imbécile ! que Dieu nous l'a donnée pour que nous nous en servions !

— Et vous n'avez garde d'y manquer, n'est-ce pas ? Je parie que Baudoinet s'aperçoit que vous en avez de reste ?

— S'il s'en aperçoit, reprit Ayssalène , il a le bon sens de n'en rien dire. Vraiment ! Je voudrais bien voir qu'il m'empêchât de parler ? Je suis maîtresse chez moi , entends-tu ?

— Tant pis pour lui ! dit Puyssac , il s'en repentira : *L'affaïre va maou , quand la galino fa lou gaou* (1).

— Insolent ! fit Ayssalène , en le prenant au collet et le secouant virilement ; si tu ajoutes un seul mot , tu apprendras que la poule a des ongles. Fais ton chemin ! ajouta-t-elle , en le poussant rudement , de manière à le jeter sur le groupe qui les entourait.

— Bravo ! Ayssalène ! s'écrièrent les femmes présentes à l'altercation : *Zou !* (2) tape sur le brûle sauce !

François de Puyssac avait bonne envie de se rebeller contre la suprématie anormale affectée par la femme Baudoinet ; mais il se retint, et fit bien , attendu que les forces physiques et , peut-être, le courage n'étaient pas égaux.

(1) La besogne va mal quand la poule fait le coq.
(2) Allons !

Ayssalène Baudoinette était une femme vigoureuse, hardie, haute en couleur, bien en langue et méprisant le danger. La nature se trompa en la rangeant parmi le sexe faible. Elle ne craignait personne, et, au besoin, elle savait se servir d'armes offensives et défensives.

Un jour, ayant eu nous ne savons quelle querelle avec le nommé Isnard Cussendier, elle s'en vengea en employant des armes qui ne sont pas ordinairement à l'usage des femmes; car, grâce à Dieu, les Clorinde et les Bradamante ont toujours été fort rares. Elle s'arma de l'épée et du bouclier, prit un bâton, et, descendant dans la rue, elle administra une bonne correction à son adversaire. Il est probable que si celui-ci eût porté l'épée, elle aurait dégaîné et que le sang aurait coulé ! Ce bel exploit ne passa pas inaperçu. La justice en eut vent, et l'on dirigea des poursuites contre Ayssalène Baudoinette, la vaillante amazone. Le mari fut obligé d'intervenir en faveur de sa douce moitié. Il la cautionna d'abord, et transigea ensuite avec le bailli.

La querelle de cette femme avec François de Puyssac n'amusa pas peu les spectateurs, surtout Chicholet, friand outre mesure de ces sortes de débats. Il fit tout ce qu'il put pour donner du cœur à l'artiste en casseroles ; mais François de Puyssac ne voulut pas se battre. Il préféra retourner à ses fourneaux et affronter leurs feux.

— Voilà, dit Chicholet, un coq qui sait chanter et qui, néanmoins, n'a pas autant de courage qu'une poule.

— Bertrand, tu ferais mieux de passer ton chemin et de te retirer, lui dit maître Giraud Avon, qui avait vu les charitables efforts de Chicholet pour envenimer la querelle : il me semble que tu as assez d'affaires pour ton propre compte sans te mêler de celles des autres.

— Je me retirerai quand il me plaira, maître Giraud, répliqua Chicholet. Le pavé de la place appartient à tout le monde. Si j'ai des affaires, je les débrouillerai et je m'en tirerai malgré vous ; car j'ai reconnu votre main dans l'injuste dénonciation portée contre moi. Vous seul, dans Manosque, pouviez m'accuser de sortilége et prétendre que j'avais fait battre Jean Ayméric et sa femme. Dieu sait s'ils avaient besoin de moi pour cela ! ajouta-t-il hypocritement.

— C'est bon ! c'est bon ! fit le sous-viguier ; nous verrons ça. La justice ne se paye pas de belles paroles. On sait que tu es capable de tout pour faire du mal, même de t'entendre avec Satan.

—Si j'avais ce pouvoir, il y a longtemps que vous vous en seriez aperçu, maître Giraud, riposta Chicholet ; mais je n'ai jamais rien eu à faire avec le diable, dit-il en se signant, si ce n'est de l'avoir trop souvent dans ma poche. Malheureusement, il n'emporte pas ceux qui le méritent ! s'écria-t-il ; mais patience, chacun aura son tour. Je connais des gens auxquels il réserve le coin le plus profond et le plus chaud de l'enfer.

— Que veux-tu dire? demanda le sous-viguier.

—Rien, répondit Chicholet : je ne parle pas de vous. Est-ce qu'il y a du mal à désirer que le diable emporte tous les méchants, tous ceux qui tourmentent le pauvre monde ?

— Tu es un mauvais drôle, fit Giraud Avon, et un rusé

drôle , par dessus le marché ! mais tu as beau faire , tu passeras par mes mains.

— C'est ce qu'il faudra voir, maître Giraud , répartit Chicholet ; c'est ce qu'il faudra voir. Je connais votre mauvais vouloir envers moi, et j'aurai soin de me tenir sur mes gardes. En attendant, sachez que je ne vous crains pas.

— Ni moi non plus, répliqua Giraud Avon ; sois sûr que je te mettrai à la raison. Je veux que tu deviennes souple comme une branche d'osier.

— Alors dépêchez-vous, répondit Chicholet : dans quelques mois vous sortez d'office et vous serez obligé d'abandonner mon éducation. Qui aurait jamais cru , fit-il, en se tournant vers ceux qui écoutaient le débat, que maître Giraud Avon , sous-viguier de monsen le Commandeur, deviendrait maître d'école ? N'avons-nous pas là un charmant régent ?

Cette saillie fit rire l'assistance ; car, avons-nous dit , maître Giraud Avon était fort laid et l'épithète qu'on venait de lui donner ne correspondait pas précisément à sa physionomie. Il trouva donc la plaisanterie de fort mauvais goût ; mais il eut le bon sens de n'en rien témoigner. Voyant qu'il lui était difficile de réduire au silence l'audacieux Chicholet , et qu'il ne pouvait avoir le dernier mot, il lui tourna fièrement le dos et s'en fut. Alors , la figure de Bertrand Chicholet, qui commençait à s'animer, se rasséréna, sa main abandonna le manche du couteau qu'elle caressait, et il fit, en vrai gamin, la figue au sous-viguier. Il mit d'abord le pouce de la main droite au bout du nez ; sur le petit doigt de cette main, il appuya le pouce de la main gauche, et il remua les autres doigts absolument comme s'il jouait de la flûte. Puis, changeant de manœuvre, il réunit les doigts de la main droite, et frappa du coude droit contre l'avant-bras gauche ; geste que les perruquiers imitèrent quand on eut inventé la poudre à poudrer. Bertrand Chicholet fut leur précurseur.

Ces simagrées mirent de plus fort la foule en belle humeur aux dépens du sous-viguier. Les rires redoublèrent, et maître Giraud Avon, comprenant que l'on riait de lui, commit la faute de se retourner. Au même instant les rires cessèrent, les bras de Chicholet retombèrent le long de son corps, et il demeura immobile dans la position du soldat que l'on met à la première leçon de l'école de peloton. Seulement, son air narquois et le sourire de mépris qui se dessinait sur ses lèvres disaient assez au sous-viguier qu'il le gratifiait de tout son dédain.

Maître Giraud Avon fut sur le point d'éclater. Cependant il se contint et partit tout de bon, sans plus retourner la tête. Quant à Bertrand Chicholet, il demeura encore quelque temps sur le champ de bataille, jouissant de son triomphe et de la défaite de son ennemi ; puis, il partit à son tour. Disons qu'il fut heureux pour lui de se trouver au milieu d'une population amie, exécrant cordialement le sous-viguier. Ce sentiment d'hostilité fut utile à Chicholet. Il lui épargna un bon procès que Giraud Avon n'aurait pas manqué de lui intenter s'il avait su que son adversaire lui avait fait la figue.

Pendant que ces divers événements se passaient, Boniface de Forcalquier retournait à son logis en compagnie de George Arnaud et d'Elzéar Raspaud. Ils remontaient la rue conduisant de la place à la porte Soubeyran. En chemin, ils firent la rencontre d'Astruge Chicholesse, tante de notre ami Bertrand. C'était une femme d'une quarantaine d'années, dont la figure conservait quelques restes de beauté. La tante et le neveu se ressemblaient au physique et au moral. Astruge était de moyenne taille, brune ; à l'air hardi, au propos délibéré et aux traits accentués. Elle avait demeuré fille à cause du peu de régularité de ses mœurs pendant sa jeunesse. Nous ne savons si elle disait vrai quand elle se félicitait d'avoir gardé le célibat ; mais elle s'en vantait et en tirait presque gloire. Si quelqu'un la questionnait sur ce point, elle répondait dédaigneusement qu'à sa connaissance il n'était pas un homme qui méritât l'attachement d'une femme. Elle pouvait avoir raison en ce qui la concernait, attendu qu'elle avait rencontré beaucoup de volages. En ce temps-là, aussi bien qu'aujourd'hui, l'Amour portait des ailes. D'aucuns prétendent que leur envergure a même augmenté.

Astruge Chicholesse exerçait la profession de revendeuse. Elle occupait une baraque ou banc à la place aux Herbes. Son industrie consistait à vendre des légumes frais. Elle payait pour cela à l'ordre de Saint-Jean deux deniers de redevance annuelle.

La possession du banc ou échoppe n'était pas particulière aux revendeurs maraîchers : il en existait pour toutes les professions. Les propriétaires payaient des redevances diverses, selon l'importance de leur commerce. Ces bancs, qui étaient à poste fixe et bâtis, constituaient une propriété immobilière, et se vendaient, ainsi que toute autre propriété, car ils étaient dans le commerce ; ils étaient même susceptibles d'être scindés, puisque sur les livres de cens tenus par les Hospitaliers, on rencontre fréquemment la mention de la redevance à laquelle un demi banc était soumis.

Ainsi, il y avait des bancs à la poissonnerie ; il y en avait sur la place du marché, acensés, depuis deux jusqu'à douze deniers. Un banc à la place des Cuirs payait dix deniers ; celui d'un boucher pouvait aller jusqu'à douze deniers, et, par une exception inexplicable, Bertrand Descauce, frère du boucher clerc dont nous avons parlé ci-dessus, payait neuf sous et quatre deniers. La redevance pour les bouchers juifs était de cinq sous.

Mais l'établissement des bancs n'était pas limité aux places publiques : on en voyait dans presque toutes les rues qu'ils devaient singulièrement obstruer. Par exemple, Antoine Desdier, l'un des principaux habitants de Manosque, possédait un banc de boucher devant sa maison, laquelle joignait le cimetière de Saint-Sauveur. Le cens de ce banc était de deux deniers. Si, à ces obstacles, on ajoute les ponts traversant les rues et empêchant la circulation de l'air, on prend une idée peu favorable de la condition sanitaire de Manosque. Quand une de ces épidémies, si fréquentes alors en Provence, y éclatait, elle devait faire de terribles ravages. Au reste, Manosque ne faisait pas exception. Toutes les villes de Provence en étaient au même point. Nous ne connaissons que Barcelonnette qui réunisse toutes les conditions de salubrité désirables, ce qu'il faut attribuer à sa fondation relativement récente.

Astruge Chicholesse cherchait son neveu, auquel les liens du sang et la mystérieuse affinité qu'engendre la sympathie des caractères l'attachaient étroitement. La place ou la rue aux Herbes, où elle exerçait son industrie, étant éloignée de la place du Marché, elle ignorait l'accusation de sortilège qui pesait sur Bertrand Chicholet, ainsi que sa citation devant le juge. De charitables commères l'en instruisirent. Elle déserta son banc tout de suite, en faisant de grands signes de croix et poussant des exclamations telles que celles-ci : Ah ! mon pauvre neveu ! Le malheureux ! *Pécaïre* ! Que deviendra-t-il ? Elle ne fit, pour ainsi dire, qu'un saut de sa place au marché; mais déjà Bertrand était parti. La bonne tante se mit en quête de lui. Ce fut alors qu'elle rencontra Boniface de Forcalquier qui fit tous ses efforts pour la rassurer.

— N'ayez pas d'inquiétude, lui dit-il; Bertrand est libre, car je l'ai cautionné. Nous verrons plus tard ce qu'il faudra faire quand nous en serons au jugement. En attendant, allez le chercher, et ramenez-le chez moi. Je crains qu'il fasse quelque sottise. Si je ne me trompe, je l'ai vu parlant avec le sous-viguier.

— Dieu nous en préserve ! dit Astruge; ils ne sont pas déjà trop amis. J'y vais tout de suite.

— Adieu, Astruge ! dit George Arnaud; revenez avec ce brave Bertrand, et je vous chercherai un mari pour votre peine.

— Bien obligée ! monsen George, répondit Astruge;

je ne donnerais pas ça de tous les maris du monde, fit-elle en mettant l'ongle du pouce droit entre les dents et le retirant vivement.

— Va pour les maris, dit George; mais si l'on vous promettait un galant?

— Alors, ça mériterait réflexion, répliqua la reven-deuse. Un galant! ça se prend et ça se quitte. Mais vous êtes un farceur qui voulez rire et qui me retenez ici quand je devrais être ailleurs. Bonsoir, mon joli Bruno!

Sur ce, elle partit de toute la vitesse de ses jambes.

— Voilà que George a fait la conquête de la (1) Chi-cholesse! s'écria Elzéar Raspaud; déjà il était un peu fat, maintenant il va être insupportable. Voyez comme il se rengorge!

— Il y a bien de quoi! répondit Boniface de Forcal-quier, entrant dans la plaisanterie; à tous ses mérites, elle joint celui de la maturité. Si le proverbe : *A vieillo catto, jouino rato* (2), est vrai, un jeune galant lui viendrait à point.

— Ce proverbe peut être bon pour la chatte, dit George Arnaud; mais il est détestable quand on l'applique à la souris. Néanmoins, la Chicholesse a dû être fort jolie; comment se fait-il qu'elle ne se soit pas mariée?

— Probablement elle aura été trop galante, fit Elzéar Raspaud; *ooura leissat anar lou cat à soun frou-magi* (3).

---

(1) Le Provençal ainsi que l'Italien ajoute l'article aux noms propres.
(2) A vieille chatte, jeune souris.
(3) Elle aura laissé aller le chat à son fromage.

— Et personne n'en a plus voulu après qu'un autre y eut goûté! s'écria George. Quand un pâté est bon, cela le rend-il mauvais parce qu'on en aura coupé une tranche?

— Ah ça! docteur, dit Raspaud, est-ce que tu vas soutenir cette thèse? Je te préviens que tu y perdras ta peine; je te permets de ne pas croire aux sorciers, mais non de mettre une coureuse sur la même ligne qu'une honnête femme.

— Je ne veux pas comparer ce qui ne se ressemble pas, répondit George Arnaud; je veux dire seulement que la Chicholesse, malgré ses erreurs, aurait pu faire une bonne femme. Est-ce que cela n'eût pas été possible? Il est vrai qu'il y a des torts que les hommes ne pardonnent pas. Dieu seul est indulgent pour certains coupables.

— Tu raisonnes tout de travers aujourd'hui, mon bon ami, répliqua Raspaud, et si je ne connaissais ton amour de la contradiction, je prendrais mauvaise opinion de ton jugement. Si tu persistes, je te mettrai au pied du mur. Cette fois, j'ai le bon côté, et je me sens fort. Veux-tu essayer?

— Non pas! non pas! se hâta de dire George Arnaud, comprenant que ses goûts d'opposition et de paradoxe l'avaient entraîné trop loin. Je me rends et je déclare hautement qu'il ne faut jamais boire dans le verre où un autre aura trempé sa barbe. — Mais que diable fait Chicholet?

— Sa tante va nous le ramener, dit Boniface de For-calquier. Dieu veuille qu'il ne se soit pas pris de bec avec le sous-viguier!

— Il ne nous manquerait plus que cela! fit George

Arnaud. Il faudrait le cautionner de nouveau, ce qui, je le crains bien, est de l'argent perdu. J'aurais agi comme toi, Boniface; mais je crois que tes dix provençaux sont fort hasardés. Tu auras du bonheur si tu les rattrapes.

— Peu m'importe! répondit Boniface; j'en sacrifierais cent avant de laisser mettre mon frère de lait en prison. Si vous le connaissiez comme moi, vous sauriez que, malgré ses défauts et ses vices même, il a un cœur excellent; il a pour moi l'amitié d'un frère.

— Mais aussi tu le traites comme tel, répliqua George, en mettant le pied sur le seuil de la maison, et tu as raison. Entrons maintenant pour causer un peu de nos projets, après quoi Raspaud ira à la découverte de la cuisinière du couvent de Sainte-Claire. En affaires, il faut toujours supposer le pire et se préparer en conséquence.

— Voilà ce que tu as dit de plus sage aujourd'hui, fit Raspaud; entrons donc.

A ces mots, ils franchirent la porte que la vieille Ayglantine vint ouvrir. Dix minutes après, Chicholet, ramené par sa tante Astruge, vint les rejoindre, et nos quatre prudents personnages ouvrirent immédiatement leur conciliabule. Il s'y produisit les projets les plus téméraires; on y fit les propositions les plus insensées afin d'arriver à l'enlèvement d'Ayssalène de Reillanne. Bref, ils entassèrent folies sur absurdités en hommes qui ne doutent de rien et capables de tout entreprendre pour arriver à leurs fins. Heureux privilége de la jeunesse! elle croit tout possible, tant elle a bonne opinion d'elle-même. Cependant, ce défaut dont la blâment des hommes se croyant sensés, lui fait exécuter des choses qui paraissent impossibles, et surmonter des obtacles devant lesquels la froide raison aurait échoué. Bien des fois la prudence n'est que de l'incapacité. Mais laissons-les à leur délibération, et passons à un sujet plus sérieux.

CHAPITRE VIII

L'INVASION

> Li borzes de Moisac viron l'ost aiberger
> En la riba de Tarn , entorn lor pel gravier ;
> Certas no es meravilha si's prezo a esmaier.
> . . . .
> Pla a l'albor del dia , can parec la clartatz ,
> Lai dediñs la maizo Cominal , nac assatz
> Dels milhors de la vila , dels rics e dels ondratz ,
> Cavaler e borzes , e la cominaltatz ,
> E cant foro ensemble e lo critz fo baissatz ,
> L'abas de S. Cerni als primer razonatz ;
> Senhors bars , ditz i'abas , deus , vera trinitatz ,
> E la Verges Maria , de la qual el fo natz ,
> E mo senher l'avesques , nos a sai enviatz ,
> Que es trist e maritz , e dolens e iratz ,
> Car l'afars de la vila es peritz e torbatz ,
> E mas que d'ambas parts es lo glazi tempratz.
> *(Croisade contre les Albigeois.)*

Pendant que les habitants de la haute Provence, éloignés du théâtre de la guerre et se croyant protégés par leurs montagnes, s'endormaient dans une trompeuse sécurité , de graves événements s'accomplissaient sur les bords du Rhône. Arnaud de Servole, l'archiprêtre, s'était approché d'Avignon. Il ne guerroyait pas ouvertement contre le pape , mais il rançonnait , pillait et massacrait ses sujets sous le prétexte de faire vivre sa compagnie ;

de telle sorte que les malheureux habitants du comtat Venaissin souffraient toutes les calamités de la guerre, quoique leur souverain fût en paix avec toute l'Europe. Cette situation anormale, sans exemple dans l'histoire, était le fait d'une troupe de bandits, trop forte pour être détruite par les moyens ordinaires, qui parcourait librement tout le midi de la France et ravageait successivement ses plus belles provinces. L'autorité publique était tellement faible et avilie, les moyens de résistance étaient tellement nuls, qu'on ne put se débarrasser d'eux qu'avec de l'argent comptant. La force était impuissante. C'est au point que, quelques années après, une armée royale, conduite par Jacques de Bourbon, fut battue par eux à Brignais, à trois lieues de Lyon. Ce combat eut lieu le 2 avril 1361. Ce ne fut qu'en 1366 que Bertrand Duguesclin délivra la France de ce fléau, en conduisant les grandes compagnies en Espagne, où elles firent la guerre pour le compte d'Henri de Transtamare, frère naturel et compétiteur de Pierre le Cruel, roi de Castille.

La situation politique de la Provence semblait disposée tout exprès pour faciliter les incursions des grandes compagnies. La reine Jeanne était loin ; mais eût-elle été au milieu de son peuple, la faiblesse de son caractère aurait rendu sa présence d'une mince utilité. Les finances étaient dans un état déplorable, et le sénéchal, seul représentant du pouvoir souverain, manquait de l'autorité nécessaire pour réunir les moyens de résistance. Il ne pouvait agir efficacement, quoique dans une certaine mesure, qu'auprès des villes relevant directement du comte, et il était à peu près sans action sur les communes possé-

dées par les barons et par les nobles. Il en résultait que,
là où il aurait fallu unité de vues et de commandement,
centralisation puissante, réunion de tous les moyens de
lutte, on ne trouvait qu'incertitudes, impuissance de
l'autorité et dispersion de la force. Alors que tout le monde
aurait dû se lever, comtes, barons, possesseurs de fiefs,
hommes libres et vassaux, arborer le vieil étendard provençal et se précipiter en masse sur les brigands, chacun restait chez soi, se fortifiait de son mieux et veillait
à sa propre conservation, sans se préoccuper le moins
du monde du salut des autres. Calcul égoïste qui, en re-
tardant notre ruine ne la rend que plus certaine et plus
complète. L'homme ne veut pas savoir que la solidarité
centuple ses forces.

Ainsi, au moment de l'invasion des grandes compagnies, les seigneurs se réfugiaient dans leurs châteaux,
les villes fermaient les brèches de leurs remparts, faisaient provision d'armes et de vivres et s'apprêtaient à
se défendre ; car on devient brave quand on est mis au
pied du mur. En pareille position, la lâcheté deviendrait
un suicide. De leur côté, les rares populations rurales
se précipitaient dans les lieux fermés, en emportant avec
elles leur mince fortune. Les campagnes devenaient désertes, les champs restaient en friche, et l'ennemi sur-
venant, achevait de dévaster un pays que l'abandon des
cultivateurs avait déjà à moitié ruiné. Quand il avait tout
pris, tout brûlé, tout coupé, il se retirait ; mais la famine prenait sa place ; mais la peste suivait la famine
pour en doubler les horreurs.

Les places fortes souffraient peu parce que l'ennemi,

dépourvu de moyens de siége, ne pouvait s'en rendre maître. Il s'emparait bien quelquefois, soit par force, soit par trahison, de quelque château faible ou mal gardé ; mais il lui fut impossible de s'établir définitivement quelque part. D'ailleurs, il n'agissait pas en conquérant, mais en voleur, préférant l'argent à des terres qu'il n'aurait pu conserver.

Rien n'était donc prêt en Provence pour résister à l'invasion de la compagnie de l'archiprêtre, bien que, selon toutes les apparences, celle de 1357 ne fût pas la première ; car, sur ce point, nos historiens ne sont pas d'accord entre eux. Il put, par conséquent, étendre ses opérations, et en même temps qu'il forçait le pape à composer avec lui, pressurer les contrées environnantes. La vallée de la Durance lui offrait une riche proie. Son imagination s'arrêtait avec convoitise sur un pays que sa bande pillarde n'avait pas encore exploré. Pertuis et Manosque, avec leurs fertiles territoires, étaient, pour un aventurier tel que l'archiprêtre, des objets dignes d'envie. Il résolut de les visiter et il confia cette mission à l'un de ses lieutenants nommé Durand Arnaud, le même que l'intervention inopportune de sainte Delphine, comtesse d'Arrian, arracha à une mort cruelle, mais bien méritée. Voici comment le père Columbi, l'historien de Manosque, rapporte le fait tel qu'il le trouva dans l'information qui précéda la béatification de sainte Delphine. Il dit que Durand Arnaud ayant, dans le cours de cette campagne qui se prolongea jusqu'en 1358, tenté de surprendre Ansouis, échoua dans son entreprise, et qu'il fut même assez mal avisé pour se laisser faire prisonnier par les habitants de ce bourg. Ceux-ci, irrités à bon droit contre les pillards qui portaient la dévastation chez eux, prirent Durand Arnaud, lui attachèrent les mains derrière le dos, le précipitèrent dans un puits desséché, profond de vingt-deux cannes, ce qui équivaut au moins à quarante-quatre mètres, et jetèrent par dessus une grande quantité de pierres qu'on avait disposées à cet effet. C'en était donc fait du bandit. Mais sainte Delphine qui alors habitait Apt, arrivant inopinément à Ansouis dont saint Elzéar de Sabran, son mari, était seigneur, et opérant un véritable miracle, retira du puits Durand Arnaud sain et sauf et le rendit à la vie et à la liberté.

Tel est, en substance, le récit que le père Columbi fait de cet événement; c'est, du moins, ce que nous avons pu démêler à travers les obscurités de son style; car le passage dont nous venons de donner l'extrait n'est pas fort transparent. Mais cette version n'a pas été adoptée par tous les auteurs. Ainsi, par exemple, Bouche dit que Durand Arnaud fut jeté dans le puits d'Ansouis, et qu'il y resta bel et bien. Ce ne fut pas grand dommage.

Quoi qu'il en soit, il nous importe fort peu de savoir si les ossements de Durand Arnaud reposent au fond du puits d'Ansouis, sous le linceul de pierre dont les habitants le couvrirent, ou bien s'ils dorment sur quelque champ de bataille, ou au pied de quelque fourche patibulaire. Tout ce que nous voulons dire, c'est que, sa libération, en la prenant pour certaine, peut faire honneur aux sentiments d'humanité de sainte Delphine, mais qu'elle ne prouve pas grand'chose en faveur de son discernement. Très certainement, ce fait n'aurait pas dû servir à motiver sa béatification. C'était de l'humanité déplacée.

L'attaque projetée contre Manosque par Durand Arnaud était imminente, et l'ennemi ne s'en trouvait qu'à une journée de marche, que la population l'ignorait encore ou semblait ne pas s'en alarmer. Elle était rassurée par les difficultés de terrain existant entre cette ville et Pertuis. En effet, le bassin de la Durance, qui est très large à partir de Malijay, se resserre subitement à Mirabeau, ne laissant qu'une étroite gorge par laquelle s'échappe la rivière. De ce point, jusqu'à Pertuis, il n'existait aucun chemin praticable, sauf quelques sentiers d'un parcours difficile, et les communications entre les deux villes devaient se faire en traversant diagonalement les contreforts du Luberon. A cette époque, cet obstacle aurait suffi à retarder considérablement, sinon à empêcher le passage d'une armée régulière, embarrassée de son bagage et de son matériel ; mais il était impuissant à contenir les fourrageurs de la grande compagnie. Des piétons et des cavaliers, allégés de bagages, passent partout. Pour eux, quel que soit l'état des chemins, l'accès est constamment libre.

Or, dans la même journée où Bertrand Chicholet fut cité à comparaître devant le juge ordinaire de Manosque, Hugues de Villemus, chevalier de l'ordre de Saint-Jean de Jérusalem, commandeur de Manosque, reçut, par exprès, une lettre venant d'Avignon, à lui adressée par Roger de Pins, chevalier de la langue provençale, alors grand maître de l'ordre. Cette lettre lui faisait connaître le projet de Durand Arnaud et l'engageait à se tenir sur ses gardes.

L'avertissement était bon, mais la difficulté consistait à le mettre à profit. Toutes les forces dont le commandeur pouvait disposer consistaient en quelques chevaliers, vieux et cassés pour la plupart, envoyés en retraite à Manosque. Les frères conventuels, c'est-à-dire les religieux attachés à la commanderie, étaient un embarras qu'on ne pouvait utiliser en aucun cas; et quant aux serviteurs de l'établissement, le nombre en était trop restreint pour qu'ils fussent d'un grand secours. Voici, au demeurant qu'elle était la composition du personnel attaché habituellement à la commanderie de Manosque. Nous le prenons dans le compte-rendu par l'un des prédécesseurs d'Hugues de Villemus.

Ce personnel comprenait une dizaine de chevaliers au plus, vingt frères et trois sœurs et vingt-trois *donats*, c'est-à-dire, des individus qui s'étaient donnés corps et biens à l'ordre de Saint-Jean, et que la commanderie était obligée de nourrir et d'entretenir. Elle possédait, en outre, quarante bœufs, quarante-neuf chevaux et trente-trois *trentaniers* (1) de moutons, indépendamment dés biens meubles et immeubles. D'après les principes du temps, on mettait gens et bêtes sur la même ligne.

Tels étaient les moyens de défense dont pouvait disposer le commandeur. Il est vrai que le palais, avec sa ceinture de murs, ses tours et son fossé, avait l'apparence d'une place forte, mais il n'en avait pas la solidité, et si on laissait prendre la ville, on ne pouvait se flatter qu'il tînt plus de vingt-quatre heures. Le concours des

_____

(1) Trente moutons font un trentenier.

citoyens était donc indispensable, et, en sa qualité de seigneur de Manosque, le commandeur avait le droit de l'exiger. Restait à savoir dans quelle mesure on l'accorderait; car il y a peu d'entreprise plus délicate et plus hasardeuse que celle de faire marcher les bourgeois au combat.

Heureusement pour frère Hugues de Villemus, les habitants de Manosque, au lieu de s'apprêter à composer avec Durand Arnaud, prirent la ferme résolution de se défendre. C'était le meilleur parti et le plus sage; car la bravoure est presque toujours la plus haute sagesse. Mais auparavant il fallait s'entendre avec eux. Le commandeur manda pour cela leurs représentants.

Nous avons dit dans l'un des chapitres précédents que la ville de Manosque était administrée par douze consuls choisis sur soixante des principaux habitants, des meilleurs et des plus sages, dont quarante du Bourg et vingt du Château; car la ville était divisée en deux parties. De ces douze consuls, huit devaient appartenir au Bourg, et quatre au Château. Quelquefois, dans les actes, on les appelle décurions.

Mais il paraît que l'administration de la commune, ainsi répartie sur douze têtes, fonctionna mal; ce qui ne doit pas surprendre; car le pouvoir qui repose sur un trop grand nombre est sujet à des tiraillements et, par suite, à des défaillances inévitables et dangereuses. Pour parer à ces inconvénients, l'administration fut encore centralisée. A cet effet, on confia à deux syndics pris parmi les douze conseillers, le soin de gouverner la commune. Il est certains actes qui mentionnent trois syndics; dans

d'autres, on en compte jusqu'à quatre. Mais nous avons
de bonnes raisons pour croire que les exemples fournis
par ces actes font exception à la règle, et que, en 1357,
deux syndics seulement étaient en exercice. Nous nous
fondons sur ce que, quelques années auparavant, le syndicat se composait de deux personnes, ainsi qu'il résulte
de plusieurs documents que nous avons consultés.

Indépendamment de ces syndics, il y avait diverses
autres charges municipales, notamment un défenseur de
la ville. Nous présumons que cet office, rempli ordinairement par un homme de loi, se rapportait aux affaires
litigieuses de la commune, et que ce défenseur n'était
autre que le troisième syndic que l'on retrouve plus tard.

Nous avons fait de nombreuses recherches afin de connaître la composition du conseil de la communauté de
Manosque au moment de l'invasion de la grande compagnie. Nous avons eu l'avantage de compulser des documents assez nombreux; mais nous n'y avons trouvé que
des renseignements incomplets. Tout ce que nous avons
pu savoir c'est que le syndicat était géré par Pierre Jarjaye, notaire, et que Giraud Roubaud, Ruffred Gasqui,
Jacques Agout, Bertrand Gavaudan et le notaire Pierre
Dalmas étaient conseillers. C'est déjà beaucoup, vu la
distance, car nous avons les noms de la moitié des conseillers municipaux.

Frère Hugues de Villemus, après s'être consulté avec
Jean Lupi, son *bailli* (1) et son lieutenant, et Guillaume

(1) Manosque était alors une commanderie; ce ne fut que plus
tard qu'elle devint bailliage.

de Ventayrol, vice-bailli, manda Pierre Jarjaye, le syndic, au palais. Celui-ci obéit incontinent à la sommation. Il trouva le commandeur qui, dans son impatience, était venu l'attendre sur le pont du palais, devant la porte ferrée donnant accès dans l'intérieur de l'édifice.

Ce monument, élévé par les soins des derniers comtes de Forcalquier, n'était pas fort ancien, puisque, cent trente-deux ans auparavant, Agnès, épouse de Guillaume de Moustiers, damoiseau, avait revendiqué sur l'ordre de Saint-Jean partie du terrain sur lequel le palais avait été édifié. Elle réclamait également la propriété des maisons dans lesquelles Guillaume, le dernier comte, avait fait construire des bains. Un procès s'était engagé à propos de ces prétentions ; mais il fut terminé par l'intervention de l'archevêque d'Aix et de P. Amelius, évêque de Narbonne. Une transaction, à la date du 7 des kalendes de mars 1225, concilia les parties, et Guillaume d'Ulmis, prieur de Saint-Gilles, haut dignitaire de l'ordre de Saint-Jean, s'engagea à payer à la dame de Moustiers vingt-deux mille sous viennois pour prix de la cession de ses droits.

Ce palais, dont il ne reste plus de traces aujourd'hui, avait sa principale façade sur la place des Terraux, ainsi appelée du nom de la famille Terral qui paraît avoir été très considérée à Manosque dans des temps antérieurs. Elle donna son nom à la place près de laquelle elle habitait de la même manière et par la même raison que les Martel et les Ebrard imposèrent leurs noms à deux quartiers de Manosque. Quant à la place des Terraux, elle était, de trois côtés, limitée par le palais et par la ville, tandis que, au couchant, le jardin d'un particulier, la séparait du rempart. Ses dimensions, à cette époque, devaient être extrêmement restreintes.

Le palais, ainsi que son nom l'indique, servait de résidence aux comtes de Forcalquier dans leurs fréquents voyages à Manosque. Il passa entre les mains de l'ordre de Saint-Jean lorsque, le trois des kalendes de juin 1149, date néfaste pour la maison de Forcalquier, le comte Guigues donna aux Hospitaliers la ville de Manosque avec tout ce qu'il possédait dans son district. Il abandonna ainsi le plus beau fleuron de sa couronne souveraine et prépara la déchéance de sa famille. Ses successeurs s'efforcèrent en vain de le reprendre. Ils exercèrent même plus tard, à Manosque, les droits de la souveraineté, témoins les deux priviléges que Guillaume', dernier comte, lui concéda en l'année 1206. Mais il fut obligé de céder à la nécessité, et, la veille des nones de février 1208, il ratifia les donations qui avaient été faites par Guigues et Bertrand, ses prédécesseurs. Guillaume de Forcalquier, chef de la branche cadette, eut la douleur d'apposer sa signature sur l'acte qui spoliait sa famille.

L'entretien du commandeur et du syndic fut long et sérieux. Il porta principalement sur l'emploi des moyens de résistance dont on pouvait disposer, car les deux interlocuteurs furent promptement d'accord sur le principe, c'est-à-dire qu'ils décidèrent que, à tout risque, la ville devait se défendre. Frère de Villemus était, par profession et par naissance, homme d'épée; et maître Pierre Jarjaye, quoique exerçant un état essentiellement pacifique, n'était pas moins courageux que le chevalier de Saint-Jean. Cela tenait peut-être aux troubles incessants, aux guerres fréquentes, à l'état d'insécurité dans lequel on vivait ; mais il est positif que, à cette époque, tout le monde était plus ou moins batailleur. La contagion s'étendait partout et ne respectait personne. Ainsi, sans parler à l'avance de la bravoure que Pierre Jarjaye montra à l'occasion des événements dont nous allons parler, nous rapporterons de lui un fait significatif témoignant qu'il savait, au besoin, manier des armes plus dangereuses que la plume. Quelques années après, c'était en 1362, ayant eu maille à partir avec Roger Suffani, son compatriote, il s'arma du sabre et du bouclier, attendit son adversaire dans la rue, l'attaqua, et, après avoir ferraillé avec lui, le blessa à l'épaule gauche. La satisfaction de sa vengeance lui valut un procès pour blessures et port d'armes prohibées, au moyen duquel le bailli de Manosque se donna le plaisir plus innocent et plus substantiel de le faire composer.

Maître Pierre Jarjaye, comprenant que le temps pressait et qu'il fallait se mettre promptement en mesure de résister aux aventuriers commandés par Durand Arnaud, prit congé de Hugues de Villemus. Son premier soin fut de faire assembler le conseil des douze, afin d'aviser à la défense de la ville et d'en empêcher la prise et le saccagement. Pour tout le monde, c'était une question de vie ou de mort ; car les aventuriers des grandes compagnies étaient complètement étrangers au moindre sentiment d'humanité.

Le conseil, convoqué au son de la cloche et par les soins du valet de ville, ainsi qu'il était d'usage, se réunit

dans l'officine ou le laboratoire de maître Raymond
Gaud, apothicaire, qui était probablement membre de
l'assemblée. Ces réunions hors de l'Hôtel de Ville étaient
fréquentes, et il n'était pas rare de voir le conseil municipal, soit à Manosque, soit ailleurs, délibérer chez
l'un de ses membres, ou bien tenir ses séances en plein
air dans un jardin, ou dans le cloître d'un couvent.
Quelquefois, quand l'assemblée était nombreuse, c'est-
à-dire lorsqu'on réunissait les soixante ou que l'on con-
voquait tous les chefs de famille, elle se tenait à la campagne. En hiver, on choisissait un endroit exposé au
soleil et à l'abri du mistral.

Il était impossible que la commune la plus riche et la
plus peuplée du comté de Forcalquier ne possédât pas
un Hôtel de Ville. Cependant, malgré toutes nos recherches, nous n'avons pu acquérir la preuve de ce fait et
savoir, par conséquent, en quel endroit il était situé.
Le père Columbi, beaucoup plus rapproché que nous
de cette époque, avoue son ignorance. Mais, nous le
répétons, l'Hôtel de Ville devait exister.

Le conseil, animé de l'esprit de son énergique président, adopta d'enthousiasme toutes les mesures qui lui
furent proposées. On ordonna une levée générale de tous
les citoyens valides, on passa la revue de ceux qui possédaient des armes, et l'on distribua celles que la ville
tenait en réserve aux pauvres habitants qui en étaient
dépourvus. On nomma ensuite les chefs des quartiers et
chacun d'eux eut un poste assigné.

Il existait à Manosque une ordonnance de police, prise
de l'autorité du commandeur, en vertu de laquelle une

commission procédait, à certaines époques, à la visite des armes possédées par les citoyens. On dressait de ceux-ci un état nominatif, en regard duquel on inscrivait l'espèce et le nombre d'armes que chacun possédait. De cette manière, en toute circonstance, l'autorité savait au juste sur combien de combattants elle pouvait compter. Nous avons tenu entre nos mains un de ces états dont la lecture nous a prouvé que les habitants de Manosque étaient armés de façon à pouvoir repousser une agression. Nous y avons trouvé une des plus belles et des plus nombreuses collections d'engins de guerre qu'il soit possible de se procurer ; car on ne saurait s'imaginer combien, en cet heureux temps, étaient multipliés les moyens de tuer. Mais il est beaucoup de ces engins dont nous n'avons pu connaître l'espèce ; nous savons seulement qu'ils appartenaient aux genres piquant, tranchant ou contondant. La plupart sont désignés par des noms provençaux, déguisés en latin, estropiés, par conséquent, et devenus inintelligibles.

Quant aux pauvres, ils étaient armés aux frais de la commune. Manosque, à l'imitation des autres villes de Provence, possédait dans une espèce d'arsenal une certaine quantité d'armes que l'on distribuait en cas de nécessité.

Tout cela ne put se faire à la sourdine. Il en résulta une alarme générale et un remue-ménage prodigieux. Les oisifs, toujours nombreux à la fin de la journée, purent voir les émissaires, expédiés par le syndic, sortir de la ville et se répandre dans le territoire afin de prévenir les habitants qu'une invasion les menaçait et qu'ils eussent à se mettre à couvert. Ils virent de forts détachements d'hommes armés occuper les corps de garde voisins des portes de la ville ; et, ce qui les alarma le plus, ce fut l'exhibition de toutes les armes possédées par les habitants. L'un préparait son arbalète, un autre fourbissait le fer de sa lance, repassait son sabre, enlevait la poussière et la rouille que le temps avait amassées sur son casque ; un troisième secouait et examinait le jacque de cuir qui, à l'exception du casque et du bouclier, était alors la seule arme défensive à l'usage du fantassin. La cuirasse, la cotte de mailles, en un mot, la panoplie complète de l'homme d'armes ne servaient qu'aux cavaliers, tous gentilhommes, possesseurs de fiefs, et riches par conséquent. Le prix de ces armures, d'ailleurs trop lourdes pour un fantassin, les mettait hors de la portée des classes moyennes et du peuple. Ajoutez à cela un transport incessant d'armes de toutes sortes et de toutes dénominations, car les riches, pressés par l'inexorable nécessité, prêtaient aux pauvres leur superflu, et l'on pourra se faire une idée du tumulte et de la confusion qui régnaient à Manosque pendant cette soirée mémorable.

Les affaires furent subitement suspendues. Les rues, ainsi que les places publiques, regorgeaient de monde ; mais nul ne songeait à vendre, encore moins à acheter. L'invasion des aventuriers faisait le sujet des préoccupations universelles. On se préparait, on agissait, mais on parlait encore plus ; car, si le danger actuel et présent paralyse la langue, celui qui est éloigné rend loquace.

Un groupe nombreux, composé principalement de fem-

mes et de quelques jeunes garçons , s'était formé devant
la maison de Bertrand Chicholet. Astruge Chicholesse en
occupait le centre. Elle avait étalé sur le banc de pierre
établi contre la porte toutes les armes de son neveu , et
elle était en train de les approprier. La collection était
assez variée. Il y avait un casque sans visière , un jacque
protégé sur les épaules et devant la poitrine par des pla-
ques de fer, deux longues et fortes lances à la pointe
acérée, diverses armes tranchantes de différentes lon-
gueurs , depuis le couteau à gaîne jusqu'au sabre. On y
voyait une espèce de couteau de chasse que l'on nommait
alors *cultellum laterale* , parce qu'on le portait ostensi-
blement suspendu au côté gauche, à la différence du
couteau à gaîne qui était caché dans la poche. Notre ami
Bertrand , malgré sa pauvreté, n'avait pas reculé devant
la dépense afin de se fournir un arsenal complet. Il y avait
là, sur ce banc, le produit de plusieurs années de braconnage , de contrebande et de fraudes de toute nature.

— Voilà une lance qui crèvera le ventre à quelqu'un ,
dit la Chicholesse, que l'esprit belliqueux du moment
animait; Dieu! la belle arme! comme je m'en servirais,
si j'étais homme! — En même temps elle croisa la lance
en appuyant fortement le poing droit sur la hanche.

Ce geste guerrier fit écarter la foule.

— Prends garde à ce que tu fais, Astruge! lui cria
monne Peyronnelle Choche, à laquelle la lance avait
manqué tomber sur le nez, nous ne sommes pas des
soldats de l'archiprêtre !

Dame Peyronnelle était une vénérable matrone du
quartier, que sa fortune élevait au-dessus du commun,

et à laquelle on donnait le qualificatif de *Monne*, ainsi
que cela se pratique encore en Italie. Elle exerçait une
certaine influence dans sa sphère.

— Pardon! monne Peyronnelle, répondit Astruge;
mon intention n'est pas de vous faire du mal; mais quand
je songe à ces coquins d'aventuriers qui seront peut-être
demain matin devant Manosque, le sang de mes talons
remonte à ma tête.

— Bon Dieu! sont-ils aussi près de nous, demanda
Nicolasse Audiberte; alors, que la bonne Mère nous assiste!

— Qui sait où ils se trouvent maintenant! dit la Chicholesse; on l'ignore; mais, pour sûr, ils se dirigent
vers Manosque, dans l'intention de prendre la ville, de la
saccager et puis de la brûler. S'ils y entrent, nous sommes
perdues. Savez-vous ce qu'ils font partout où ils passent?
Ils pillent, volent et tuent tout ce qui leur tombe sous la
main; ils outragent les femmes de la manière la plus
abominable. Mais qu'ils y viennent! reprit-elle en bran-
dissant sa lance; qu'ils y viennent! la Chicholesse saura
se défendre!

La brave femme était un peu dans le cas du lièvre de
la Fable qui prit ses oreilles pour des cornes. Elle ne songeait pas que si la bande de l'archiprêtre prenait Manosque d'assaut, nul ne porterait atteinte à sa pudeur.
Mais l'amour-propre nous aveugle. D'ailleurs, faut-il le
dire? la Chicholesse n'avait pas de miroir pour se regarder, et ce prudent et peu flatteur conseiller du beau sexe
lui faisant défaut, il n'est pas surprenant qu'elle se
méconnût.

— De quoi diable vous inquiétez-vous, Astruge! fit

Jaco Purpan qui passait par là ; on peut prendre Manosque dix fois d'assaut, personne ne s'occupera de vous.

— Qui te l'a dit ? répliqua Astruge ; est-ce que je n'en vaux pas une autre ! Voyez ce grand flandrin qui a l'air de me prendre pour une vieille ! Marche, marche, fainéant ! Il vaudrait mieux que tu prisses les armes que de faire des observations déplacées. Comment se fait-il qu'une femme ait pu épouser un pareil benet ?

Toutes les vérités ne sont pas bonnes à dire ; Jaco Purpan l'apprit à ses dépens. Il battit en retraite, car la Chicholesse, irritée, avait déjà pris sa lance à deux mains et le regardait d'une certaine façon annonçant une tempête prête à éclater. La remarque impolie de Purpan l'avait piquée au vif, parce qu'elle avait touché à l'endroit le plus sensible de la femme, en faisant supposer qu'on pût la dédaigner. Il est fort difficile de sonder les profondeurs d'un cœur féminin ; mais il y a cent contre un à parier que, si Manosque eût été prise d'assaut, Astruge aurait été très mortifiée qu'on ne l'eût pas insultée, ne fût-ce qu'un petit peu.

— Qu'une veuve est malheureuse ! dit monne Peyronnelle ; personne ne viendra à mon secours ! Ah ! mon pauvre Barnabé Chochi ! Combien tu fais faute à ta malheureuse femme !

— Je vois que vous avez peur pour vos florins d'or, répliqua Astruge. Eh bien ! mettez-les dans une *toupino* (1) et enterrez-les à la cave.

— Oui ! reprit Nicolasse Audiberte ; enterrez-les, et

_____

(1) Vase de terre sans anses.

l'on viendra ensuite vous mettre à la torture afin de vous faire dire où est caché votre argent? Merci! je ne veux rien cacher; je serai contente pourvu que j'aie la vie sauve.

— Et mon linge, et mes meubles, et mes provisions! où les mettrai-je? s'écria monne Choche; ah! je serai ruinée, et il faudra que j'aille finir mes jours à l'hôpital!

— Qu'importe! l'hôpital n'est pas pour les bêtes! répondit l'insouciante Chicholesse, qui ne partageait pas les préjugés populaires à l'endroit des établissements de bienfaisance; autant vaut mourir là comme ailleurs. Ah! te voilà, mauvais sujet? fit-elle à son neveu paraissant tout-à-coup devant elle; tout est prêt, tu peux t'armer quand tu voudras.

Astruge aimait beaucoup son neveu. Elle prétendait que, s'il n'avait pas abandonné l'état ecclésiastique, il aurait pu faire son chemin dans le monde. — Qui sait, disait-elle lorsque la conversation tombait sur ce chapitre, qui sait si, comme tant d'autres qui ne valaient pas mieux que lui, il ne serait pas devenu abbé, évêque, même? N'est-ce pas qu'il aurait fait un joli prélat? Puis, le soir, dans sa solitude, elle bâtissait des châteaux en Espagne, s'impatronisant chez monseigneur et prenant le gouvernement de sa maison. Hélas! le pot au lait se renversait bien vite, car elle sortait ordinairement de ces rêveries par l'annonce de quelque nouvelle fredaine de son neveu. Le même jour, après en avoir fait un cardinal, elle le décorait de la barrette rouge, quand on lui apprit qu'il avait comparu devant le juge sous une accusation de sorcellerie. Quelle chûte!

De son côté, Bertrand Chicholet portait une grande
affection à sa tante, unique parente qu'il eût au monde.
Astruge et Boniface de Forcalquier étaient les seuls êtres
qu'il aimât. Malgré sa conduite plus que légère, il avait
le cœur bon et il n'était point originairement inaccessible
aux sentiments d'affection et d'amitié; mais la réprobation presque universelle que lui avaient value ses écarts
de jeunesse, occasionnés par la fougue de son tempérament et par le défaut de direction, avait refoulé au
plus profond de son être ces heureuses dispositions.
Disons à sa louange qu'elles n'étaient pas éteintes; elles
y sommeillaient, prêtes à se réveiller sous l'influence
d'une parole amie. Il était encore temps pour lui d'ouvrir
les yeux à la lumière et de dépouiller le vieil homme. Mais
sa guérison ne pouvait s'opérer que par le changement
de résidence : moyen extrême, le seul pourtant qui nous
permette d'abandonner, sans trop de peine, des habitudes
vicieuses. Il lui fallait surtout un but légitime et glorieux
à poursuivre et à atteindre. A ce prix, il pouvait espérer
sa régénération. Elle était impossible à Manosque où
personne, sauf Boniface et Astruge, n'aurait voulu croire
à la conversion de Bertrand Chicholet. On sait que la
charité n'est pas la vertu dominante chez notre prochain,
et que, plus les rapports entre deux hommes sont étroits,
plus ils sont impitoyables l'un envers l'autre.

— Merci ! tante Astruge, dit-il en caressant sa parente,
dix fois merci ! Vous êtes pour moi une seconde mère.
Précisément il faut que je prenne les armes tout de suite,
car monsen le syndic m'a fait demander.

Comment ! le syndic te demande? fit Astruge : il paraît

qu'il a besoin de toi. Ce matin il ne t'aurait pas seulement dit bonjour. Ce que c'est que le monde ! Puis, quand il descendit dans la rue, armé de pied en cap, et qu'il lui eut fait ses adieux, elle lui cria : Conduis-toi en brave garçon, Bertrand ! mais prends garde de te faire tuer : ta pauvre tante en mourrait de chagrin ! Ensuite, le voyant s'éloigner d'un pas rapide, elle ajouta : On ne dira plus maintenant *ce n'est pas la mort de Chicholet !*

En effet, depuis une heure, Bertrand était devenu un personnage. Maître Pierre Jarjaye, qui se connaissait en hommes, avait bien pu, jusqu'alors, dédaigner un mauvais sujet dont l'unique occupation semblait être de troubler le repos public, et qui lui avait causé maintes inquiétudes en sa qualité de chef de l'administration de la communauté. Mais il savait que, sous des dehors vicieux, Bertrand Chicholet cachait un cœur ferme servi par une organisation physique robuste. Il savait que, si le garnement était quelquefois incommode, il pouvait être d'une grande utilité dans les moments de crise, et il résolut de l'employer, prévoyant qu'il aurait grand besoin de tout ce qu'il y avait de viril et d'énergique dans la population, pour résister à l'attaque qui se préparait. Il avait donc mandé Chicholet, dans l'intention de le mettre à la tête d'une vingtaine d'individus presque aussi indomptés que lui; gens ayant toujours le couteau à la main, piliers de taverne, terreur des nonces et des passants attardés, et qui ne pouvaient obéir qu'à un pareil chef.

Bertrand Chicholet, un peu gonflé de son importance récente, car il prévoyait le rôle qu'on voulait lui faire

14

jouer, se rendait donc à l'appel du syndic. Il s'était armé
de son mieux. Il portait un casque d'acier poli par la
main d'Astruge, un jacque de cuir couvrait ses vêtements,
et un long et large coutelas, accompagné d'une dague,
pendait à sa ceinture. Il avait laissé la lance, mais il
tenait à la main un bâton plombé, espèce de massue dont
il se servait avec une grande dextérité. Ainsi armé,
c'était vraiment un guerrier redoutable. Chemin faisant,
il prit avec lui Guillaume Maurel, le *mange saoumo*,
dont il se proposait de faire son aide-de-camp. Afin de
l'engager à le bien servir, il lui promit un bon souper,
aux frais du syndic.

CHAPITRE IX

L'ENTREVUE

Estat ai grand sazo
Marritz e consiros,
Mas ar sui delechos
Plus qu'auzel ni peisso,
Pos ma domn' a'm trames
Messatge, qu'e'm tengues
A guiza d'amador.
A! tant doussa sabor
M'a, quar denha voler
Qu'eu torn en bon esper.
Peire VIDAL.

Il n'était qu'un homme, dans Manosque, pour lequel
l'arrivée de la bande de l'Archiprêtre ne fût pas l'unique
préoccupation : cet homme était Boniface de Forcalquier.
Tout entier à son amour pour Ayssalène de Reillanne, il
était indifférent aux événements qui se passaient à l'entour
de lui et encore plus à ceux qui n'existaient qu'en futur
contingent. Diverses contrariétés, quelques-uns de ces
petits accidents qui se jettent toujours à la traverse de
nos projets, l'avaient empêché jusqu'alors de recevoir
la réponse à la lettre qu'il avait écrite à Ayssalène. Il était
inquiet de ce silence ; car il craignait que, cédant aux
obsessions de sa mère, elle ne finît par prendre l'enga-

gement de renoncer à lui. A ce sujet d'inquiétudes , se joignait la privation de la vue de sa maîtresse. Depuis son départ de Reillanne , il n'avait pu l'apercevoir, et il y avait près de quinze jours qu'il ne lui avait parlé. Combien il regrettait alors l'intervention officieuse de Sancie, la soubrette , et combien il maudissait le cloître dont les murs lui opposaient un obstacle infranchissable !

Dans son impatience , il rôdait toute la journée à l'entour du couvent , se glissant à travers les arbres comme un malfaiteur, rampant sous la vigne , afin de saisir un regard de sa maîtresse. Vain espoir ! l'impitoyable mur se dressait toujours devant lui , et la pauvre Ayssalène , ignorant que son amant n'était qu'à quelques pas d'elle , se renfermait dans sa cellule , où elle avait la consolation de pleurer sans être aperçue.

L'impatience fébrile qui agitait Boniface de Forcalquier, le chagrin qui le rongeait , finirent par inquiéter ses amis. Jusqu'alors , George Arnaud , doué d'un assez bonne dose de scepticisme , avait espéré qu'il en serait de cette passion comme de presque toutes celles qui agitent l'humanité , c'est-à-dire, que Boniface , voyant l'impossibilité de réussir dans son projet , finirait par s'armer de philosophie et par y renoncer. Suivant George Arnaud , une passion amoureuse ne pouvait aboutir qu'à l'un des résultats suivants, à savoir, ou à la satisfaction de notre penchant , ou à la ruine de nos espérances. Dans l'un et l'autre cas , disait-il , elle devait mourir : un peu plus tôt, un peu plus tard , là n'était pas la question ; il fallait qu'elle finît, car, en ce monde , il n'y a rien de durable. Mais il n'admettait pas cet autre résultat romanesque qui

nous montre un amant malheureux se tourmentant en
vain et s'émaciant de manière à faire le digne pendant
d'un anachorète. Le sceptique jeune homme pensait que
poursuivre un but impossible à atteindre est œuvre de
déraison, et que l'homme doit savoir se consoler de tout
désappointement. Il soutenait que, bien souvent, l'objet
de la poursuite ne valait pas la moitié de la peine que l'on
avait mise à s'en emparer. En un mot, s'il ne méprisait pas
précisément ce qu'il n'avait pu obtenir, ainsi que fit
le renard pour les raisins, il avait le bon esprit de savoir
y renoncer quand la chose était hors de sa portée. Sa
philosophie était donc la meilleure, car elle ne comportait pas d'arrière pensée. A la place du renard, il n'aurait
pas dit : ils sont trop verts ; mais bien, ils sont trop
haut. Ensuite il leur aurait tourné le dos sans s'en inquiéter davantage.

Cependant cette heureuse disposition d'esprit, qui
dut lui faire traverser joyeusement la vie, n'empêcha pas
George Arnaud de sympathiser de cœur et d'âme avec
Boniface de Forcalquier. Il devint même sérieusement
alarmé en voyant que son système comportait des exceptions. Il pensa qu'il était temps d'agir, et que, de manière
ou d'autre, il fallait précipiter le dénoûment de la crise.
Dans une conférence secrète qu'il eut avec Elzéar Raspaud, il fut convenu que celui-ci tâcherait d'avoir, le
soir même, une entrevue avec la cuisinière du couvent
de Sainte-Claire, et que, le lendemain, il irait trouver
l'abbé de Valsainte afin de connaître le résultat de son
intervention. Il était facile à l'abbé de voir la dame de
Reillanne, car elle n'avait pas encoré quitté Manosque.

Après avoir fait ces arrangements, George Arnaud prit
Boniface de Forcalquier sous le bras et le fit promener
par la ville. Il l'amena, sans trop de violence, vers la
porte Dan Gaud et lui proposa de monter sur les créneaux
qui la couronnaient. Peut-être, lui dit-il, y verrons-
nous quelque chose d'intéressant.

Ils y montèrent. En effet, du haut de cette porte, on
découvrait un très beau panorama. A droite, les derniers
contreforts du Luberon; vis-à-vis, le vallon au fond
duquel coule le ruisseau de Drouilhe, Toutes-Aures et les
collines de Pierrevert; à gauche, la Durance, suivant le
pied des montagnes qui courent depuis Les Mées jusqu'à
Saint-Paul, et, au-dessus, les Alpes éclairées par le
soleil couchant.

Mais un amoureux n'a pas d'yeux pour contempler
les merveilles de la nature, parce que toutes ses pensées
sont concentrées sur un point unique. On ne saisit bien
les beautés de la création, on n'en comprend l'harmonie,
qu'autant qu'on les contemple avec un esprit dégagé de
toutes préoccupations. Or, Boniface de Forcalquier n'était
pas dans ce cas. Ainsi, au lieu de lever les yeux pour
admirer le paysage qui se déroulait devant lui, il les
abaissa vers le sol, et son regard prit une expression de
fixité surprenante.

Le fait était pourtant fort naturel. Presque sous ses
pieds et tellement rapproché qu'il en était à portée de la
voix, s'élevait le couvent de Sainte-Claire, pôle magnétique de Boniface de Forcalquier, centre d'attraction
vers lequel il gravitait depuis trois jours. Il avait devant
lui la façade principale; les jardins de l'établissement se
trouvant, avons-nous dit, sur le derrière.

A cette vue, l'œil de Boniface s'anima et un sentiment d'espoir se peignit sur sa figure. Il comprit que, de ce poste élevé, il pourrait voir quelquefois Ayssalène, se mettre en communication avec elle et concerter la conduite qu'ils auraient à tenir. On ne pouvait parler sans éveiller les soupçons, mais il était facile de s'entendre par signes : or, deux amoureux se comprennent à demi mot.

Il faisait part de son espoir à George Arnaud, quand une fenêtre, située au second étage du couvent, s'ouvrit. Une forme blanche parut, regarda derrière elle pour voir si personne ne la guettait, et, se penchant au dehors, montra à l'heureux Boniface le visage gracieux, les traits chéris d'Ayssalène de Reillanne.

Un frémissement de bonheur parcourut tout son être. Pendant quelques minutes, il demeura immobile, contemplant sa maîtresse avec avidité ; mais, revenant bientôt à lui, il se mit à lui exprimer par des gestes passionnés, tout le bonheur qu'il avait de la revoir. La jeune fille, plus retenue, se contentait de sourire. Heureux celui sur lequel les yeux de la beauté se fixent ainsi ! A la fin, soit que l'entrevue lui parût avoir assez duré, soit par crainte d'une surprise, elle inclina légèrement la tête, appuya la main sur son cœur, et disparut, laissant Boniface de Forcalquier surpris, ébloui, mais plein d'espoir. Il savait désormais que ses vœux étaient toujours favorablement accueillis.

On a beau être sceptique, entourer son cœur d'une triple garde d'acier, la vue de deux amants se témoignant leur tendresse excitera toujours, nous ne dirons pas un sentiment d'envie, car c'est chose détestable, mais un louable désir d'émulation. On brûlera de les imiter, à moins que l'âge ait fait du spectateur une masse inerte fonctionnant végétalement. George Arnaud fut ému plus qu'il n'aurait cru, plus qu'il n'aurait voulu, peut-être, par la scène d'amour qui venait de se passer devant lui. Il se dit que, après tout, il devait y avoir quelque chose de bon dans une passion qui excitait de semblables transports, et qu'il pouvait être heureux quelquefois de fermer l'oreille aux conseils de la sagesse. La contagion de l'exemple opérait chez lui : décidément il se gâtait.

Cependant, l'intérêt qu'il avait pris à la pantomime de Boniface de Forcalquier ne l'empêcha pas d'écouter les conseils de la prudence. Il avertit, par conséquent, son compagnon qu'il était temps de battre en retraite, s'il ne voulait pas éveiller les soupçons des voisins. Quant au pauvre amoureux, il ne songeait pas à se retirer, et, sans l'avis de son ami, il aurait fort bien pu passer la nuit à la belle étoile, debout sur la plate-forme de la porte Dan Gaud, avec l'immobilité d'un astronome cherchant dans le ciel une planète égarée. Les deux amis descendirent de compagnie. Arrivés sur la place du marché, ils rencontrèrent Elzéar Raspaud, revenant du couvent. Celui-ci était enchanté du résultat de sa mission, car c'était lui qui, sur l'avis de George Arnaud, avait fait prévenir Ayssalène que son amant se trouvait sur la porte Dan Gaud. Il rapportait, en outre, d'excellentes nouvelles. Non seulement Ermessende, la cuisinière, avait affirmé que la jeune fille persévérait dans ses sentiments envers Boniface de Forcalquier, mais elle ne lui avait pas paru fort éloignée de consentir à l'argument suprême, dans le cas

où l'intervention de l'abbé de Valsainte serait infruc-
tueuse. Elle avait d'abord rejeté bien loin la proposition ;
mais elle s'était considérablement radoucie quand la rusée
cuisinière avait mis sous ses yeux, d'un côté, Boniface
de Forcalquier pour mari, et, de l'autre, le couvent à
perpétuité. Il y avait là, disait Ermessende, en riant, de
quoi faire taire les scrupules les plus robustes. D'ailleurs,
ajoutait-elle, un enlèvement qui aboutit au mariage est
chose naturelle.

Elzéar Raspaud fut accueilli comme on accueille tout
porteur de bonnes nouvelles. George Arnaud lui serra
vivement la main, et Boniface de Forcalquier l'eût étouffé
dans un embrassement, si le colosse avait pu succomber
sous l'étreinte d'une main humaine.

—Tu redoubles mon espoir, mon cher Elzéar, lui dit-il ;
je craignais qu'Ayssalène ne voulût jamais consentir à cet
expédient.

— Elle se fera bien un peu tirer la manche, répondit
Raspaud ; mais Ermessende m'a assuré qu'elle y viendra.
Quand une fille ne veut pas du couvent, il est bien mal
aisé de l'y retenir.

— Elle y viendra, soyez-en certain, dit George Arnaud. Le couvent n'a rien d'agréable par lui-même ; mais
la perspective d'y demeurer à vie doit être affreuse quand
la volonté est contrainte. Pour moi, si j'étais fille et qu'on
voulût m'y enfermer, je crois, Dieu me pardonne ! que
j'accepterais le secours de Satan pour m'en tirer.

— Nous n'avons pas besoin de lui pour cela, répliqua
Raspaud : deux échelles et un peu de bonne volonté de
la part d'Ayssalène, suffiront. J'aimerais mieux, cepen-

dant, que le révérend abbé de Valsainte m'annonçât demain qu'il est parvenu à vaincre la résistance de la mère.

— Certainement, cela vaudrait mieux, dit Arnaud; mais je doute que l'abbé réussisse. Quand une femme s'est mis une idée dans la tête, il est difficile de l'en faire départir. Qu'en penses-tu, Boniface?

— Je crains que tu ne sois dans le vrai, répondit Boniface de Forcalquier. J'aimerais bien devoir Ayssalène au consentement libre et spontané de sa mère; mais la raison me dit qu'il sera difficile de vaincre l'obstination de la dame de Reillanne. — Holà! Qu'est-ceci et où va Bertrand ainsi équipé?

C'était en effet, Bertrand Chicholet, armé en guerre et sa masse à la main, qui venait vers eux. Ses enfants perdus le suivaient. Maître Pierre Jarjaye les avait fait armer de son mieux dans le magasin de la commune. Tous, a l'imitation de leur capitaine, étaient coiffés du casque; presque tous portaient le jacque, car cette armure défensive était fort commune. Ils étaient armés de la lance et du sabre. Quant au couteau, il eût été habile celui qui les en aurait trouvés dépourvus.

A la suite de ce corps d'élite, — soit dit morale à part — venaient une douzaine d'hommes, aux allures moins belliqueuses et d'un âge plus mûr. Leur mission consistait à garder pendant la nuit le couvent de Sainte-Claire et à le mettre à l'abri d'une surprise. Gilète de Barras, la supérieure, rassurée par la proximité du rempart que le couvent touchait presque, et courageuse comme un digne enfant de sa noble race, refusa d'émigrer dans la ville. Les frères Mineurs, dont l'établissement était situé entre la porte de la Saunerie et celle d'Aubète ; les Carmes, qui étaient en dehors et tout proche de la porte Guilhen-Pierre, furent plus prudents, et bien leur en prit. Ils établirent leurs quartiers à Manosque, laissant leurs demeures à la garde de Dieu.

Quant à la bande de Chicholet, elle se proposait, en exécution des ordres du syndic, de faire une ronde à l'entour de la ville, et même de pousser une pointe sur le ruisseau de Drouilhe, en le remontant jusqu'à une certaine distance. Arrivée au pont, elle devait faire halte et envoyer une patrouille à Toutes-Aures pour voir si tout y était en bon état. Ce lieu, que les anciens titres désignent quelquefois sous le nom de château de Drouilhe, était alors habité et même ceint de murs. Ce château, aujourd'hui disparu, ne fut pas compris dans la donation faite à l'ordre de Saint-Jean par Guigues, comte de Forcalquier. Nos comtes n'en étaient que les suzerains. Le domaine utile, c'est-à-dire le fief, appartenait à divers seigneurs. Ainsi, nous trouvons que, vers la fin du XIIIe siècle, Guillaume de Villemus, l'un des propriétaires de fiefs des plus qualifiés de nos contrées, était co-seigneur du château de Drouilhe. Il paraît que ce fut seulement dans le courant du siècle suivant que l'ordre de Saint-Jean en fit l'acquisition. Il acquit de même le fief de Montaigu, situé à l'extrémité opposée du territoire de Manosque.

Le détachement commandé par Bertrand Chicholet, après avoir envoyé sa patrouille à Toutes-Aures, fit halte auprès de la source qu'on appelle aujourd'hui fontaine des *Avocats*, mais qui, croyons-nous, était connue autrefois sous les noms de fontaine de Drouilhe, ou de fontaine de la Gloire. Il nous a été impossible de nous rendre raison de cette dernière dénomination qui a dû résulter de quelque fait dont la mémoire s'est perdue. Quant à la première, c'est-à-dire au nom de fontaine des Avocats qu'elle porte maintenant, nous en avons trouvé une explication plausible et naturelle.

Tous ceux qui connaissent l'histoire de la Provence savent que, pendant les troubles causés par la ligue, sous le règne de Henri III, les membres du Parlement demeurés fidèles au roi avaient abandonné Aix, et que, réunis d'abord à Pertuis, ils se constituèrent en Cour de Justice, de telle sorte que la Provence se vit subitement dotée de deux Parlements. Ils changèrent ensuite de résidence et vinrent s'établir à Manosque où ils séjournèrent quelque temps. Il paraît qu'à cette occasion les avocats qui suivaient le Parlement se prirent d'une belle passion pour la fontaine de la Gloire, qu'ils en buvaient les eaux avec délices et qu'ils y firent de nombreuses parties de plaisir. C'est par ce motif qu'elle changea de nom. Sans doute les avocats y gagnèrent, car les eaux bienfaisantes de la source redoublèrent leur appétit, mais la fontaine y perdit son nom glorieux : au lieu de perpétuer la mémoire de quelque fait d'armes héroïque, elle ne suscite plus que des idées gastronomiques. Dans notre imagination le choc des verres remplace le bruit de la lance heurtant le bouclier, et le cliquetis des fourchettes succède au froissement des épées. Mais il en est ainsi de toutes les choses de ce monde : après la renommée vient l'oubli ; et, fissiez-vous litière de gloire, un jour votre nom doit périr.

Boniface de Forcalquier, rendu plus allègre par la vue de sa maîtresse et par le rapport de Raspaud, consentit à accompagner ses amis dans une promenade à travers la ville. Manosque, à ce moment, offrait un spectacle curieux et navrant à la fois. Sur ces entrefaites, la nuit était survenue. Cependant, bien que la cloche du guet eût sonné la retraite, personne ne songeait à rentrer chez soi. Les habitants, ayant le *Calen* (1) suspendu au doigt, ou tenant la chandelle à la main, s'assemblaient au milieu des rues pour s'entretenir de l'invasion prochaine de la bande de l'archiprêtre, sujet de la préoccupation universelle. D'autres, assis devant leur porte, regardaient passer les malheureux habitants des hameaux voisins qui se réfugiaient dans la ville, chargés de ce qu'ils avaient de plus précieux. Des bestiaux de toutes sortes, chevaux, bœufs, moutons et autres encombraient les rues. Les propriétaires attendaient que maître Pierre Jarjaye, qui n'avait pas en ce moment une sinécure, leur assignât des étables pour remiser leurs bestiaux, ou leur indiquât des lieux de campement. Les immigrants circulaient dans les rues en quête de logements, suppliant parents, amis, connaissances de les recevoir. Bref, c'était un tohu-bohu général, une confusion universelle, un va et vient incessant, le tout mélangé de pleurs, de sanglots, de cris, d'invocations de toute nature.

Cependant, ce désordre se régularisa petit à petit, grâce aux soins du syndic assisté de ses conseillers. Les portes s'ouvrirent pour les réfugiés envers lesquels les habitants

(1) Lampe triangulaire.

de Manosque exercèrent largement l'hospitalité. Les aubergistes, en ce moment au nombre de sept, reçurent ceux qui ne trouvèrent pas à se loger chez les particuliers, et, avant minuit, tout le monde fut casé.

Les trois amis, dans leur course nocturne, rencontrèrent un spectacle étrange et saisissant, à cause de sa nouveauté. Ils virent défiler devant eux les frères Mineurs, marchant processionnellement et emportant les vases sacrés, ainsi que tout ce qui servait à la célébration de l'office divin. Ils abandonnaient leur couvent où ils ne devaient plus rentrer. Frère Raymond de Vaudrome, gardien du couvent, ouvrait la marche; les autres religieux le suivaient. Ils se dirigèrent vers le cloître de Notre-Dame où ils trouvèrent un asile; car alors cette église était desservie par un certain nombre de prêtres, tant réguliers que séculiers. Indépendamment du prieur, nous avons compté six religieux qui y étaient attachés.

Nos jeunes gens se transportèrent ensuite dans la rue de la Juiverie, ainsi nommée parce qu'elle était habitée principalement par les juifs qui y avaient leur synagogue et leur école. Cependant ils n'étaient pas parqués dans cette rue, ainsi qu'on le pratiquait dans d'autres pays, car ils possédaient des maisons dans les divers quartiers de la ville. Ils avaient aussi des propriétés rurales. Sous cet important rapport, les juifs étaient complètement assimilés aux chrétiens, et, sauf la différence des religions et leur exclusion des offices publics, rien ne les séparait du restant de la population. Leur condition était donc aussi bonne qu'ils pouvaient le désirer à une époque où ce peuple était honni et méprisé presque partout.

Leur culte même était protégé, ce qui paraîtra extraordinaire, car on peut croire que la tolérance dont nous nous vantons aujourd'hui n'existait pas. Nous pouvons donner un exemple de la sollicitude apportée par les magistrats à faire respecter une religion qui était loin d'être en faveur:

Un jour de sabbat, — c'était en 1338 — des femmes juives se querellèrent dans la synagogue. Ce fait aurait dû passer inaperçu ; il n'en fut rien. La clameur publique, ou bien quelque officieux, le porta à la connaissance du juge, qui ordonna une information. Jusque-là il n'y avait rien d'extraordinaire, bien qu'on pût reprocher au magistrat de manquer un peu de discrétion, car la querelle entre femmes juives, et dans la synagogue, était une affaire de famille dont la justice n'avait pas à se mêler. Mais ce qui surprend à bon droit, ce sont les termes de l'ordonnance : « Attendu, y est-il dit, que les inculpés, ne sachant pas combien est grave de troubler le service divin, se sont permis de se quereller dans le temple. » A coup sûr, on ne s'attendait pas à pareil langage, à pareille époque, dans la bouche d'un magistrat chrétien, et surtout dans celle d'un juge nommé par l'ordre de Saint-Jean. La poursuite se comprend mieux, par la raison que le juge y avait intérêt.

Cependant, malgré cette tolérance religieuse, bien que l'autorité publique protégeât les juifs aussi bien que les chrétiens, l'antagonisme entre les deux cultes se réveillait quelquefois et se manifestait par des bouffées de colère, par des explosions de haine populaire dont les malheureux juifs étaient victimes. Ainsi, arrivait-il un événement dont on ne pouvait se rendre compte, on en accusait les juifs. Par exemple, un jeune garçon, nommé Isnard Albéric, ayant été trouvé mort dans les champs, on imputa ce fait aux juifs, et il s'éleva à ce sujet une sédition furieuse que l'autorité eut grande peine à calmer. Dans ces occasions, la populace, guidée par ses instincts de convoitise, pillait ordinairement la maison de quelques juifs, en ayant soin de frapper à côté du pauvre. L'autorité, impuissante à réprimer le désordre, laissait faire; seulement, le lendemain, quand le tumulte était apaisé, le commandeur faisait publier à son de trompe par la ville que tous ceux qui détenaient des effets enlevés la veille, eussent à les rapporter dans un délai déterminé, sous peine d'être entrepris comme voleurs. Il y a cent contre un à parier que cet ordre ne s'exécutait pas ou s'exécutait mal.

De toutes les professions libérales, une seule était accessible aux juifs : nous voulons parler de la médecine et de la chirurgie. Il y avait toujours à Manosque quelque israélite exerçant l'une ou l'autre de ces professions. Nous ignorons s'ils pratiquaient légalement et s'ils étaient gradués. Les juifs étaient aussi *incanteurs* publics, c'est-à-dire, qu'ils faisaient les ventes aux enchères publiques. Mais leur profession la plus habituelle était le commerce, auquel ils joignaient le prêt à intérêt. Quelques-uns y amassaient des fortunes considérables.

Les juifs étaient tellement nombreux en Provence qu'on avait créé tout exprès pour eux une espèce de fonction. Le comte nommait un protecteur des juifs. Cette charge, ordinairement donnée à vie, était fort importante, à raison surtout des émoluments qui y étaient attachés et dont la communauté israélite faisait les frais. Le protecteur des juifs était toujours un personnage considérable. La preuve en est que cette charge fut gérée pendant longtemps par Frédéric de Lorraine, comte de Vaudemont, gendre du roi Réné. L'officier chargé de cette fonction avait sur les juifs une juridiction fort étendue, quoique les termes n'en fussent pas limités d'une manière précise.

Les juifs avaient en outre une certaine organisation administrative distincte de celle qui régissait leurs concitoyens chrétiens. Chaque communauté était gouvernée par des recteurs ou *baylons* (1) dont l'office était d'établir les impôts destinés à subvenir à ses besoins particuliers, de les repartir et d'en faire la rentrée. Il est à croire que cette administration était centralisée dans la capitale de la Provence, car elle devait avoir ses représentants devant l'autorité souveraine.

La communauté isréalite de Manosque comptait un assez grand nombre d'adhérents. Elle était riche, et elle devait, par conséquent, redouter l'arrivée de l'archiprêtre ; mais elle était peu guerrière, quoique ses membres fussent dans l'habitude de porter le couteau et n'ignorassent pas l'art de s'en servir. Cependant elle aurait pu apporter un utile concours à la défense commune, si maître Pierre Jarjaye avait jugé à propos de l'employer. Mais il refusa de les convoquer et de les armer.

Il en résulta que, pendant que toute la population

(1) Baillis. En provençal, le bailli se nomme baylè.

mâle de Manosque prenait les armes pour repousser l'ennemi, les juifs seuls restaient à la maison. Néanmoins ils n'y demeuraient pas oisifs. Les riches enfouissaient leur argent, cachaient comme ils pouvaient leur mobilier, et attendaient leur sort; les uns avec résignation; les autres en tremblant de tous leurs membres, selon que le patient était courageux ou poltron. Les pauvres, exempts du souci des richesses, ne craignaient que pour leur personne ; mais bon nombre d'entre eux n'en étaient pas moins alarmés; car, si la bande de l'archiprêtre respectait fort peu les chrétiens, on était fondé à craindre qu'elle fît main basse sur Israël.

Les juifs n'étaient pas les seuls à se trouver dans cette disposition d'esprit. Les chrétiens les imitaient de leur mieux, à cette différence près que ceux-ci, poussés par leur propre bravoure, ou excités par l'exemple et contraints par la nécessité, s'armaient et s'apprêtaient à vendre chèrement leur vie. Chez eux, c'étaient les femmes qui tremblaient. Seules à la maison, elles faisaient à la hâte leurs préparatifs contre l'invasion, s'ingéniant à cacher tout ce qu'on pouvait raisonnablement essayer de soustraire à un œil investigateur. Ainsi, Boniface de Forcalquier, étant arrivé dans la rue habitée par Bertrand Chicholet, la trouva dans une confusion inexprimable. On n'y voyait pas un homme, sauf quelques vieillards ; mais, en revanche, toutes les femmes étaient au milieu de la rue, affairées, courant, criant, bourdonnant comme un essaim d'abeilles qui va prendre son essor. Ce quartier était principalement habité par de pauvres gens, ayant peu de chose à cacher. Cependant on voyait par ci par là quelque maison éclairée du haut en bas, ce qui annonçait qu'on s'y livrait à un travail pressant.

Au nombre de ces maisons se trouvait celle de monne Peyronnelle Choche, qu'on vit apparaître sur sa porte, décoiffée, échevelée, sa rouge figure suante, les mains pleines de terre, et tenant une petite pioche, de celles qu'en provençal on nomme *Picouroun*.

— Enfin, c'est fait ! dit-elle; tenez, voisine Douce, voilà votre *Picouroun*. Je vous remercie.

— Vous avez fini? demanda Douce Escarpite; l'avez-vous bien caché?

— Aussi bien que j'ai pu, répondit monne Peyronnelle. J'ai mis mes *quatre sous* (1) dans un linge et j'en ai fait un *pannouchoun* (2) que j'ai enterré dans ma cave. Maintenant il faut que je roule par dessus un petit tonneau ; mais je ne suis pas assez forte pour en venir à bout toute seule. Voulez-vous me rendre le service de m'aider ?

— Très volontiers, fit Douce ; et les deux femmes descendirent à la cave.

— Voilà maître Ayméric qui part, dit une voix : il était temps !

En effet, maître Jean Ayméric parut sur sa porte, armé et complètement équipé. Pot de fer en tête, jacque de cuir, bouclier passé au bras gauche, longue lance à la main, épée et dague au côté, il avait une apparence formidable. Le cœur lui battait bien un peu, malgré cette

---

(1) Locution particulière aux Provençaux.
(2) Paquet de linge : du latin *pannucius*.

enveloppe martiale ; cependant , il faisait bonne contenance ; car noblesse oblige , et un probe homme de Manosque ne pouvait rester en arrière quand il s'agissait de
la défense de la ville. Au reste , si maître Jean était bon
homme , il n'était pas pusillanime. Il fit bravement son
devoir dans cette circonstance mémorable.

Fizas Aymérique accompagna son mari jusqu'au milieu de la rue , car la crainte de l'archiprêtre avait eu
pour résultat de lui faire oublier la querelle et la batterie
do la matinée. Il n'était plus question entre les époux de
merle ni de merlate, et Fizas , momentanément guérie
de son esprit de contradiction , remplissait envers son
mari les devoirs d'une femme soumise et affectionnée. Un
événement quasi providentiel devait , sous peu , opérer
chez elle une cure presque radicale.

C'était Fizas qui , les larmes aux yeux , avait armé
maître Jean. C'était elle qui l'avait coiffé du casque ,
ajusté le jacque , présenté le bouclier et mis la lance à la
main , tout en lui recommandant de se ménager. Quand
il fut parti , elle éclata en sanglots.

— Ne vous désolez pas ainsi , lui dit monne Peyronnelle ; maître Jean reviendra , soyez-en sûre. Tous ceux
qui vont à la guerre n'y restent pas.

— Je le sais bien , répondit Fizas ; mais il y en a beaucoup qui ne reviennent pas. Il peut se faire que Jean ne
soit pas tué ; mais il peut arriver qu'on me le rapporte
avec un trait d'arbalète dans le corps ou avec un membre
estropié. Alors , que deviendrai-je?

— Il faut supposer le contraire , ma bonne femme , lui
dit George Arnaud qui s'était approché. Votre mari re-

viendra après avoir fait son devoir et s'être battu en homme de cœur. Alors quelle gloire ne sera-ce pas pour lui et pour vous !

— Je me soucie bien de la gloire, s'écria Fizas ! cela n'est pas fait pour nous. Dieu veuille que je revoie mon pauvre mari ! Mais, vous qui parlez ainsi, comment se fait-il que vous n'ayez pas encore pris les armes ?

— Soyez tranquille ! répliqua George ; je ne suis pas Manosquin, mais quand le moment en sera venu, mes amis et moi nous saurons défendre l'honneur et la sûreté de Manosque. En attendant, je vous conseille d'aller vous coucher ; pour cette nuit, il n'y a rien à craindre.

— Dieu vous entende ! firent toutes les femmes à la fois. Mais que fait ici ce juif ? Holà ! maître Abraham, pourquoi n'es-tu pas sur les remparts ?

— Parce que monsen le syndic n'a pas voulu nous donner des armes, répliqua Abraham Fossoni. Croyez-vous qu'on puisse se battre à coups de poing contre les soldats de l'archiprêtre ?

— Il a bien fait, dit Fizas. Dieu ne serait pas pour nous si les juifs prenaient notre parti. Tiens, juif, connais-tu cela ? Et prenant un coin de son tablier, elle le plia en forme d'oreille de cochon et l'agita sous le nez de Fossoni, en imitant le grognement de cet animal.

Le juif, ainsi nargué, ne répondit pas ; mais passant outre, il se renferma dans sa maison.

— Voilà bien les hommes ! dit George Arnaud, entraînant ses camarades. Le danger le plus imminent ne peut leur faire oublier leurs préjugés religieux. Je n'aime pas la religion juive ; mais quel mal y aurait-il à armer les gens de cette religion ? N'ont-ils pas intérêt, autant que nous, à repousser les aventuriers?

— Je ne dis pas le contraire, répondit Boniface de Forcalquier ; cependant, si l'on peut se passer d'eux, on fera bien de les laisser de côté. L'aide de ces mécréants pourrait nous être nuisible.

— Pour moi, dit Elzéar Raspaud, si nous nous battons un de ces jours, je serai bien aise de marcher au combat avec des gens qui, au besoin, fassent le signe de la croix. Je n'aimerais pas me trouver côte à côte de ceux qui ont crucifié notre Seigneur.

— Tu n'es pas toujours aussi délicat, riposta George Arnaud. Il me semble que tout-à-l'heure tu regardais fort attentivement cette jolie juive que nous avons rencontrée. La peur la rendait encore plus intéressante. Tu lui as même caressé le menton.

— Eh! mais, c'était une femme! répondit Raspaud en se grattant l'oreille ; car la réplique de son ami l'avait un peu interloqué : c'était une femme; et une femme, juive, turque ou chrétienne est toujours une femme!

— Charmant! parfait! s'écria George. Ainsi, tu ne te battrais pas volontiers en ayant un juif pour compagnon; tandis que tu ne te ferais pas prier pour passer ton bras autour de la taille d'une jolie juive? *Caspi*, mon cher! je pense tout-à-fait comme toi sur ce dernier point!

— Va te promener! répondit Raspaud; on ne peut rien faire ou rien dire sans que tu y trouves à reprendre. Tu as manqué ta vocation. N'est-ce pas, Boniface, qu'il aurait fait un excellent avocat?

— Si par avocat tu entends un épilogueur de phrases,

un souteneur de paradoxes, je crois que notre ami aurait réussi dans cete profession.

— Je ne sais si je soutiens des paradoxes, répondit George Arnaud; mais je combats quelquefois pour la vérité. Au reste, j'aurai beau faire, je ne convertirai personne.

Tout en causant ainsi, ils suivaient la rue de la Saunerie ou des Conchettes. Ils étaient prêts à déboucher dans la Grand'rue, quand ils furent aperçus par une patrouille partie du corps-de-garde de la porte de la Saunerie et se disposant à faire le tour de la ville.

— Qui vive? cria-t-on.

— Ami ! répondit Boniface de Forcalquier.

— Eh ! c'est notre ami Boniface ! dit le chef de la patrouille, jeune homme âgé de vingt-quatre à vingt-cinq ans. Venez avec nous ; je vais au Soubeyran et je vous accompagnerai jusqu'à votre maison.

— Très volontiers, répondit Boniface. Mes deux amis me suivront. Chemin faisant, nous les laisserons chez eux.

Le jeune homme que nous introduisons ici appartenait à une noble famille italienne.établie depuis longtemps à Manosque. Il s'appelait Jean Cavalcanti. Il était accompagné de son frère Nicolas. Tous les deux avaient pris les armes pour défendre leur pays natal.

Il ne faudrait pas croire que l'établissement de cette famille à Manosque fût un événement exceptionnel. Pareil fait se présentait au contraire fort souvent. Grand nombre de familles italiennes vinrent se fixer en Provence pendant le XIIIᵉ siècle, ainsi que dans le cours des siècles suivants. Il en est plus d'une qui subsistént encore. Cette immigration fut favorisée par la réunion, sur la même tête, des couronnes de Naples et de Provence. Peut-être même commença-t-elle plus tôt ; mais nous n'en avons pas la preuve. Quoi qu'il en soit, il est positif que, à Manosque, il y avait plusieurs familles italiennes. Nous croyons que, attirées d'abord par le commerce, elles avaient fini par y fixer leur demeure, en perdant tout espoir de retour.

Cependant le contingent fourni par les pays étrangers, proprement dits, n'était point assez fort pour augmenter sensiblement la population de Manosque. Elle se recrutait surtout dans la Haute-Provence et dans le Dauphiné. Gap, Embrun, Briançon y entraient pour une bonne part. Les habitants de ces contrées quittaient volontiers leurs montagnes en échange d'un pays plus riche et plus tempéré. C'étaient eux qui comblaient les vides occasionnés par les guerres et par les maladies contagieuses, presque endémiques dans le moyen-âge. Ce sont eux qui ont remplacé en partie l'ancienne population, beaucoup moins nombreuse alors qu'aujourd'hui. La preuve convaincante de ce fait résulte des registres des rentes foncières que percevait l'ordre de Saint-Jean. On est étonné du nombre de jardins existant dans l'enceinte de la ville de Manosque. Il y en avait partout, notamment au quartier du Palais. Nous sommes porté à croire que, en 1357, la plus grande partie des maisons de ce quartier était de construction récente. Les événements qui eurent lieu vers la fin de cette année et qui se répétèrent quelque temps après, eurent pour résultat immédiat de refouler les populations rurales dans la ville, d'augmenter d'une manière durable le nombre de ses habitants, et, par conséquent, de couvrir de constructions les terrains vacants. Nous croyons que, aujourd'hui, les jardins sont aussi rares dans l'enceinte de Manosque qu'ils y étaient communs autrefois.

CHAPITRE X

L'AVEU

A Rosilho on es, dins lo palais,
Aqui te dar'a mi, si a lies te vais :
Abans me juraretz per Sauh Marsais
Que'm prengatz a molher ans que iesca mais.
GERARD DE ROUSSILLON.

La journée du lendemain commença mal pour Boniface de Forcalquier. Le révérend abbé de Valsainte, craignant d'être surpris par l'ennemi, avait abandonné sa campagne et s'était réfugié à Manosque. Il n'eut pas de peine à se procurer une entrevue avec dame Catherine de Reillanne qui s'y trouvait encore. Cette dame y avait prolongé son séjour, dans l'espérance de surmonter la résistance de sa fille à prendre le voile, et maintenant elle n'osait plus retourner chez elle, crainte de faire quelque mauvaise rencontre en route : elle attendait qu'on lui envoyât une escorte suffisante pour la protéger. L'abbé put donc la voir et s'acquitter de la promesse qu'il avait faite à Elzéar Raspaud.

Cependant dame Catherine de Reillanne, tout en faisant ses préparatifs de départ, n'était pas sans inquiétude sur le compte de sa fille. Elle ne pouvait ignorer que Boniface de Forcalquier l'avait suivie à Manosque, et elle craignait que la passion l'entraînât à faire quelque éclat fâcheux. Dame Catherine savait qu'un amoureux entreprenant est toujours dangereux, et que sa puissance se décuple quand il est d'accord avec sa maîtresse. Or, elle ne pouvait douter de la connivence existant entre sa fille et Boniface de Forcalquier. Toutefois, les murailles du couvent la rassuraient un peu.

Mais il lui était difficile de soupçonner que l'ennemi eût déjà noué des intelligences avec l'intérieur, et qu'il se proposait de pénétrer au cœur de la place. Elle aurait dû s'en douter ; heureusement une puissance surhumaine l'en empêcha. L'amour, qui est toujours du parti de la jeunesse contre les vieillards, lui jeta un voile sur les yeux ; car le bandeau qu'il porte ne sert point à cacher à un amant les imperfections de sa maîtresse ; c'est là une vieille histoire à laquelle il faut renoncer. On ne pourrait l'admettre qu'en supposant que les amoureux sont frappés de cécité, tandis qu'ils sont les êtres les plus clairvoyants du monde. Un homme recherche une femme à cause de ses qualités, souvent même à cause de ses défauts qu'il connaît fort bien ; il l'aime telle qu'elle est, et non pas, comme on affecte de le croire, telle qu'elle devrait être. En un mot, il sait parfaitement ce qu'il fait et agit les yeux bien ouverts.

Cela étant, — et nous ne croyons pas qu'il soit possible de le révoquer en doute — nous prendrons la liberté de renverser un préjugé vermoulu, et de rendre le bandeau de l'amour à sa véritable destination. Il ne sert plus à dissimuler les défauts de l'objet aimé, destination mensongère, qui rendrait le désappointement insupportable, et désespérant le retour à la réalité. Son utilité est bien autrement grande. L'amour l'emploie à aveugler les parents et les tuteurs. — Par respecť humain, nous arrêterons ici l'énumération. — A peine le fatal bandeau a-t-il touché le front du cerbère le plus vigilant, que sa vue s'obscurcit, ses idées se troublent, et que, perdant jusqu'aux plus simples notions de la prudence la plus vulgaire, il devient le jouet de ceux qu'il se flattait vainement de désunir. Tel était l'état de la dame de Reillanne. L'amour, après l'avoir privée de la vue et de l'intelligence, s'apprêtait à jeter sa fille dans les bras de son amant. Grand triomphe ! magnifique victoire ! qui ne font verser de pleurs à personne.

Ainsi, se reposant sur l'inviolabilité de l'asile dans lequel elle avait placé Ayssalène, et persévérant de plus fort dans ses projets, la dame de Reillanne reçut très mal les remontrances de l'abbé de Valsainte. Elle l'aurait éconduit, n'eussent été les liens d'amitié qui les unissaient et le caractère sacré du solliciteur. Mais, quels que fussent les avantages que ce double titre donnait à l'abbé, il échoua dans sa médiation. Il eut beau raisonner et prier : raisons et prières vinrent se briser contre l'obstination de dame Catherine. En vain il lui dit que Dieu n'acceptait volontiers que les sacrifices libres et spontanés ; en vain il lui déclara qu'elle se disposait à faire le malheur de sa fille. Rien n'y fit. La mère, rendue cruelle à force d'obstination et obéissant à une piété mal entendue, persista dans son projet. Elle avait promis, lui dit-elle, qu'Ayssalène entrerait en religion dans le couvent de Sainte-Claire de Manosque, et elle y entrerait, coûte qui coûte, malgré Boniface de Forcalquier et malgré les prières de l'univers entier.

Ce refus, si nettement formulé, réduisit l'excellent abbé au silence. Jugeant qu'une insistance plus grande deviendrait déplacée et qu'elle ne ferait que confirmer encore plus la dame de Reillanne dans ses desseins, il se retira en lui disant une dernière fois qu'elle se préparait des regrets pour l'avenir, et qu'il priait le ciel de ramollir son cœur pendant qu'il était temps encore.

Les mauvaises nouvelles ne tardent jamais à arriver. Les bonnes seules nous font languir. Il en fut ainsi pour Boniface de Forcalquier. Elzéar Raspaud, étant allé voir l'abbé de Valsainte dans la matinée, fut informé par lui du refus obstiné de la mère d'Ayssalène. L'abbé lui déclara tout net que son ami devait renoncer à ses prétentions ; car, à son avis, il ne fallait rien moins qu'un miracle pour vaincre l'obstination de la dame de Reillanne. Le temps seul aurait pu en venir à bout ; mais le temps devait accélérer la ruine de ses espérances en rendant plus prochaine la profession de la novice.

Ce fut un coup terrible pour Boniface de Forcalquier, dont toutes les espérances en ce monde étaient concentrées sur la tête d'Ayssalène. Il s'y attendait, et, cependant, il en fut aussi douloureusement affecté que s'il avait été imprévu. Une passion profonde a cela de terrible que tout les accidents qui la traversent nous blessent aussi vivement qu'un désappointement complet. L'esprit humain, prompt à se tourmenter, se désespère au moindre obstacle.

Elzéar Raspaud, dont la sensiblerie n'était pas le défaut dominant, fut profondément touché de la peine endurée par son ami. Il entreprit de le consoler. George Arnaud ne l'imita pas ; non par manque de cœur, mais parce que son esprit plus pratique et son caractère résolu lui disaient que l'homme devait lutter tant qu'il lui restait de l'espoir, et qu'il serait toujours à temps de gémir avec Boniface de Forcalquier quand son malheur serait devenu certain.

— Maintenant, lui dit-il, il faut te déterminer : il faut renoncer à Ayssalène et l'oublier, ou bien, à tous risques, l'enlever du couvent. Qu'en penses-tu ?

— Je dis, répondit Boniface, que je ne puis l'oublier ; que je ne veux pas y renoncer ; et que je l'enlèverai, pourvu qu'elle veuille s'y prêter, et que vous veniez à mon aide.

— Que cela ne t'inquiète pas, répliqua Arnaud. L'enlèvement n'est pas ce qui m'embarrasse. Le plus difficile sera de déterminer Ayssalène à te suivre. C'est une grande affaire pour une jeune fille de s'enfuir avec un amoureux !

— Peuh ! fit Raspaud, qui sait ? Cela ne sera peut-être pas aussi difficile que tu penses, si j'en crois ce que m'a dit Ermessende, la cuisinière.

— Il faut le savoir tout de suite, dit vivement Arnaud ; va-t-en au couvent ; fais dire à Ayssalène que sa mère veut à toute force qu'elle soit religieuse, et fais la prier d'accorder une entrevue à Boniface, ce soir, dans le jardin, après que la cloche du guet aura sonné. A moins qu'il soit muet, il saura la tirer de là.

— Mais comment ferai-je pour la voir ? dit Boniface : les murs du jardin sont trop élevés et on ne peut causer à travers.

— J'en fais mon affaire, répondit Arnaud. Tu parleras avec elle aussi facilement que nous parlons ensemble. Tâche de la persuader de te suivre, c'est là l'essentiel. Ensuite, à la première nuit favorable, nous l'emmènerons à Pierrevert.

— Cependant il nous faut une échelle, remarqua Raspaud ; Boniface ne peut grimper au haut du mur.

— La belle idée ! s'écria George Arnaud. Essaie un peu de sortir de la ville avec une échelle sur le dos, surtout la nuit, sans être vu par les hommes de garde, rencontré par une patrouille, et arrêté comme un malfaiteur supposé être d'intelligence avec l'ennemi. Si nous avions le malheur d'emporter une échelle, nous ferions avorter notre projet. D'ailleurs, il ne s'agit pas maintenant d'enlever Ayssalène ; il s'agit d'obtenir son consentement à se laisser enlever. Quand elle l'aura donné, nous aviserons à l'exécution. Nous avons le temps ; rien ne presse.

— Mais, encore une fois, comment fera Boniface pour escalader le mur ? répéta l'obstiné Raspaud.

— Comment il fera ? répartit Arnaud ; pardieu ! c'est bien simple ! il montera sur tes épaules. Eh ! tu n'aurais pas deviné celle-là ?

— Ma foi ! non, dit Raspaud ; mais j'y consens. Tout grand qu'il est, j'en porterais deux comme lui.

Ainsi fut fait. Raspaud partit à grandes enjambées, frappa au couvent, parla avec la cuisinière, reconforta son dévoûment par quelques sous provençaux tout neufs, bien sonnants et bien trébuchants, et retourna de même très satisfait de la manière habile dont il avait rempli sa mission.

Immédiatement après, George Arnaud, en sa qualité de chef de l'expédition, manda Bertrand Chicholet. Il fut convenu que les trois amis l'accompagneraient dans la ronde qu'il devait faire le même soir. C'était un excellent prétexte pour sortir de la ville sans faire naître de soupçons, car chacun, à Manosque, était instruit des relations existantes entre Chicholet et Boniface de Forcalquier.

La journée fut longue pour notre amoureux, longue comme un jour sans pain, ainsi que parlent les soldats dans leur langage énergique et coloré. Nous ne savons, en effet, lequel doit attendre avec plus d'impatience le coucher du soleil, ou de l'amoureux auquel sa maîtresse a donné un rendez-vous, ou du pauvre diable qui a l'espoir de rompre par un bon souper un jeûne rigoureux et forcé de vingt-quatre heures. Nous ne pouvons apprécier les tourments d'un amoureux, n'ayant, de notre vie, reçu ni donné de rendez-vous; mais nous connaissons par expérience les angoisses de la faim, et nous doutons que les transports d'un amant, à la vue de sa maîtresse, égalent la satisfaction intime et profonde que nous ressentîmes à l'arrivée d'un souper dont nous avions désespéré.

Enfin, l'heure tant désirée arriva. La cloche du guet retentit aux oreilles de Boniface de Forcalquier comme un hymne d'allégresse; le son aigu de l'airain se transforma pour lui en un concert mélodieux. Il sortit à la hâte, accompagné de ses amis, et, tous les trois, armés comme s'il s'était agi d'aller à la rencontre de l'archiprêtre, se rendirent à la place des Terraux, lieu où devait se réunir le détachement commandé par Chicholet.

Les enfants perdus, flattés de l'honneur qu'ils rece-
vaient, accueillirent les nouvelles recrues avec de grandes
acclamations, et leur donnèrent poliment la droite. Ensuite, le détachement se mit en marche; il sortit par la
porte qui était la plus voisine, celle Dan Gaud, sur laquelle se trouvait la statue de la Vierge, connue sous le
nom de Notre-Dame Dan Gaud.

Nous avons dit que la ville n'avait pas de fossés. En
effet, si nous en croyons le père Columbi, ils ne furent
creusés que quelques années plus tard, et encore ils n'en
embrassèrent pas toute la circonférence. Bertrand Chicholet, en mettant le pied sur le seuil de la porte, se
trouva donc en rase campagne. Il se dirigea vers la porte
Guilhen-Pierre, en remontant les Ferrayes et en suivant
le terrain sur lequel se trouvent aujourd'hui les Lices. Il
rencontra sur son chemin quelques maisons, mais elles
étaient désertes, les habitants s'étant réfugiés dans la
ville. Il n'y avait absolument que les religieuses de Sainte-
Claire qui eussent tenu bon, rassurées qu'elles étaient
par leur proximité de la ville et par la garde que leur avait
octroyée maître Pierre Jarjaye.

Chicholet avait ordre de renouveler l'excursion de la
veille, c'est-à-dire de pousser une reconnaissance dans le
vallon de Drouilhe, point par lequel, selon toutes les
probabilités, les aventuriers de l'archiprêtre devaient
envahir le terroir de Manosque. Mais avant de s'engager
dans le chemin de Pierrevert, qui venait aboutir à la
porte Guilhen-Pierre, il commanda une halte, prit à
part Boniface de Forcalquier et ses deux amis, conféra
quelques instants avec eux, et partit, leur laissant Guil-

16

laume Maurel, le mange *saoumo*, auquel on destinait un rôle important dans cette soirée. Le détachement, ainsi réduit, se remit en marche et s'éloigna rapidement dans la direction de Pierrevert. Pendant quelques minutes on put, à la faveur de la clarté des étoiles, le voir descendant la pente qui conduisait au pont de Drouille, on put entendre le bruit de ses pas, le murmure de ses conversations; puis tout se tut, et le silence le plus profond se fit.

— Qui sait où ils vont comme ça? demanda à son voisin Jacques Garlanban, l'un des enfants perdus, intrigué par la disparition de Boniface et de ses compagnons.

— Peut-être, répondit Pierre Gibosi, vont-ils faire le tour de la ville, en passant par le Soubeyran et rentrant par la Saunerie; à moins qu'ils ne s'arrêtent au couvent des Clairistes.

— On n'y laisserait pas entrer trois gaillards de cette sorte, fit un troisième interlocuteur; ils feraient mainbasse sur les nonnes. Les jeunes et les jolies n'auraient qu'à bien se tenir.

— Au fait, peu importe où ils vont, dit Garlanban; qu'ils fassent ce qu'ils voudront. Liberté pour chacun! Sais-tu, Pierre, que c'est un beau temps que celui qui court? Hier au soir, maître Pierre Jarjaye nous a payé un bon souper aux frais de la commune; il nous en a promis un second à notre retour. Nous avons couru par la ville; nous avons passé la nuit à la taverne à boire et à jouer aux dés, sans que les nonces s'en soient mêlés. Ils ne sont pas venus nous faire sortir; ils n'ont pas verbalisé contre nous parce que nous n'avons pas porté de lumière par les rues. On dirait vraiment qu'ils ont disparu. Depuis vingt-quatre heures, je n'en ai pas vu un seul.

— Ni moi non plus, répondit Pierre Gibosi, et je ne m'en suis pas plus mal trouvé pour cela. Que le diable emporte cette maudite clique!

— Tu as raison, répliqua Garlanban : ces nonces nous rendent la vie insupportable. Si on les en croyait, il faudrait se retirer après la sonnerie du guet et se coucher en même temps que les poules.

— Ce matin je ne suis rentré qu'à cinq heures et personne n'y a trouvé à redire, s'écria Pierre Gibosi. J'ai bu, joué et couru toute la nuit tant que j'ai voulu. Voilà une vie agréable! puisse-t-elle durer longtemps! Avez-vous remarqué que le bailli est moins fier, que maître Pierre Jarjaye est plus souple? Il nous passe la main sur l'épaule et nous dit que nous sommes de braves garçons; lui qui, il n'y a pas plus de quarante-huit heures, nous faisait faire une si rude chasse par sa police! C'est qu'on a besoin de nous maintenant! Profitons-en, et vive la joie!

— Silence, bavards! fit Chicholet. Silence! Réservez vos propos pour la taverne. Comment pouvons-nous espérer de surprendre l'ennemi si nous lui annonçons notre arrivée demi-heure à l'avance?

— Mais il n'est pas là, répondit Jacques Garlanban; s'il était arrivé nous en aurions eu des nouvelles.

— Qui sait? riposta Chicholet. Crois-tu qu'il te fera la faveur de s'annoncer? Il tombera sur nous à l'improviste, et gare les coups! Ainsi, gardez vos rangs, marchez avec précaution, et silence!

Bertrand Chicholet ne manquait pas de sens. Il était

tout-à-fait ignorant en matière de guerre ; mais la raison lui disait que le partisan qui pousse une reconnaissance ne saurait être trop prudent. D'ailleurs, dans cette soirée, il lui semblait avoir reçu quelque avertissement mystérieux. Il flairait le danger comme s'il avait pu percevoir les lointaines émanations de l'ennemi. Il marchait à la tête de son détachement, sondant d'un œil vigilant les ténèbres de la nuit, explorant les environs, prêtant l'oreille au moindre bruit ; en un mot, tous les sens en arrêt, toutes les ressources de son intelligence surexcitées. Après quelques minutes de marche, bien avant qu'il eût touché le fond du vallon de Drouilhe, ses appréhensions devinrent telles qu'il crut devoir se faire éclairer. Il expédia, en conséquence, Jacques Garlanban, auquel il adjoignit deux de ses compagnons, et leur ordonna de marcher à trente pas en avant du détachement, avec recommandation de se replier sur lui au moindre indice de la présence de l'ennemi.

Pendant que Bertrand Chicholet prenait ces sages dispositions, George Arnaud, qui s'était constitué le chef de son parti, faisait les approches du couvent de Sainte-Claire. Il était indispensable de s'y prendre avec les plus grandes précautions, crainte d'être aperçu du haut des remparts que le couvent touchait presque. Il jugea à propos de faire un détour dans les champs ; ensuite, profitant du couvert des arbres, et de l'obscurité de la nuit, il l'aborda du côté du couchant, et s'établit avec ses deux amis sous les murs du jardin de l'établissement. Mais avant de rien entreprendre, il plaça le mange *saoumo* en sentinelle, à cinquante pas de distance environ, du

côté de la ville , avec ordre de donner l'alarme s'il aper-
cevait quelque chose de suspect.

Après que cette précaution indispensable eut été prise,
nos trois étourdis se mirent à l'œuvre. Elzéar Raspaud
fit face au mur, contre lequel il s'appuya en courbant le
dos. Puis , Boniface de Forcalquier , aidé par George
Arnaud, grimpa sur son ami, posa les pieds sur ses
puissantes épaules , et , se redressant , dépassa le faîte
du mur de toute la hauteur de la tête. C'est ainsi que ,
en se faisant *esquinetto* (1), les écoliers maraudeurs dé-
valisent un verger.

De cette position, il dominait tout le jardin et voyait
la maison par côté, circonstance qui, jointe à l'obscurité
de la nuit, diminuait le danger d'être découvert. L'enclos
était désert. Cependant, au bout de quelques instants,
une forme indécise apparut sur le seuil de la porte. Elle
fit quelques pas d'une allure craintive ; puis, paraissant
faire un effort sur elle-même, elle s'avança jusqu'au
milieu de l'esplanade qui s'étendait devant le couvent,
en regardant à droite et à gauche.

A ce moment, Boniface de Forcalquier reconnut Ayssalène de Reillane. Il fit avec les lèvres ce léger bruit que
nous pourrions nommer un appel furtif, et, s'appuyant
fortement sur la crête du mur, il pencha le haut du corps
dans le jardin.

Ayssalène ne s'y trompa pas , car elle était prévenue.
Son amant, seul, pouvait se présenter ainsi. D'ailleurs,
si , à cause des ténèbres, elle avait pu méconnaître ces

(1) La courte échelle.

traits que l'amour avait si profondément gravés dans sa
mémoire, les longs cheveux de Boniface de Forcalquier,
soulevés par un léger vent, car il portait la tête nue,
auraient suffi pour la convaincre et pour la rassurer. Elle
s'approcha du mur à pas précipités !

Excusez-la, lectrice, car le temps pressait, et ce n'était
pas le moment des vaines délicatesses ! Plaignez-la, si
vous voulez, mais ne la blâmez pas ! Mettez-vous à sa
place, — seul point de vue duquel nous puissions juger
sainement la conduite des autres — et demandez-vous
si vous auriez pu hésiter longtemps entre une réclusion
forcée et perpétuelle, et le titre honorable d'épouse de
l'homme que votre cœur aurait choisi ?

Elle s'approcha, émue, le cœur palpitant, reprochant
à son ami, trop heureux d'entendre sa voix, de s'exposer
ainsi au danger. Hélas ! ce reproche n'était qu'une feinte.
Il servait à cacher la joie qu'elle ressentait à revoir son
bien-aimé.

Boniface de Forcalquier s'efforça de la rassurer, tâche
qu'il eut bientôt remplie. Passant ensuite à un sujet plus
agréable, il se mit à lui parler de son amour, à lui faire
la peinture des tourments qu'il avait soufferts, et finit
par lui jurer qu'il ne pouvait vivre sans elle.

L'entretien fut long. Il aurait été insupportable pour
les épaules de Raspaud, si Boniface n'avait trouvé le
moyen de l'alléger en enjambant le mur et en s'y plaçant
à califourchon. Il rendit ainsi à son ami la liberté de ses
mouvements. Cet entretien fut long, disons-nous ; mais
à quoi servirait de le répéter ? Il fut ce qu'ont été, ce
que sont et ce que seront toutes les conversations de cette

nature, car le thème est toujours le même. Protestations ardentes d'un côté, assurances timides de l'autre; puis, accord complet sur le but, c'est-à-dire sur le mariage, que les amants désiraient avec ardeur.

Mais ce mariage, qui leur apparaissait comme le comble de la félicité terrestre, devenait chaque jour plus impossible par l'obstination croissante de la mère d'Ayssalène. Ni l'un ni l'autre ne pouvaient se faire illusion sur ce point, et si, jusqu'alors, ils avaient conservé quelque espoir, la démarche scabreuse qu'ils faisaient les avertissait qu'il fallait y renoncer.

Ce fut au moment où la certitude de son malheur arrachait des larmes à Ayssalène, que Boniface de Forcalquier proféra le grand mot, proposa la suprême et dernière ressource, celle de l'enlèvement. L'idée n'en était pas nouvelle pour Ayssalène; cependant elle recula à cette proposition, car elle choquait trop directement toutes les idées de devoir, de pudeur et de retenue qu'on lui avait apprises dès son enfance.

Elle refusa d'abord. Mais sa résistance devint plus molle à la vue du désespoir de son amant. Pressée, d'un côté, par son amour, par la prière de Boniface de Forcalquier, et, de l'autre, par sa haine du couvent, elle céda, non toutefois sans avoir longtemps hésité. Le *oui* fatal sortit de sa bouche. Boniface, transporté de joie, allait lui en faire ses remercîments, quand le silence de la nuit fut interrompu par un cri d'alarme.

Une voix vibrante, s'élevant du fond du vallon de Drouilhe, cria : *Aux armes !*

— Chut ! dit George Arnaud : c'est la voix de Bertrand !

— *Aux armes !* répéta la voix. Puis on entendit dans le lointain un murmure confus , des cris étouffés , annonçant une lutte , suivis , au bout de peu de temps, d'acclamations formidables.

— Descends tout de suite, dit George Arnaud à Boniface; voici l'ennemi.

—Adieu , Ayssalène ! fit Boniface ; courez vite au couvent, et au revoir. Se suspendant ensuite par les mains à la crête du mur, il se laissa tomber sur le sol.

Les trois jeunes gens , suivis par la sentinelle qui les avait rejoints au premier cri d'alarme , saisirent leurs armes , se portèrent en toute hâte sur le chemin de Pierrevert, et là, unissant leurs voix , ils jetèrent à l'ennemi une retentissante acclamation. C'était une espèce de cri de guerre , annonçant à Bertrand Chicholet qu'il allait être secouru, et destiné à modérer l'ardeur de ceux qui l'attaquaient. Ils coururent ensuite bravement vers le lieu où l'on se battait.

CHAPITRE XI

LE COMBAT

Cant Wles Dencontre ac sela votz auzia,
As armas chivaler ! mantenent lor escria.
(*Croisade contre les Albigeois.*)

Quan lhi venc apoinan Bibes Boscartz,
Uns clergues malaectes, de malas artz,
Que fo parens al rei, fraire bastartz.
. . . .
Bertrand ferit lo clergue en son esgoc,
Ben aut sobre la bocla, l'escut lhi froc :
No es ta fortz l'ausbercs, no'l trenc el troc.
En cel costal senestre lhi fetz tal boc,
Aqui lo deroquet, mover no's poc.
GÉRARD DE ROUSSILLON.

Il faut que l'amour soit d'origine vraiment divine,
puisqu'il a le pouvoir de soumettre à ses lois les cœurs
les plus durs, les organisations les plus réfractaires, et
que le petit nombre d'élus qui ont l'insigne honneur de
lui échapper, ne peuvent entendre un récit amoureux,
sans que leur cœur palpite d'envie et, quelquefois,
soupire de regret.

Mais les représentations que la parole, la plume ou la
peinture nous font de cette passion, délices et tourments
du genre humain, sont toujours imparfaites, parce

qu'elles nous donnent une faible idée de la réalité ; c'est quand elle agit sous nos yeux qu'elle nous éblouit par l'éclat de sa toute puissance.

Le sceptique George Arnaud put expérimenter sur lui-même combien est grande la contagion de l'exemple. Il assistait naturellement à l'entretien qui eut lieu, dans cette soirée, entre Boniface de Forcalquier et sa maîtresse. Le silence de la nuit lui permettait d'entendre la voix des deux amants et d'en saisir les diverses modulations. Il écoutait, au commencement, par pure curiosité, en amateur qui, assistant à un spectacle nouveau pour lui, s'applique à en juger le mérite. Un spectateur désintéressé aurait pu le voir hochant la tête, en signe de satisfaction, quand Boniface de Forcalquier, exprimant sa passion avec feu, arrachait à sa belle un soupir étouffé ou un aveu timide. Mais il lui aurait vu hausser les épaules de pitié alors qu'il lui échappait quelqu'une de ces platitudes, quelqu'un de ces lieux communs, qui se glissent inévitablement dans la conversation de deux amoureux, et dont ceux-ci n'ont pas seuls le privilège : Mauvais ! faisait-il entre ses dents ; détestable ! Etait-il satisfait ? Bravo ! disait-il; parfait ! excellent ! continue !

Mais, petit à petit, l'impartialité du juge commença à s'altérer. Soumis, sans s'en apercevoir, à l'influence magnétique que les amants répandaient autour d'eux, il perdit son équanimité et la balance lui échappa des mains. Malgré lui, de juge il devint partie. Cédant à une mystérieuse attraction, se passionnant à son tour, il s'identifia avec les amoureux au point de perdre le sentiment de sa personnalité. Oubliant le temps, le lieu, l'heure,

il pensait avec Boniface de Forcalquier, souffrait avec lui
et priait comme lui. Semblable au spectateur qui assiste
à un drame émouvant, que le jeu de l'acteur ravit, pas-
sionne, transporte hors de lui-même et qui verse de
véritables larmes.

Cette espèce d'enchantement, auquel George Arnaud
cédait pour la première fois de sa vie, et qui devint pour
lui matière à de longues réflexions, se dissipa au premier appel de Bertrand Chicholet. Le cri : *Aux armes !*
fut le chant du coq qui met en fuite les esprits des ténèbres. Il se réveilla en sursaut, et, suivi de ses amis, il
courut au secours des siens.

L'appel de Bertrand Chicholet, les cris poussés par le
parti de Boniface de Forcalquier, le bruit du combat,
furent entendus de Manosque. Aussitôt les remparts s'é-
clairèrent, la porte Guilhen-Pierre s'ouvrit, et un corps
d'environ cent hommes bien armés, commandé par
l'intrépide Pierre Jarjaye, se précipita hors de la ville.

Il était temps. Bertrand Chicholet, que sa présence
d'esprit avait empêché de tomber dans une embuscade,
battait en retraite, mais en bon ordre. Il était le dernier
de son détachement, se retournant de temps en temps
pour faire face à l'ennemi, abattant de sa masse redoutable ceux qui le serraient de trop près, et suivant le
mouvement de retraite des siens. Jusque-là il avait été
assez heureux pour n'être pas blessé, bien qu'il servît de
point de mire aux archers et aux arbalétriers qui se
trouvaient parmi les assaillants. A ses côtés se trouvaient
Boniface de Forcalquier, Elzéar Raspaud et George Arnaud, le secondant de leur mieux et combattant en hommes que rien n'effraye.

Ils débouchèrent ainsi, presque pêle-mêle, sur l'esplanade qui se trouvait devant la porte Guilhen-Pierre. Alors, le détachement commandé par maître Pierre Jarjaye s'avança contre l'ennemi en lui présentant la pointe de ses longues lances. Il y eut un choc terrible. Pendant quelque temps, la victoire demeura indécise. Ce fut en ce moment qu'on put voir combien était grande l'affection que Chicholet portait à Boniface de Forcalquier. Il ne le perdit pas un instant de vue dans le tumulte du combat. Il se tint constamment à côté de lui, le surveillant avec la vigilance et l'affection d'un père, et parant plus d'un coup qui lui aurait été fatal. Ce soir-là, Boniface lui dut plus d'une fois la vie.

Enfin, la victoire se rangea du côté du droit et de la justice. La masse de Chicholet, la longue et lourde épée de Raspaud, le désespoir de Boniface de Forcalquier, combattant pour sa maîtresse, la résolution de George Arnaud, et la bravoure du syndic et de ses compagnons, finirent par mettre les aventuriers en déroute. Un coup porté par Chicholet acheva de la décider.

Sa conduite, dans cette nuit terrible, fut celle d'un héros. Doué d'une présence d'esprit incroyable, d'une force de corps peu commune, d'une agilité prodigieuse, on le voyait, bondissant dans la mêlée comme le tigre qui s'élance sur sa proie, frapper et abattre tout ce qui se présentait à lui. Tout homme atteint était un homme mort. La justesse du coup-d'œil, la vigueur du bras, dans lequel semblaient se concentrer toutes les facultés de son être, le rendaient irrésistible. Il était beau à voir, l'œil ardent, les sourcils contractés, les dents serrées, se précipitant sur l'adversaire qu'il avait choisi, ou que le hasard poussait devant lui.

Au moment le plus chaud du combat, alors qu'un coup heureux pouvait décider la victoire, Bertrand Chicholet se trouva face à face avec le commandant du détachement ennemi ; car, fort heureusement pour les champions de Manosque, ils n'avaient affaire qu'à une faible partie de l'avant-garde du corps de Durand Arnaud. Ce chef était provençal et prêtre, par dessus le marché. L'histoire nous le fait connaître sous le nom bizarre de Galagascum. Il était de Salon ; mais il avait depuis longtemps déserté le ministère des autels pour embrasser la profession des armes. Il avait pris du service sous les ordres d'Amiel et de Raymond de Baux, et il avait déjà porté la terreur dans plusieurs parties de la Provence.

Ce fut cet adversaire, armé de toutes pièces, c'est-à-dire, portant le casque, revêtu de la cuirasse et tenant en main une longue épée, que Bertrand Chicholet eut à combattre. Ce ne fut pas long. A mesure que Galagascum s'avançait sur lui l'épée haute, notre héros s'élança à sa rencontre, para avec sa masse le coup qui lui était destiné, et, d'un revers, atteignit son ennemi sur le casque. Le coup fut tellement rude que Galagascum ouvrit les bras, laissa échapper son épée, et tomba sans connaissance. Les siens se précipitèrent à son secours, repoussèrent Chicholet, et, relevant leur chef, le transportèrent hors du champ de bataille.

La défaite de Galagascum força son parti à battre en retraite. Les soldats, privés de leur commandant, se rejetèrent dans le vallon de Drouilhe, où ils eurent bientôt disparu. De leur côté, les Manosquins, demeurés complètement maîtres du champ de bataille, se mirent en devoir de recueillir leurs blessés et leurs morts. Cette victoire leur coûta cher. Plus d'un brave la paya de sa vie.

Le tumulte du combat, l'orgueil de la victoire, ne firent pas oublier à Boniface de Forcalquier que sa maîtresse se trouvait dans une situation fort précaire, et que, si l'ennemi revenait à la charge, le couvent de Sainte-Claire tomberait inévitablement en son pouvoir. L'idée seule d'un pareil malheur le faisait frémir.

Il s'approcha donc du syndic, occupé à faire transporter les blessés dans la ville, pour lui faire part de ses appréhensions.

— Il faut, lui dit-il, que les religieuses abandonnent à l'instant même leur couvent. Elles n'y sont plus en sûreté; car, en supposant que l'ennemi, dégoûté de la réception que nous lui avons faite, ne se montre plus de toute la nuit, il nous attaquera sûrement demain au matin. Or, le couvent des Clairistes sera pris en cinq minutes.

La justesse de cette observation était évidente. Maître Pierre Jarjaye en fut immédiatement frappé. Laissant le transport des morts et des blessés aux soins de ses compagnons, il prit une escorte, courut au couvent de Sainte-Claire, s'en fit ouvrir la porte, et intima aux religieuses l'ordre d'en sortir au plus vite. Les pauvres nonnes, frappées de terreur au bruit du combat qui se livrait non loin de leur demeure, s'étaient réunies dans la chapelle où elles imploraient avec ferveur la protection divine.

A la vue de maître Jarjaye, armé de sa longue lance, elles poussèrent des cris de détresse. Mais, rassurées en le reconnaissant, elles ne se firent pas prier pour se rendre à son invitation. Semblables à des colombes effrayées par le milan, elles se précipitèrent à l'envi vers la porte, sans crainte des regards indiscrets, et mettant complètement en oubli leurs vœux de réclusion.

Boniface de Forcalquier, ensanglanté par une blessure qu'il avait reçue à l'épaule gauche, attendait dans le corridor, accompagné de Bertrand Chicholet et d'Elzéar Raspaud ; George Arnaud, blessé au bras, avait été obligé de se retirer. Dès que les religieuses parurent, un cri passionné sortit de sa poitrine : Ayssalène ! fit-il.—Me voici, répondit la jeune fille. Et, folle de terreur, elle se jeta dans les bras de son amant. Boniface reçut son précieux fardeau, s'en empara avec l'ardeur d'une mère qui défend son petit, et s'élança vers la porte Dan Gaud, en criant à Bertrand Chicholet : Frère, veille sur moi !

— Soyez sans inquiétude, répondit celui-ci ; nous ne vous quitterons pas. En effet, suivi de Raspaud, il l'accompagna jusque sur le seuil de la porte, prêt à lui faire un rempart de son corps. Mais la précaution fut inutile ; l'ennemi avait tout-à-fait disparu.

Bertrand Chicholet s'arrêta devant la porte Dan Gaud, occupé quelque temps à suivre des yeux Boniface de Forcalquier, emportant sa maîtresse, escorté d'Elzéar Raspaud, qui avait peine à se maintenir à côté de son ami, malgré ses prodigieuses enjambées. Un sourire de satisfaction se dessina sur ses lèvres. L'instant d'après, sa figure reprit son expression habituelle. Il demeura quel-

que temps immobile, la tête penchée, dans l'attitude
d'un homme livré à de profondes reflexions; puis, paraissant avoir pris son parti, il se retourna et revint vers
le couvent de Sainte-Claire. Il le trouva abandonné. Mère
Gilète de Barras, la supérieure, accompagnée de maître
Pierre Jarjaye, avait enlevé à la hâte les vases sacrés ainsi
que quelques objets précieux qui se trouvaient dans la
chapelle du couvent, et elle les emportait, avec l'aide de
quelques-unes de ses sœurs. Elles en sortaient quand
Bertrand Chicholet entra. Il put passer inaperçu à la faveur du tumulte.

Bien que l'éxécution du projet qu'il avait conçu ne fût
pas sans danger, attendu la proximité de l'ennemi, l'intrépide Bertrand agit sans précipitation. Il attendit que
les religieuses, ainsi que le dernier homme de leur escorte, eussent disparu sous la porte Dan Gaud. Alors,
sûr de n'être vu de personne, il prit ses dernières dispositions. S'armant d'un flambeau qu'il trouva brûlant dans
la cuisine, il descendit au bûcher. Cette pièce, creusée
sous le rez-de-chaussée, occupait à peu près le centre
de la maison. Elle était pleine de bois jusqu'au faîte, car
les religieuses avaient fait récemment leur provision
d'hiver. Il y avait surtout grande quantité de fagots de
chêne blanc, bien secs, espèce de bois qui fait le plus
beau feu du monde. C'est sur ce point que se dirigea Chicholet. Au moyen de son flambeau, il alluma la ramée
en trois ou quatre endroits différents, attendit, afin d'être
assuré que le feu avait pris de manière à ne pouvoir s'é-
teindre de lui-même, et, jetant ensuite son flambeau au
milieu de l'incendie, il se retira. Celui qui l'aurait vu

sortir aurait juré, à sa démarche insouciante, qu'il venait
de commettre une action indifférente. Il s'achemina vers
la porte Dan Gaud d'un pas tranquille, assuré, sans se
retourner pour regarder en arrière; en un mot, dans
l'attitude d'un bon bourgeois qui sort de chez lui, met
les mains dans les poches et s'en va flâner sur la place
publique. Il appela les gardiens, se fit ouvrir la porte,
leur donna, de la manière la plus naturelle, une explication plausible de son retard, et s'en fut, du même pas,
chez Boniface de Forcalquier.

Il le trouva fatigué, harassé, mais content de lui-
même. Le jeune homme avait compris qu'il ne pouvait
décemment garder Ayssalène chez lui, bien qu'il en eût
grande envie. Il l'avait, en conséquence, conduite chez
le chevalier Raymond de Reillanne, son oncle, qui demeurait précisément au quartier du Palais, et l'avait
remise entre les mains de dame Catherine de Reillanne.
Cette dame, alarmée par le bruit du combat, croyait sa
fille perdue. Elle commençait à regretter de l'avoir mise
au couvent de Sainte-Claire. Boniface de Forcalquier se
présenta à elle sous l'aspect d'un libérateur. Il lui fit une
vive impression quand il apparut tout-à-coup, l'épée
d'une main, soutenant sa fille de l'autre, les vêtements
en désordre et ensanglantés. La craintive Ayssalène, en
voyant sa mère, se jeta dans ses bras, où elle demeura
quelques instants en sanglotant; ensuite, portant les yeux
sur ses habits et les voyant couverts de sang de son
amant, elle s'évanouit, en criant : Mère, il est blessé !

On la transporta dans un autre appartement où, grâce
à de prompts secours, on l'eut bientôt rappelée à elle-

même. Boniface de Forcalquier se retira, après avoir rassuré Raymond de Reillanne sur les conséquences de sa blessure, qui était effectivement légère. Le chevalier le remercia, en protestant de sa profonde reconnaissance.

Pendant que Boniface de Forcalquier faisait ce récit à Bertrand Chicholet, la vieille Ayglantine s'occupait à panser la blessure de son maître. Elle avait, comme toutes les bonnes femmes, certains secrets auxquels elle tenait beaucoup. Elle composait surtout un baume, souverain, disait-elle, pour les blessures. C'était, ce qu'en Provence, on appelle l'*onguent de maître Arnaud*, *qui ne fait ni bien ni mal*. Sauf la rime, ces mots sont la traduction exacte du dicton provençal (1). A ce propos, nous ferons remarquer que ce *maître Arnaud* devait être un habile homme, car tous les remèdes n'ont pas la même vertu.

Ensuite Ayglantine passa à Guillaume Maurel, le mange *saoumo*, qui avait attrapé un coup de lance dans le côté. Elle le pansa avec son onguent ; après quoi le patient s'en fut souper à la cuisine, où il mangea une épaule de mouton, deux pains et but une bouteille de vin. Soit l'influence de ce régime diététique, soit à cause de la vertu négative de l'onguent, le lendemain, le mange *saoumo* se leva sans fièvre, la plaie commençant à se cicatriser, et avec un appétit formidable.

Mais George Arnaud ne voulut pas essayer l'efficacité du remède d'Ayglantine. Peu confiant dans la science de son homonyme, il se contenta de panser sa blessure, qui

(1) L'enguent de maistre Arnaou, que faï ni ben ni maou.

n'était pas grave, avec des compresses trempées dans
l'eau fraîche, et ne s'en trouva pas plus mal. Seulement,
il manqua se brouiller avec Ayglantine par le peu de cas
qu'il fit de sa drogue et par la préférence qu'il donna à
l'eau du puits de Boniface de Forcalquier. Au bout du
compte, les quatre amis se mirent à table en se félicitant
de n'avoir pas payé plus cher la victoire qu'ils venaient
de remporter.

Mais, auparavant, Bertrand Chicholet, qui tenait en
reserve un remède bien autrement efficace pour guérir les
souffrances de Boniface de Forcalquier, le prit sous le bras
et, sous prétexte d'avoir une communication à lui faire,
l'entraîna hors de sa maison. Il le conduisit sur le rempart, vis-à-vis du couvent de Sainte-Claire.

L'incendie que l'ingénieux Chicholet y avait allumé
avait définitivement pris possession de l'édifice. Quand
ils arrivèrent, le feu sortait déjà par les croisées du rez-
de-chaussée et, augmentant peu à peu, il atteignait l'é-
tage supérieur. Son intensité était telle que nul secours
humain n'aurait pu l'arrêter.

Les deux jeunes gens contemplaient ce spectacle toujours terrible ; car la vue d'une maison que l'incendie
dévore a quelque chose d'effrayant qui fait battre le cœur
le plus ferme. Mais leurs sensations n'étaient pas les mêmes. La physionomie de Bertrand Chicholet était ra-
dieuse, tandis que celle de Boniface de Forcalquier, qui
tenait le bras droit passé autour du cou de son frère de
lait, dans l'attitude des gémeaux, exprimait un sentiment mélangé de surprise et de peine. La bonne et droite
nature de Boniface ne lui faisait pas soupçonner le parti
qu'il pourrait tirer de cet événement désastreux.

Cependant, la figure de Chicholet, sur laquelle se peignait l'orgueil du triomphe et le contentement de soi-même, finit par attirer son attention. Une idée soudaine traversa son cerveau. Alors, retirant le bras du cou de Bertrand, posant la main sur son épaule, il le regarda en face pendant quelques secondes, les yeux dans les yeux ; puis il lui dit : C'est toi qui a mis le feu au couvent ?

— Juste ! répondit Chicholet. Maintenant la dame de Reillanne ne pourra plus y enfermer sa fille !

— Oh ! mon frère ! oh ! mon sauveur ! s'écria Boniface de Forcalquier en serrant Chicholet dans ses bras : Comment pourrai-je jamais reconnaître un pareil service ? Mais, malheureux ! qu'as-tu fait ! si l'on t'avait vu !

— Rassurez-vous, répliqua Chicholet ; j'étais seul. J'ai fait le coup après que tout le monde fut parti. Cela passera sur le compte des aventuriers. Pour des gens de leur sorte, un incendie de plus ou de moins est chose tout-à-fait indifférente.

A ce moment, l'incendie qui minait lentement mais sûrement l'édifice éclata dans toute son intensité. Pendant un quart d'heure d'immenses gerbes de feu s'élancèrent dans les airs, éclairant la ville, le vallon de Drouilhe, Toutes-Aures et les montagnes environnantes ; puis, la toiture s'abîma avec fracas, les murs s'écroulèrent et, du couvent de Sainte-Claire, il ne resta qu'un immense brasier illuminant les environs d'une clarté douteuse. Au même instant, à mesure que le toit du bâtiment s'écroulait, Chicholet, après avoir regardé à l'entour et s'être assuré qu'il était seul avec son frère de lait, partit d'un franc éclat de rire. Il se mit à danser et à sauter comme s'il avait été piqué de la tarentule, et, dans le transport de sa joie, finit par se rouler sur le sol. Il y avait en effet motif d'être joyeux. Il rendait un service signalé à Boniface de Forcalquier, pour lequel il se serait jeté au feu, en même temps qu'il jouait un bon tour à la dame de Reillanne. C'était plus qu'il n'en fallait pour le mettre en gaîté. Quand aux pauvres nonnes, dont il avait si impitoyablement incendié la demeure, il s'en souciait fort peu ; on peut même dire qu'il ne s'en inquiétait pas du tout.

Quand il eut ri jusqu'à ce que les larmes lui en vinssent aux yeux et au point d'en avoir la colique, il se releva et reconduisit Boniface de Forcalquier à la maison. Il entra d'un pas allègre dans l'appartement où le souper était servi, jeta son casque dans un coin, se débarrassa de son harnais militaire, et se mit à table en criant : Vive la joie ! le couvent brûle !

— Comment ? le couvent brûle ! fit Raspaud.

— Un peu ! répondit Chicholet ; c'est même fini. Si vous aviez vu comme le toit s'est effondré, comme les murs sont tombés ! patatra ! Ce n'est plus qu'un tas de ruines embrasées et fumantes, maintenant.

— Eh ! mais ! si le couvent est brûlé, ta maîtresse n'y rentrera plus, dit Raspaud à Boniface de Forcalquier. Tant mieux ! Mais il faut avouer que tu as de la chance. Qui diable peut avoir fait ce coup-là ?

— C'est l'ennemi ! répondit Chicholet.

— L'ennemi ou tout autre, dit le perspicace George Arnaud, aux yeux duquel cet événement venait trop bien

à point pour n'avoir pas été calculé ; mais, qu'importe !
l'essentiel est qu'il soit brûlé.

— Il ne me reste rien à désirer à ce sujet, répondit
Boniface. Dieu veuille que mes autres souhaits s'accom-
plissent de même !

— Cela viendra avec le temps, fit Arnaud. En attendant, soupons. L'amour, la gloire et le couvent ne doivent pas nous ôter l'appétit.

CHAPITRE XII

LE DINER

Quau tablas son garuidas, ilh van menjar.
Det-lhi carn de cabrol e de cinglar,
E manhta volatiria e peis de mar;
Det-lhi pimen a beure e bo vin clar.

. . . .

Quant an menjat, s'en prendent a issir ;
El plan , denan la sala , s'en vau burdir.
Qui sab chanso ni fabla, enquet la dir ,
Chavaler a burdir i avandir,
E Girart e lhi seu a esbaudir,
Entro que venc la nub au fredezir.

GÉRARD DE ROUSSILLON.

Quar a totz bela cara del hoste es plazent.
ISIDORE.

La nuit qui suivit les événements que nous venons de
raconter, fut terrible pour Manosque. Peu de gens purent
y fermer la paupière , car la crainte empêcha les uns
de dormir, et les autres durent l'employer au pieux
devoir de pleurer les morts et de panser les blessés. Mais
le réveil fut bien plus terrible. Pendant la nuit , le corps
principal des aventuriers, commandé par Durand Arnaud,
s'était réuni à l'avant-garde, à laquelle on avait eu affaire
la veille , et , au point du jour , la ville se trouva littéralement entourée d'ennemis. Un fort détachement, à la

tête duquel se trouvait Durand Arnaud, s'était établi au faubourg Soubeyran, que l'on nommait alors Villeneuve, à raison de sa fondation récente; un autre, se chauffant à l'incendie du couvent des Clairistes, observait la porte Guilhen-Pierre et celle Dan Gaud ; un troisième occupait le faubourg de la Saunerie, et le quatrième, posté près la porte d'Aubète, complétait l'investissement. Les habitants de Manosque se trouvaient ainsi hermétiquement renfermés dans la ville, avec l'agréable perspective de ne pouvoir compter que sur eux-mêmes pour se défendre.

Cependant, abrités derrière leurs murailles et attaqués par un ennemi dépourvu de moyens de siége, ils firent bonne contenance. Ils surent conserver leur ville ; mais ils assistèrent au spectacle le plus navrant qu'il soit donné à l'homme de voir. Du haut de leurs remparts ils virent les aventuriers parcourir la campagne, fouiller les maisons, couper les vignes, abattre les arbres fruitiers pour se chauffer, et, pendant la nuit, ils étaient éclairés par l'incendie des fermes disséminées dans le terroir. L'ennemi, ne pouvant s'emparer de la ville, s'en vengea en dévastant son territoire.

C'est de cette époque que date la disparition de divers hameaux ou agglomérations de maisons qui se trouvaient aux alentours de Manosque. Ainsi, Saint-Pierre, Toutes-Aures, Montaigu, incapables de se défendre, furent surpris, saccagés, et les habitants qui échappèrent durent se réfugier à Manosque. Rien ne fut respecté, les édifices religieux furent pillés, dévastés ; abandonnés ensuite à eux-mêmes, ils ne tardèrent pas à se convertir en ruines.

Combien reste-t-il de ces vingt-une églises que le père Columbi nous apprend avoir existé dans le terroir de Manosque avant 1340 ?

Le fléau s'abattit aussi sur les communes voisines. Les faibles furent outrageusement pillées ; les plus fortes, c'est-à-dire celles qui pouvaient opposer une certaine résistance, furent mises à contribution ; en un mot, chacun eut sa part dans le malheur universel.

Les habitants de Manosque persévérèrent dans leur résistance. Outre la dévastation de leur territoire, ils en furent punis par le pillage et la ruine de tous leurs faubourgs. Ainsi, par exemple, le couvent des frères Mineurs, qui était situé hors de la ville, entre la porte de la Saunerie et celle d'Aubète, touchant presque le rempart, en-dessous de l'emplacement où se trouve aujourd'hui la plaine ; ce couvent, disons-nous, fut complètement détruit. C'est au point que, le 30 novembre 1377, Pierre Ricard, gardien du couvent, assisté des autres religieux, et autorisé par le chef de l'ordre en Provence, vendit à Guillaume Teissier, marchand de Manosque, les ruines du couvent, pour le prix de cent vingt florins d'or. Les révérends pères se réservèrent les pierres de l'église ruinée, le terrain sur lequel elle était bâtie, ainsi que le cloître ou cimetière du couvent. Quoique ce ne soit guère ici le lieu, nous allons donner les confronts rapportés dans l'acte, parce qu'ils nous font connaître la situation topographique de ce quartier. Le couvent confrontait, d'un côté, l'ancien chemin contre le rempart ; de l'autre, le ruisseau d'Aubète ; du troisième, une traverse allant à ce ruisseau et le chemin de la fontaine des Conchètes ; enfin, du quatrième , divers vergers , ainsi que la traverse allant à la Saunerie. Ces confronts démontrent que la plaine n'existait pas à cette époque. Tout le terrain libre et vacant aux environs de la porte de la Saunerie, consistait en la place de l'Orme, ainsi nommée d'un arbre qui y était planté. Ajoutons qu'après l'invasion , les Frères mineurs transportèrent leur résidence dans la ville. Nous avons vu l'acte par lequel ils soldaient le prix de l'édification de leur couvent dont ils avaient donné la construction à forfait.

Des invasions pareilles à celles que faisaient les grandes compagnies ne pouvaient durer longtemps , par la raison que, au bout de quelques jours, pillards et pillés seraient morts de faim. Un conquérant seul ménage les ressources du pays qu'il envahit : les bandits désolent, ruinent et passent.

C'est ainsi que procéda Durand Arnaud. Quand il eut pris tout ce qui était à sa portée , et dévasté complètement le terroir, il partit, ne laissant après lui que ruines et désolation , et emmenant Galagascum, non encore bien remis du coup de masse que Bertrand Chicholet lui avait appliqué. Il fut sottement se faire prendre à Ansouis , où il aurait terminé sa carrière de rapines et de meurtres, sans l'intervention intempestive de sainte Delphine.

Il existe un proverbe provençal portant que le malheur des uns fait le bonheur des autres ; c'est-à-dire qu'il y a toujours quelqu'un qui profite d'un événement désastreux, quand même il prendrait les proportions d'une calamité nationale. Ce proverbe pouvait s'appliquer à Boniface de Forcalquier. Sauf la blessure reçue dans l'escarmouche de la veille, il ne souffrit pas de l'invasion des aventuriers, il y gagna, au contraire, de voir enfin les vœux les plus chers de son cœur exaucés. La froide détermination de Bertrand Chicholet leva le principal obstacle qui s'opposait à son bonheur. Quand dame Catherine de Reillanne put constater, par ses yeux, que le couvent de Sainte-Claire n'existait plus ; lorsqu'elle vit les religieuses qui l'habitaient se disperser dans les couvents de leur ordre et y chercher un refuge, elle commença à vaciller dans l'exécution du projet qu'elle avait mûri depuis si longtemps. Il lui était difficile, en effet, de faire entrer sa fille en religion dans le couvent des Clairistes de Manosque, alors que ce couvent, détruit par l'incendie, ne présentait plus qu'un tas de ruines. L'édification d'un nouveau monastère était une entreprise douteuse, longue, et sa fille pouvait vieillir avant que l'ordre de Sainte-Claire eût été réintégré dans son ancienne résidence.

D'un autre côté, bien que l'obstination dont la dame de Reillanne était pourvue à un très haut degré, eût fait taire ses sentiments maternels, bien que cette obstination se fût encore accrue par les contrariétés qu'elle avait éprouvées, elle était mère néanmoins, et la vue de sa fille, malheureuse et suppliante, finit par l'émouvoir. Les prières de Raymond de Reillanne, son beau-frère, les représentations de l'abbé de Valsainte, triomphèrent de ses irrésolutions et firent taire son dernier scrupule, et, pressant Ayssalène dans ses bras, elle lui permit de recevoir les hommages de son amant.

Ce fut un heureux jour pour Boniface de Forcalquier que celui où le chevalier Raymond de Reillanne l'engagea à lui rendre visite, en le prévenant qu'il serait admis à présenter ses devoirs à la dame de Reillanne, ainsi qu'à sa fille. A peine le chevalier fut-il sorti que, dans le transport de sa joie, il sauta au cou de Chicholet, présent à cette bienheureuse invitation. Son cœur débordait au point qu'il faillit étouffer, dans un embrassement, sa vieille servante Ayglantine ; il était tellement heureux, qu'il aurait voulu associer tout le genre humain à son bonheur. On doit avoir remarqué que l'homme heureux n'est égoïste que dans une certaine mesure. C'est le malheur qui détruit tout ce qu'il y a de générosité dans notre nature. Cela lui est d'autant plus facile, qu'en général l'espèce humaine n'en a pas de reste.

Quant à Bertrand Chicolet, il fut ravi, émerveillé. Il ne s'attendait pas à ce que son acte de vandalisme produisît un effet aussi prompt, un revirement aussi complet. Il avait, pour ainsi dire, agi d'instinct en mettant le feu au couvent, car l'acte avait été spontané de sa part. Il s'était dit qu'en détruisant cet édifice, il renversait le principal obstacle qui s'opposait au bonheur de son frère de lait, et il avait aussitôt mis son idée à exécution, sans croire néanmoins que l'effet en fût aussi soudain. Maintenant qu'il avait réussi, il en était tout fier et tout joyeux. Témoignant sa joie à sa manière, il se mit à danser, à se livrer à une sarabande désordonnée, et, prenant Ayglantine par la main, il la fit sauter jusqu'à la mettre entièrement hors d'haleine. La pauvre vieille s'en fut tomber sur un siége, et Chicholet, faisant une dernière cabriole, s'écria : Maintenant nous y sommes ! Il était temps, ma foi ! Monsen Boniface, si vous voulez m'en croire, profitez de l'occasion , et faites engager la mère de manière qu'elle ne puisse plus se dédire. Souvenez-vous que votre ami George Arnaud prétend que la femme est sujette à changer.

— C'est bien mon projet , répondit Boniface de Forcalquier ; je ferai ma demande aujourd'hui même , et j'insisterai pour que le mariage ait lieu au plus tôt. Je ne serai rassuré que lorsque j'aurai un droit sur la personne d'Ayssalène.

— Bon ! fit Chicholet , alors dans quinze jours ou un mois, au plus tard , nous aurons la noce. J'en serai ?

—Certainement, répliqua Boniface : tu y assisteras en qualité de mon écuyer. Je voudrais pouvoir t'y faire placer comme mon frère.

—Un pareil honneur n'est pas fait pour moi , dit Chicholet, et je n'en demande pas tant. Il me suffira de vous voir conduire à l'autel la demoiselle de Reillanne, et d'être témoin de votre bonheur.

— Tu le verras , foi de Boniface de Forcalquier ! Je ne serais pas complètement heureux si tu n'assistais pas à mon mariage. Après Dieu, c'est à toi que je le dois.

—Si cela est vrai, je n'en suis que plus content, répondit modestement Bertrand ; cette fois, mon devoir s'est trouvé d'accord avec mon inclination. Vous savez que je suis à vous à la vie et à la mort.

— Je le sais , je le sais, frère, dit Boniface, en lui serrant vivement la main ; les preuves que tu m'en as données parlent d'elles-mêmes ; tu m'as sauvé la vie, et, surtout, tu m'as donné Ayssalène. Je m'en souviendrai.

—Monsen Boniface, dit Ayglantine, intervenant dans la

conversation, il faut vous habiller pour aller voir la demoiselle de Reillanne. Vous n'avez pas besoin de cela pour être beau mon jeune maître ; mais un peu de toilette ne gâte rien.

La vieille Ayglantine avait vu naître Boniface de Forcalquier ; elle l'avait soigné dans son enfance et elle le servait depuis son émancipation. Elle avait pour lui une affection presque maternelle envers laquelle celui-ci n'était pas ingrat. Ces sentiments d'attachement respectueux d'un côté, et de bienveillante affection de l'autre, constituent le plus bel éloge qu'on puisse faire d'un maître et de ses domestiques. La famille dans laquelle ils existent est toujours une famille respectable.

Boniface de Forcalquier fit sa première visite à la dame de Reillanne en qualité de prétendant à la main d'Ayssalène. Il en fut bien reçu. Dame Catherine, revenue à de meilleurs sentiments, accueillit favorablement sa demande et l'admit à faire la cour à sa fille, pendant tout le temps que celle-ci devait encore passer à Manosque.

Il n'est pas besoin de dire s'il profita de la permission. Inutile aussi d'entreprendre le récit de ce qui se passa dans les entrevues des deux amants. Le thème éternel y fut traité de la même façon. Mais plutôt que de nous livrer à d'insipides répétitions, pillées un peu partout, nous préférons avouer notre insuffisance et prier le lecteur d'y suppléer. Cet exercice lui fournira matière à d'agréables réflexions, surtout s'il a eu soin de faire bonne provision de souvenirs, en supposant que l'âge ait fait de lui un personnage respectable. S'il débute dans la vie, il n'aura qu'à pratiquer lui-même ; cela vaudra mieux que toutes les spéculations ; car, s'il est une science qui se passe de théorie, c'est assurément celle de l'amour. Au rebours des choses de ce monde, le plus novice y est le plus savant. Ainsi, que le lecteur, curieux de savoir comment, en cette circonstance, se conduisirent Ayssalène de Reillanne et son amoureux, ne s'en prenne qu'à lui-même s'il l'ignore. Il le saura au juste, en se mettant, soit d'intention, soit réellement, dans leur position.

Au bout de quelques jours d'attente, les chemins étant devenus libres par la retraite des aventuriers de la grande compagnie, la dame de Reillanne retourna chez elle, emmenant sa fille et laissant à Manosque Boniface de Forcalquier, impatient, mais plein d'espoir, car l'époque de son mariage avec Ayssalène, avait été définitivement fixée à la fin du mois de novembre suivant. Il put alors songer à ses amis, qu'il avait considérablement négligés, ce qui avait arraché plus d'une réflexion philosophique à George Arnaud sur l'instabilité de l'amitié. Il en avait fait le texte de certaines homélies qu'il débitait à Elzéar Raspaud, dans le cours de leurs promenades post-méridiennes sur la place des Terraux. Mais Raspaud, qui allait tout droit son chemin, ne se payait pas de paradoxes. Le prédicateur y perdait sa peine. Le premier trouvait fort naturel que Boniface préférât sa maîtresse à ses amis. Pour moi, lui disait-il, je ne recule pas quand il faut servir les miens ; mais je les planterais tous là pour une femme. Je suis sûr que tu en ferais autant.

— Pas du tout, répondit George Arnaud : Je saurais concilier l'amour et l'amitié. Sur vingt-quatre heures, j'en trouverais bien deux ou trois pour mes camarades ! Mais

Boniface se laisse trop complètement accaparer par sa maîtresse. C'est un mauvais calcul. Trop d'assiduité nuit, et une fréquentation quotidienne engendre la satiété. C'est pour cela que l'on voit tant de mauvais ménages.

— Alors, selon toi, répliqua Raspaud, pour que Boni-face fût heureux, il faudrait qu'il laissât sa femme à Reillanne et qu'il ne la vît que tous les huit jours.

— Sans doute, répondit Arnaud ; il y aurait moins de chances de désunion entre eux. L'harmonie existerait toujours et l'avenir serait sans nuages.

— Mais il perdrait le présent, méchant chicaneur ! lui cria Raspaud : Or le présent est certain, tandis que l'avenir ne l'est pas. Es-tu sûr de l'avenir, toi qui parles ? Ne sais-tu pas qu'une tuile tombant sur ta tête, peut te faire perdre le fruit de dix ans de privations et de prévoyance !

Intérieurement George Arnaud était tout-à-fait de l'avis de son ami, car il était trop lettré pour ne pas connaître le *carpe diem* (1) du poète, et trop positif pour négliger de mettre en pratique ce précepte épicurien ; mais il aimait à chicaner. Cela, disait-il, donnait de l'exercice à son esprit et l'empêchait de se rouiller. Il ne se serait donc pas rendu de sitôt, sans l'arrivée de Boniface de Forcalquier qui les cherchait afin de les inviter à souper. Il se proposait de réunir quelques amis pour célébrer avec eux son bonheur.

Dans la soirée, cinq ou six jeunes gens, vifs, joyeux

(1) **Profitez de l'occasion.**

et amis du plaisir, se trouvèrent assemblés autour de la table de Boniface de Forcalquier. La vieille Ayglantine avait réuni toutes ses ressources ; maître François de Puyssac, le cuisinier, avait employé tout son savoir. Cependant le repas fut modeste, vu que les aventuriers n'avaient presque rien laissé après eux. Mais si la cuisine provençale, si riche, si variée et si digne des louanges des vrais gastronomes, ne put s'y montrer dans son succulent éclat, il s'y trouva, en compensation, les trois ingrédients qui, au dire du proverbe, en font la principale base : *bon pain, bon vin et bon accueil de l'hôte* (1). Ce sont trois points capitaux, il faut l'avouer ; cependant, on peut très mal dîner avec eux.

Quoi qu'il en soit, les convives se conformant aux circonstances, on dîna bien. Maître François de Puyssac n'avait pas oublié de servir un mets dans la préparation duquel il excellait, et qui lui avait valu à Manosque une réputation justement acquise. Il s'agissait d'une espèce de tourte farcie de viande, que l'on faisait cuire au four. On la nommait, en provençal, *tortella* ou *panada*, et, en latin, *ortocaseum*. On en fabriquait de diverses sortes, car, riches et pauvres usaient de ce mets. Il était tellement en faveur, que les particuliers avaient la faculté de le faire cuire gratuitement dans les fours banaux.

Le souper donné par Boniface de Forcalquier fut très gai : il s'y fit force projets, il s'y dit mille folies, ainsi qu'il convenait à une demi-douzaine d'étourdis réunis autour d'une table convenablement servie ; car il faut que

---

(1) Bouen pan, bouen vin et boueno caro d'hoste.

18

la jeunesse soit rieuse et insouciante : c'est son état normal. Malheur à l'adolescent qui est trop grave ou trop
sage : c'est ordinairement l'indice de la nullité ou d'une
mauvaise constitution. Aux yeux des gens sensés, ces
prétendues qualités se changeront en défauts.

Mais on ne pouvait raisonnablement reprocher un
excès de sagesse aux convives de Boniface de Forcalquier.
Ils péchaient plutôt par l'excès contraire, et ils s'acquit-
taient consciencieusement de leur rôle d'évaporés. Bertrand Chicholet, devenu le commensal et l'inséparable
compagnon du maître du logis, fut d'une joie folle. Jamais Boniface ne l'avait vu dans une pareille disposition
d'esprit ; car, en dépit de son penchant à faire des farces,
son caractère était naturellement sérieux. Il était de ces
gens qui débitent gravement une anecdote facétieuse et
qui n'en font que plus rire leurs auditeurs. Mais, dans
cette soirée, il fut rieur, communicatif, et les jeunes
Cavalcanti, qui faisaient partie des convives, furent surpris de voir que ce Bertrand Chicholet, dont la réputation
de mauvais sujet était si bien établie à Manosque qu'elle
semblait indélébile, pouvait, au besoin, plaire à une
société polie, et l'amuser par des plaisanteries de bon
goût. Hélas ! c'était la dernière étincelle de la lampe qui
s'éteint ! Semblable à la victime que les anciens couronnaient de fleurs et qui, ignorante de son destin, s'avançait insoucieusement vers le sacrifice, le malheureux
Bertrand mettait, à son insu, en pratique le principe
d'Elzéar Raspaud, à savoir, qu'il faut jouir du présent,
parce que nous ignorons ce que l'avenir nous réserve. Il
ne se doutait pas que le lendemain, son sort serait à tout

jamais fixé, et que, banni de Manosque, proscrit et fugitif, seul et sans ressources, il serait subitement jeté dans un monde indifférent ou ennemi. Malheur! trois fois malheur! Il méritait un meilleur destin!

La cloche du guet avait sonné depuis bien longtemps, quand les convives parlèrent de se séparer. Ils prirent congé de leur hôte; mais avant de sortir, chacun se munit de sa lanterne; car on sait qu'il était défendu d'aller sans lumière, la nuit, dans les rues, et que celui que la police en trouvait dépourvu, était mis en contravention. Seul, Bertrand Chicholet, dont la vocation était de narguer les nonces et de leur donner la chasse, n'en avait pas. Dans sa hautaine indifférence, il foulait aux pieds toutes les ordonnances de police.

— Prends une de mes lanternes, Bertrand, lui dit Boniface de Forcalquier; fais-moi ce plaisir. Je ne voudrais pas que maintenant tu te prisses de querelle avec les nonces.

— Si cela vous plaît, je le veux bien, répondit Chicholet; mais elle risque de me faire tomber en chemin; car c'est un engin dont je ne sais pas me servir.

— Pends-la au bout d'un bâton, Bertrand, lui cria George Arnaud; il ne faut pas que tu portes ta lanterne à la manière du vulgaire!

— Va pour un bâton, répondit Bertrand Chicholet, toujours en quête des moyens de se distinguer; et, prenant une longue gaule, il accrocha sa lanterne au bout.

Il sortit dans cet équipage, suivi par les jeunes gens qui le complimentaient gravement sur la manière gracieuse dont il portait sa lanterne. Entrant dans l'esprit de son rôle, il accepta ces compliments avec un grand sérieux, ce qui occasionna de bruyants éclats de rire. Les voisins se mirent aux fenêtres. Ils purent voir Chicholet défilant dans la rue, portant sa lanterne avec la gravité d'un bedeau, et escorté par cinq ou six jeunes fous qui s'en donnaient à cœur joie. Cela fut inscrit à son débit le lendemain au matin.

Ils descendirent ainsi, plaisantant et riant, jusques à la place de l'église Notre-Dame où ils devaient se séparer. Ils y furent joints par un parti de la police que l'éclat des lumières et le bruit des voix attira.

— Hé ! Bertrand ! cria un des nonces, c'est toi qui as inventé cette manière de porter la lanterne ?

— Précisément ! répondit Chicholet, se parant en ce moment des plumes du paon. Comment trouves-tu mon invention ? J'espère qu'il n'y a rien à redire !

— Pas le plus petit mot, répliqua le nonce. L'ordonnance de monsen le commandeur porte que chacun sera tenu de se munir d'une lanterne, mais elle ne dit pas qu'on la tiendra à la main.

— Est-ce qu'il suffit d'avoir une lanterne pour se conformer à l'ordonnance ? demanda George Arnaud.

— Sans doute ! elle n'exige rien de plus, répondit le nonce.

— Dans ce cas, je vais économiser mon huile, dit Arnaud. En même temps, il souffla sur la lumière et l'éteignit.

— Bravo ! George ! firent tous les jeunes gens, en éclatant de rire à la vue de cette burlesque interprétation de l'ordonnance de police. Voilà un garçon économe ! Tu peux te marier : tu es digne d'entrer en ménage !

— Vrai ! je me trouve des dispositions pour le mariage, répondit George ; l'exemple de notre ami Boniface me séduit. Je me sens capable de me marier, d'avoir beaucoup d'enfants, et de vivre patriarcalement au milieu de ma famille.

— Toi ! vivre patriarcalement ! s'écria Raspaud ; le diable m'emporte si j'en crois rien ! tu aimes trop la contradiction pour cela.

— Crois-tu que les patriarches ne se soient jamais querellés avec leur femme ? répliqua George : tu serais dans l'erreur ; l'exemple de Job est là pour prouver le contraire. Mais ce ne serait pas cette considération qui m'empêcherait de me marier. Je crains que le mariage ne tienne pas tout ce qu'il promet. Il en est de même de toutes nos relations avec les femmes. Souvent nous y trouvons plus de chagrin que de plaisir. Témoin Jacob qui pleura après avoir embrassé *Rachel* (1). Sais-tu pourquoi, nonce ?

— Ma foi, non, répondit celui-ci ; c'est bon à vous : moi, je ne suis pas clerc.

— Comment ! tu ignores que Jacob, après avoir embrassé Rachel, éclata en sanglots ! Le saviez-vous, vous autres ?

— Non, répondirent-ils ; que nous importe que Jacob ait ri ou pleuré !

— Mais pourquoi pleura-t-il ? Je voudrais bien le savoir, ajouta George Arnaud.

---

(1) Et adaquato grege, osculatus est eam ; et elevata voce flevit. (Genèse. Chap. 29. v. 11.)

— Pourquoi il pleura? fit Raspaud : il pleura de joie, mon garçon ! Si jamais tu embrasses une jolie fille, tu sangloteras tout de bon.

— Ce n'est pas cela, dit Jean Cavalcanti : il pleura parce que Rachel refusa probablement de se laisser embrasser de nouveau.

— Eh bien ! vous n'y êtes pas, répliqua George : il pleura du chagrin de ne pas l'avoir embrassée plus tôt ; il regrettait le temps perdu.

— Il a trouvé la bonne raison ! crièrent-ils tous ensemble ; il l'a trouvée ! Bravo ! docteur ! à la bonne heure !

— Il n'a rien trouvé qui vaille, dit Bertrand Chicholet ; rien qui vaille, absolument. Jacob pleura parce qu'il devait épouser Rachel ; or, cette idée lui gâtait tout son plaisir.

Cette mauvaise saillie fut accueillie par de grands éclats de rire et termina la soirée. Nous demandons pardon au lecteur de l'avoir rapportée ; mais, comme elle est historique, nous nous y sommes cru obligé. Nous le prions de ne pas y attacher de l'importance : les propos déplacés d'un méchant garnement de célibataire ne pouvant nuire à la sacro-sainte institution du mariage.

CHAPITRE XIII

L'HOMICIDE

Drehs es e costuma que fols folei.
GÉRARD DE ROUSSILLON.

Qu fouel foulejo , jamaï perde soun temps.
(*Proverbe.*)

De tout temps l'homme a pris un malin plaisir à
tourmenter son semblable , et il ne rit jamais d'aussi bon
cœur comme lorsqu'il est parvenu à rendre quelqu'un
ridicule. Ce sentiment inhumain s'explique par le secret
penchant que nous avons à nous réjouir du mal d'autrui.
Cette observation , qui n'est pas nouvelle, nous a fait
prendre en singulière pitié l'aberration dans laquelle
sont tombés deux fois les hommes qui gouvernaient la
France , quand ils inscrivirent le mot de *Fraternité* sur
ses drapeaux. Ce mot existe bien , mais l'idée qu'il représente n'a jamais été réalisée. Nous défions qu'on nous
montre quelque part la prétendue fraternité humaine en
exercice. Partout, au contraire , nous voyons un antagonisme ardent , des inimitiés implacables et invétérées ,

non seulement de race à race, de nation à nation, mais de concitoyens à concitoyens. La main qui devrait me secourir se lève contre moi; en retour, je me tiens en perpétuelle défiance de mon voisin. Non, la fraternité n'a jamais habité la terre; on ne l'y rencontre nulle part. Celle du sang est souvent absente de la famille; et, cependant, où trouver une plus étroite solidarité que celle qui devrait unir les enfants du même père? Fraternité! vain mot! expression creuse, vide de sens, bonne pour tromper les gens irréfléchis, et que l'observateur rejette de son vocabulaire. Ah! qu'il connaissait bien notre espèce celui qui a dit que, s'il avait la main pleine de vérités, il se garderait de l'ouvrir! Celui-là savait ce que vaut la fraternité parmi les hommes!

La même raison qui, d'après un moraliste, nous fait prendre plaisir à la vue des malheurs dont nos amis sont affligés, nous engage à inventer mille manières de tourmenter nos semblables en les mortifiant. C'est ce qu'on appelle mystifier les gens; d'où est venu le mot mystification, l'une des expressions les plus énergiques de notre langage. L'idée appartient à tous, car elle est aussi naturelle à l'homme que le besoin de boire et de manger, mais le mot qui l'exprime est d'origine provençale. Nous le revendiquons pour l'honneur de notre langue dans laquelle de fiers dialectes ont *larroné* (1).

Parmi les nombreuses mystifications usitées en Provence, il en est une qui a servi à amuser nos ancêtres, et

(1) *Mistous*, adjectif signifiant honteux, confus. *Mistous facere*, rendre confus, mystifier.

qui est fort ancienne, par conséquent ; car ce qui est
mauvais est vieux, par la raison que le mal est plus
conforme à notre nature ; tandis que tout ce qui est bon
est récent, par la raison inverse. Le bien, en effet, n'est
qu'une plante de serre chaude dont la croissance est infiniment lente. Quant à la mystification dont il s'agit et
que nous transmettrons sans aucun doute à nos descendants, elle est excessivement divertissante pour ceux qui
la font, c'est à donner le fou rire ; mais elle est atroce
pour ceux qui la souffrent. Voici comment on l'inflige.

Des jeunes gens, car il est rare que des hommes sensés
se livrent à un pareil exercice, des jeunes gens, disons-
nous, attachent fortement au bout d'un long bâton un
grand cercle en bois, tel que ceux dont les enfants se
servent pour jouer. Puis, pendant la nuit, au moment
où chacun est plongé dans le plus profond sommeil, ils
courent par la ville, éveillent les gens, les engagent,
sous un prétexte quelconque, à paraître à la fenêtre, et
à mesure que le dormeur, éveillé en sursaut, met la tête
à la croisée, ils le happent en lui passant le cercle autour
du cou, fixent son menton sur la plate bande de la fenêtre et le retiennent prisonnier. Il est impossible à
une-personne ainsi prise de se dégager sans le secours
d'autrui.

Cette opération n'est que le premier acte de la comé-
die ; car nous n'avons décrit que les préliminaires. Le
complément, qui est la partie la plus agréable de la farce,
vient immédiatement après. Dès l'instant que la victime
désignée est prise et solidement enchaînée par le cercle
perfide, un complice arrive, non point porteur de cou-

ronnes de fleurs pour le sacrifice, mais armé d'une longue perche au bout de laquelle sont attachés des chiffons que l'on a eu soin de traîner dans la boue des rues. On se sert ordinairement pour cela d'un ustensile employé par les boulangers à nettoyer le four avant d'enfourner le pain, lequel ustensile se trouve toujours à la porte du four, planté dans un baquet rempli d'eau sale et croupissante. Cet instrument se nomme *patailloun*.

On devine maintenant l'usage du *patailloun*. Il sert à barbouiller vigoureusement le pauvre mystifié ; et quand l'opération est dûment accomplie, les mystificateurs passent à une nouvelle victime. Nous laissons à penser les cris, les vociférations de ceux qui sont ainsi traités.

La fortune, qui était lasse de protéger Bertrand Chicholet, permit que, le soir même, des jeunes gens, ayant fait partie de la bande des enfants perdus qu'il avait commandés, fissent le projet de se réjouir aux dépens de leurs concitoyens en savonnant la figure de ceux qui seraient assez mal avisés pour se laisser prendre. Les préparatifs de l'expédition étant d'une extrême simplicité, furent bientôt faits. A une heure après minuit, moment où le sommeil est le plus profond et où ils avaient peu de chose à craindre des nonces, ils se mirent en marche ; l'un portant le traquenard, l'autre le *patailloun*. Les autres complices venaient à la suite.

Les choses se passèrent à leur entière satisfaction. Ils attrapèrent plusieurs personnes auxquelles, malgré leurs cris, on ne fit pas faute du *patailloun*. Malheureusement pour les rieurs, ils ne pouvaient faire qu'une victime par quartier, parce que les cris de ceux qu'ils prenaient au piége mettaient en émoi toute la rue. Mais cela suffisait pour les entretenir en belle humeur.

Jusque là ils n'avaient pris que du frétin, criant beaucoup , mais dont la capture offrait peu de gloire ; quand l'un d'eux proposa d'accrocher maître Giraud Avon , le sous-viguier , qui était leur bête noire. La proposition fut adoptée sans contradiction. Rien ne pouvait leur plaire mieux que la mystification d'un officier de police.

La bande joyeuse se transporta , en conséquence, devant la maison de maître Giraud Avon. On l'éveilla , on l'engagea à paraître à la croisée , en se plaignant que des mauvais sujets faisaient du bruit dans une taverne , et, en un tour de main , il fut pris par le cou ; son menton fut , pour ainsi dire , rivé sur la fenêtre , et l'onction commença. On lui administra comme il faut du *patailloun* , qu'on avait préalablement traîné par les rues. On le barbouilla à haute dose , ce qui était la preuve qu'on avait pour lui une fort grande considération.

On n'a pas besoin de demander si maître Giraud Avon cria. Il cria , il vociféra même au point d'éveiller tout le quartier , ce qui n'abrégea pas son supplice d'une seconde. Ses bourreaux ne lui firent pas grâce d'un coup de pinceau et ils ne le lâchèrent que lorsque l'exécuteur fut fatigué de frotter. Il sortit de leurs mains dans un piteux état , car on lui avait couvert la face d'un masque d'ordures. Il eut fort à faire à se laver.

A force d'eau , il reprit néanmoins figure humaine. Mais la Durance entière n'aurait pas suffi à éteindre son ressentiment. Il n'osa pas sortir pour arrêter les drôles qui l'avaient mystifié , car il craignait de recevoir un

coup de couteau , ce qui n'aurait pas manqué d'arriver.
Il fut obligé de ronger son frein , tout en jurant de se
venger. Il tint parole. Malheureusement pour lui , il se
trompa en croyant reconnaître un de ses persécuteurs.
Par une coïncidence fatale , l'homme qui tenait le cercle
avait quelque ressemblance avec Bertrand Chicholet pour
la taille et la tournure, et, comme on ne prête qu'aux
riches , il s'ensuivit que le sous-viguier mit le fait sur le
compte du pauvre Bertrand , alors que celui-ci dormait
tranquillement , et sans songer à mal , dans son lit. Pour
la première fois de sa vie , il allait être poursuivi à tort.

Les mystificateurs continuèrent leur route, en riant aux
éclats de l'impuissante colère de maître Giraud Avon, et
ils passèrent à de nouveaux exploits. Ils prirent encore
quelques pauvres diables assez simples pour se mettre
sans précaution à la fenêtre , et ayant ri tout leur soûl ,
ils se disposaient à se retirer. A ce moment , ils passaient
devant la maison de Jean Ayméric. L'idée leur vint d'y
frapper. On l'appela à haute voix, le priant de se lever
pour affaire pressante ; si bien que maître Jean , un œil
ouvert , l'autre fermé , bâillant à se défaire la mâchoire ,
se mit insoucieusement à la fenêtre. Aussitôt il fut pris
par le cercle , et le *patailloun* fit son office.

A leur grande surprise, et contrairement à ce qu'ils
avaient vu jusqu'alors , maître Jean Ayméric ne prononça pas un mot. Il supporta le traitement qu'on lui
faisait subir avec l'impassibilité que l'on met d'ordinaire
à se faire raser. Ce stoïcisme abrégea son supplice. Quand
il fut dégagé , il leur dit :

— Ne bougez pas ! Je vais vous envoyer ma femme.

C'était un acte de haute politique de la part de maître Jean : la suite le prouva bien.

Fizas avait entendu les cris poussés dans la rue ; l'appel de son mari avait frappé ses oreilles ; mais le bruit n'ayant pas suffi pour l'éveiller complètement, elle ne savait rien de ce qui s'était passé. En effet, des deux côtés on avait procédé dans le plus profond silence. Elle continuait donc à sommeiller. Son mari l'éveilla tout à fait en lui disant qu'il s'était trompé et que c'était elle que l'on demandait.

La trop confiante et crédule Fizas, croyant en plein au diabolique mensonge de maître Jean, se leva pour savoir quelle affaire si pressante la faisait éveiller au beau milieu de la nuit. A peine eut-elle mis la tête à la fenêtre en disant : *Qu'es aco* (1) ? qu'elle fut prise et se trouva livrée sans défense au contact impur du *patailloun*.

Dire qu'elle cria, ce n'est pas assez dire. Elle rugit, mugit, glapit sur tous les tons, tout autant que le *patailloun* lui laissait la parole libre. Elle ne pouvait pousser que des cris inarticulés, car il n'est pas facile de tenir une conversation suivie quand on a le menton solidement fixé sur la plate-bande d'une croisée. On comprenait cependant qu'elle invoquait Dieu, la Vierge et les Saints, et qu'elle appelait son mari à son aide. Mais le traître Jean, occupé à se débarbouiller, ne faisait nul cas de son appel. En même temps, elle se démenait de toutes ses forces, agitant les bras et les jambes dans l'espoir de se dégager. Vain espoir ! Fizas dut avaler le calice jusqu'à

(1) Qu'est-ce ?

la lie, c'est-à-dire recevoir un enduit complet. Malgré ses cris de pie-grièche, on la frotta en conscience. Puis, les malfaiteurs, rassasiés de mystifications, jetèrent leurs instruments de chasse au milieu de la rue et s'enfuirent en se tenant les côtes. Ils ne se souvenaient pas d'avoir assisté à un spectacle aussi bouffon et aussi désopilant que celui d'un mari aidant à mystifier sa femme.

Nous avons dit que maître Jean Ayméric était bon homme. Cependant il avait au fond un levain de machiavélisme, ainsi que le prouva sa conduite en cette circonstance. Pendant qu'on le barbouillait, il lui vint à la pensée que, s'il avait le malheur de se montrer à sa femme dans l'état où on l'avait mis, il était un homme à peu près perdu, et qu'il lui serait dorénavant impossible de vivre en paix dans le domicile conjugal. En effet, on comprend qu'à la moindre contrariété, Fizas lui aurait jeté à la tête l'histoire du *patailloun*. L'idée lui vint, et cela par une sorte d'intuition, qu'il fallait égaliser les chances en faisant subir à Fizas un traitement pareil à celui qu'il venait d'endurer.

Mais la ruse diabolique de maître Ayméric eut des conséquences auxquelles il ne s'attendait pas, ainsi qu'il arrive à tous les inventeurs. Il avait cru se mettre sur le pied de l'égalité avec sa femme dans les contestations futures, et il se trouva que tous les avantages se tournèrent de son côté. En effet, Fizas, humiliée du tour que lui avait joué son mari, n'osa plus élever la voix. Son caractère acariâtre s'adoucit, son amour de la contradiction et son obstination disparurent en grande partie. Cependant la cure ne fut pas et ne pouvait pas être radicale;

mais s'il lui restait quelque chose de l'ancien levain,
si un feu latent couvait sous la cendre, un geste suffisait
pour empêcher le ferment de se développer et pour faire
avorter l'explosion. Au premier cri sortant du diapason
ordinaire, poussé par Fizas, maître Jean Ayméric portait la main à son menton et faisait le geste d'un homme
auquel on savonne la barbe avant de le raser. Il y en avait
assez pour ramener le calme. La voix de Fizas rentrait
subitement dans le ton normal ; l'éclair de ses yeux, signe précurseur de l'orage, se changeait en une expression d'angoisse ; et elle redevenait à l'instant douce
comme un agneau. Les seuls symptômes de la contrainte
qu'elle s'imposait se trahissaient par le mouvement de
rotation plus accéléré qu'elle imprimait à son fuseau, ou
par un coup de pied allongé au chat, devenu son souffre
douleur. Cette conversion subite fit beaucoup jaser les
voisins. Quelques-uns d'entre eux offrirent de parier
qu'elle ne serait pas durable. Mais ils furent obligés de
faire amende honorable quand ils virent Fizas persister
dans ses bonnes résolutions. Ceux-là se vengèrent de
l'échec reçu par leur sagacité en disant que, depuis cette
nuit mémorable, Fizas avait acheté le *silence* (1). Quant
à maître Jean Ayméric, grâce à sa présence d'esprit, il
put finir ses jours en paix.

Le mal eût été petit si les conséquences de la mystification s'étaient arrêtées là, car l'eau pouvait en faire disparaître toutes les traces. Mais il s'aggrava par la faute

---

(1) *Avie croumpa un beou chut.* — Littéralement, elle avait acheté
un beau chut.

du sous-viguier, que la colère aveuglait et qui brûlait
de se venger. Le lendemain, il dénonça au juge le fait
malpropre et irrévérentiel qu'on avait pratiqué sur sa
personne, et il désigna positivement Bertrand Chicholet,
comme en ayant été l'auteur principal. Bien que l'obscurité l'eût empêché de le reconnaître avec certitude, il
prétendait que lui seul, à Manosque, était capable de
concevoir et d'exécuter un pareil projet.

Il n'en fallait pas tant pour mettre la justice aux trousses
du pauvre Bertrand, surtout après la marche aux lanternes de la veille. Le juge, accoutumé à le voir figurer
dans toutes les mauvaises affaires, ne douta pas un instant qu'il n'eût participé à celle qu'on lui dénonçait. Un
nonce du tribunal fut aussitôt expédié vers lui, afin de le
citer à comparaître pour l'après-midi, à l'heure où le juge
vaquait aux devoirs de sa charge.

Le nonce, après l'avoir vainement cherché par toute la
ville, finit par le trouver chez Boniface de Forcalquier,
où il déjeunait paisiblement. Aux termes de sa mission,
il le somma d'avoir à se présenter devant le juge, et
l'instruisit en même temps du fait pour lequel il était
poursuivi.

Cette fois Bertrand Chicholet demeura confondu. Il ne
concevait pas qu'on pût mettre à sa charge un délit que
d'autres avaient commis. A la vérité, il connaissait le
proverbe portant *que voou mies bouen bru que bouen
vin* (1), et il se doutait bien un peu que sa mauvaise

---

(1) Mieux vaut bon bruit (réputation) que bon vin. En d'autres
termes : Mieux vaut bonne renommée que ceinture dorée.

réputation lui valait ce désagrément. Mais cela n'empêchait pas tout son être de se révolter à la pensée de l'injustice qui se préparait. Il n'ignorait pas que, pour lui, être cité et être condamné, c'était absolument la même chose.

En général, l'homme subit, sans trop murmurer, le châtiment qu'il a mérité ; mais rien ne l'indigne autant que l'injustice. Plus on est perverti, plus on y est sensible ; car le criminel se dit que c'est bien assez de subir la peine de ses propres fautes, sans payer pour celle des autres. Ce fut ainsi que raisonna Bertrand Chicholet. Il ne se plaignit pas quand on le cita pour le sortilége pratiqué envers Jean Aymeric et sa femme, et il jeta les hauts cris à l'accusation portée contre lui par maître Giraud Avon. Il protesta de son innocence devant le nonce, prenant Dieu à témoin de ce qu'il avait passé la nuit dans sa maison.

Boniface de Forcalquier l'interrogea sérieusement. A toutes ses demandes, Bertrand fit invariablement la même réponse, à savoir : qu'il avait regagné son domicile immédiatement après avoir quitté George Arnaud et Elzéar Raspaud ; qu'il s'était couché tout de suite, et qu'il avait tranquillement dormi jusqu'à sept heures du matin. Il s'exprimait avec tant de véhémence et avec un tel accent de franchise, que Boniface de Forcalquier dut ajouter foi à ses assertions. Restait à savoir si le juge aurait la même confiance en Bertrand Chicholet qui, malheureusement pour lui, ne pouvait prouver un alibi.

Faut-il avoir du guignon ! s'écria-t-il ; la seule fois que j'agis en homme rangé et que je me couche de bonne

19

heure, il m'en advient du désagrément. Si j'avais passé la nuit à la taverne, occupé à faire danser les dés, je pourrais prouver que je suis innocent de l'accusation portée contre moi. Au lieu de faire le libertin, je me retire tranquillement, et voilà que l'on m'accuse d'avoir joué un mauvais tour au sous-viguier. Il n'y a pas de justice en ce monde !

Les plaintes ne remédiaient à rien. Bertrand Chicholet, exaspéré, furieux, fut obligé, dans l'après-midi, de comparaître devant le seigneur Pierre Fouquier, juge ordinaire de Manosque. Il répéta au magistrat ce qu'il avait déjà dit à Boniface de Forcalquier, et prit de nouveau le ciel à témoin de son innocence. On n'en voulut rien croire, car la justice n'acquitte guère *à priori*, surtout quand il s'agit de gens de la trempe de Chicholet. Maître Arnaud Agréna, qui avait fait agréer son assistance par le prévenu, plaida chaleureusement pour lui. Il donna une foule de raisons plus ou moins plausibles; mais jamais il ne put trouver la bonne, celle qui, seule, pouvait répondre victorieusement à l'accusation portée par maître Giraud Avon, c'est-à-dire prouver l'emploi que Chicholet avait fait de la nuit précédente. Maître Arnaud dut abandonner l'espoir de faire renvoyer immédiatement son client des poursuites et se borner à suivre l'information que le juge ordonna. Il nous reste de lui un mémoire qu'il présenta à cette occasion. Il commence, dans cette pièce, par combattre, à l'aide d'arguments tirés du digeste et du code, l'accusation portée contre son client; il énonce ensuite les faits au moyen desquels il prétend démontrer son innocence, et finit par donner les noms des témoins qu'il se propose de faire entendre. Mais il était décidé d'avance que les efforts de maître Agréna seraient infructueux, et qu'il perdrait sa peine ainsi que ses honoraires.

Le seigneur Pierre Fouquier écouta donc avec l'incrédulité la plus complète la justification de Bertrand Chicholet et l'argumentation de son avocat. Loin de se laisser toucher par l'accent de vérité du prévenu, il dit qu'il serait informé du fait qui lui était imputé, et ordonna qu'il garderait les arrêts dans le palais, c'est-à-dire qu'il y tiendrait prison, jusqu'au jugement, à moins qu'il ne fournît une caution de dix sous provençaux. Boniface de Forcalquier, qui avait prévu ce résultat, déposa à l'instant la somme sur le bureau, et, prenant Chicholet sous le bras, il l'emmena presque de vive force chez lui. Il craignait qu'il ne se portât à quelque acte de violence envers Giraud Avon, présent à l'audience. Chicholet et lui se mesuraient de l'œil, et il était hors de doute qu'ils en viendraient aux mains, si on les laissait ainsi face à face.

Mais on a beau faire, personne ne peut fuir son destin. Il arriva que, dans la soirée, au moment de la sonnerie du guet, Boniface de Forcalquier dut se rendre chez le chevalier Raymond de Reillanne. Avant de s'éloigner, il supplia Bertrand Chicholet de ne pas sortir. Celui-ci le lui promit, et Boniface le laissa dessus sa bonne foi.

La visite fut longue. Bertrand, abandonné à lui-même, supporta d'abord assez bien la réclusion. Puis, la solitude lui pesant, il se mit sur la porte et s'occupa à causer avec les voisins et à regarder les gens revenant des champs. Enfin, un camarade venant à passer, l'emmena faire un tour de promenade sur la place des Terraux.

A son retour, la nuit était close. Cependant, il restait assez de clarté pour pouvoir reconnaître les gens. Un malin génie voulut que, juste au moment où Bertrand Chicholet passait devant l'église de Notre-Dame, il se trouvât face à face avec Giraud Avon. Les deux ennemis se mesurèrent du regard et s'abordèrent dans des dispositions réciproquement hostiles.

— Maître Giraud, demanda Chicholet, comment osez-vous soutenir que j'étais du nombre de ceux qui vous ont injurié la nuit dernière, tandis que dans ce moment j'étais couché chez moi ?

— Parce que c'était toi qui tenais le cercle, répondit maître Giraud : je t'ai fort bien reconnu.

— Vous vous trompez. Vous avez mal vu dans l'obscurité, reprit Bertrand, et, sur la foi d'une ressemblance trompeuse, vous accusez un innocent qui, malheureusement pour lui, ne peut pas se défendre. C'est une mauvaise action : vous vous en repentirez.

— Comment ! tu oses encore me menacer, s'écria le sous-viguier, après m'avoir traité comme le dernier des hommes ! Mais j'aurai raison de toi malgré toutes tes menaces. Les gens de ton espèce ne me font pas peur !

— Les gens de mon espèce ne commettent pas d'injustice, répliqua Chicholet : avant d'accuser, ils s'assurent qu'ils ont raison. Ils ne font pas comme vous qui, sur un soupçon, traînez un pauvre diable devant le juge. Mais on connaît le motif qui vous fait agir !

— Que veux-tu dire, fit le sous-viguier, en se rapprochant de son adversaire ?

— Je dis, reprit Bertrand, exaspéré, que vous accusez

ainsi à tort et à travers pour amener les gens à composition, ce qui vous est sévèrement défendu. Ce n'est pas
l'amour de la justice qui vous fait agir, c'est l'amour de
l'argent.

— Drôle! dit le sous-viguier, le saisissant au collet;
tu vas me suivre et venir devant monsen le bailli.

— Je ne marcherai pas, répondit Chicholet. Lâchez-
moi, maître Giraud! lâchez-moi!

— Tu marcheras, reprit Giraud Avon, en le traînant:
il ne sera pas dit qu'on m'injuriera impunément.

— Tu le veux? dit Chicholet: Eh bien! tu seras satisfait! En même temps, sortant le couteau de sa poche,
il en porta un coup au malheureux sous-viguier qui ne
s'attendait pas à cet acte audacieux d'agression. Frappé
au cœur, il poussa un seul cri, et tomba comme fou-
droyé.

Quelques personnes qui avaient assisté de loin à la
querelle, accoururent en voyant tomber le sous-viguier.
On cria au meurtre! à l'assassin! On releva Giraud Avon;
mais déjà la vie avait fui: ce n'était plus qu'un corps
inanimé. Des gens de bonne volonté le transportèrent
chez lui, escortés par les voisins portant des flambeaux!
George Arnaud et Elzéar Raspaud rencontrèrent le cortége funèbre. Ils demandèrent des explications. En deux
mots on les mit au fait, et ils coururent chez Boniface de
Forcalquier pour lui faire part de ce fâcheux événement!

Le premier soin de Bertrand Chicholet, après avoir
poignardé maître Giraud Avon, fut de décamper au plus
vite. Il se jeta dans une de ces rues tortueuses conduisant
à la porte d'Aubète, fit le tour de ce quartier, et, remon-

tant vers le Soubeyran , il vint se réfugier chez Boniface
de Forcalquier. Il agissait ainsi afin de dépister ceux qui
auraient pu le poursuivre. Pour mieux dissimuler ses
démarches, il entra par la porte du jardin qui s'ouvrait
sur le rempart.

La position de Bertrand était éminemment critique: il
fallait fuir sans tarder ; car, d'un moment à l'autre , le
bailli pouvait se présenter, assisté de ses nonces, servants
et recors, cerner la maison , y pénétrer et arrêter le criminel. Mais la fuite était difficile. Il n'était pas question
de se présenter aux portes de la ville, fermées depuis
longtemps. C'eût été courir à sa perte ; car on l'aurait infailliblement arrêté. Il n'y avait d'autre parti à prendre ,
si ce n'est de franchir le rempart ; opération hasardeuse,
attendu qu'on pouvait être surpris en l'exécutant. Cependant, c'était l'unique voie de salut.

On se tromperait beaucoup en croyant que le crime commis par Bertrand Chicholet devait le priver de l'amitié de
Boniface de Forcalquier. Indépendamment de l'affection
fraternelle qui les unissait depuis leur enfance, et de la
reconnaissance pour les services rendus récemment par
Bertrand ; on ne tenait pas la vie humaine à si haut prix,
qu'on dût se brouiller inévitablement avec un meurtrier.
A cette époque, on prenait une maison d'assaut, on forçait une femme, on assassinait son ennemi avec aussi
peu de scrupule qu'on en met aujourd'hui à se donner
une bonne volée de coups de poing. Nous avions bien
ouï parler de la férocité des mœurs pendant le moyen-
âge ; mais nous n'y avons cru qu'après en avoir eu des
preuves convaincantes. Nous avons constaté , à notre

grande surprise, que sur cent affaires criminelles, il y en avait au moins vingt-cinq, sinon la moitié, où il s'agissait de blessures faites à coups de couteau, de sabre, de lance ou d'épée. Il s'ensuivait que la plupart de ces blessures avaient une terminaison funeste.

Le meurtre d'un simple particulier était peu de chose dans l'opinion publique ; mais celui d'un officier de police n'était rien du tout, surtout s'agissant de maître Giraud Avon, lequel n'était pas, de bien s'en faut, le Benjamin de la population de Manosque. Par ces divers motifs, l'accueil que Bertrand Chicholet reçut chez Boniface de Forcalquier ne fut ni moins amical, ni moins empressé qu'auparavant. George Arnaud et Elzéar Raspaud, qui se souciaient fort peu que le sous-viguier fût mort ou vivant, lui tendirent franchement la main. Quant à Bertrand, il ne paraissait pas précisément bourrelé de remords.

— Tu as été trop vite, ami Bertrand, lui dit Elzéar Raspaud ; il ne fallait pas tuer ce drôle-là en présence de tant de monde.

— Que voulez-vous ! répondit Bertrand ; ce n'était pas mon intention ; mais il m'a saisi au collet et a voulu me traduire devant le bailli. Alors le sang m'est monté à la tête, et je n'ai plus été maître de moi.

— Bah ! bah ! petit malheur, fit George Arnaud. Pour un sous-viguier mort, l'office ne restera pas vacant. Il ne manquera pas de postulants pour le remplir. Mauvaise herbe pousse toujours. Le plus fâcheux, c'est qu'il faut que Bertrand parte, et tout de suite ! Il ne sera en sûreté qu'après avoir quitté Manosque ; car il ne faut pas se flatter de pouvoir composer pour le meurtre d'un officier du bailliage.

— Ce n'est que trop vrai, répondit Boniface de Forcalquier ; mais comment s'y prendre pour le faire sortir
de la ville ? Les portes sont fermées à cette heure, et,
fussent-elles ouvertes, Bertrand ne peut s'y présenter, car
on l'arrêterait. C'est à en perdre la tête.

Effectivement, le pauvre Boniface n'avait plus la tête
à lui. L'idée d'une séparation, qu'il savait devoir être
éternelle, lui navrait le cœur en même temps qu'elle le
privait de son jugement. Il ne pensait plus et n'était guère
meilleur pour agir.

Mais George Arnaud avait conservé son sang froid. Il
en donna instantanément la preuve. Accompagné de Raspaud et de la vieille servante, il se mit à fureter dans la
maison, à la recherche d'une corde propre à remplir son
dessein, et finit par s'emparer de celle qui servait à monter le foin dans la grange. A sa prière, Raspaud roula
le *liban* (1) sur lui-même, le chargea sur ses épaules et
les deux amis descendirent au rez-de-chaussée.

— Maintenant, dit George Arnaud, il s'agit de vider
nos poches dans celles de Bertrand, de l'armer, de lui
donner à manger pour ce soir, et de le descendre ensuite
tout doucement au pied du rempart. Allons, dépêchons !

Ces préliminaires furent remplis en un tour de main.
Puis, les quatre jeunes gens passèrent dans le jardin,
dont l'étendue était beaucoup plus considérable qu'elle
n'est aujourd'hui. Cette circonstance favorisa l'évasion,
car, plus les habitations étaient éloignées, moins il y
avait de danger d'être découvert.

(1) On nomme ainsi cette espèce de corde.

Les adieux entre Boniface de Forcalquier et Bertrand Chicholet furent touchants, affectueux, passionnés. Les deux frères de lait se jetèrent en sanglotant dans les bras l'un de l'autre et se tinrent pendant longtemps étroitement embrassés. Ils semblaient avoir oublié qu'un immense danger pesait sur la tête de l'un d'eux. Mais George Arnaud était là pour veiller à la sûreté de l'exilé. Il les sépara et les poussa vers le rempart.

Elzéar Raspaud, instruit par son ami, avait déjà pris ses dispositions. Il saisit la corde dans ses mains robustes, la déroula jusqu'à ce qu'elle eût atteint le pied du mur, et Chicholet, s'y suspendant, descendit dans le vide. En un instant, il toucha le sol.

— Adieu, frère ! adieu! dit la voix sanglotante de Boniface de Forcalquier.

— Adieu, ami ! ajoutèrent Arnaud et Raspaud.

— Bonsoir, frère ! Adieu, mes bons amis! répéta Bertrand. Puis, les trois jeunes gens, penchés sur le rempart, virent une forme noire courir, s'élancer et disparaître dans les profondeurs du vallon de Drouilhe.

On ne revit jamais Bertrand Chicholet.

CHAPITRE XIV

CONCLUSION

Lat l'espozet lo cums a loin venou
De son cors e d'anel d'aur et d'argen ,
E det-lhi tot en oscle son chasamen
E quant que conqueria a son viven.
Gérard de Roussillon.

Qu'aissi cum de recaliu
Ar m'en ven fregz , ar calors ;
E quar es gaj' et isnela
E de totz mals albs piucela ,
L'am mais , per saint Raphaël,
Que Jacobs no fetz Rachel.
Peire Vidal.

Un mois environ après les événements que nous venons de raconter, la ville de Reillanne était en liesse. Boniface de Forcalquier, au comble de ses vœux, conduisait sa maîtresse à l'autel, au milieu du concours empressé de la population, et accompagné d'une suite nombreuse de parents et d'amis des deux familles. On remarquait notamment dans le cortége, Guillaume Auger de Forcalquier, seigneur de Céreste, qui était alors le chef de cette illustre famille.

George Arnaud et Elzéar Raspaud ne firent pas défaut à l'invitation que leur adressa leur ami Boniface de Forcalquier. Ils méritaient cette distinction par les services qu'ils lui avaient rendus. Les deux jeunes gens reçurent de toutes parts un accueil empressé, tel qu'il dut satisfaire leur amour-propre. Les convives connaissaient, jusque dans ses moindres détails, la conduite honorable qu'ils avaient tenue dans le combat livré naguère à Manosque devant la porte Guillien-Pierre. On leur avait parlé de leur bravoure, de leurs efforts pour préserver Ayssalène de Reillanne du danger de tomber entre les mains des aventuriers. C'était plus qu'il n'en fallait pour leur assigner une place distinguée dans cette reunion d'élite.

Il était un troisième personnage, dont l'absence empoisonnait le bonheur de Boniface de Forcalquier. Celui-là, nous n'avons pas besoin de le nommer. Le départ précipité de Bertrand Chicholet, l'incertitude où l'on était sur son compte, les dangers qu'il courait, la crainte de ne le revoir jamais, agissaient tour à tour sur son esprit, déchiraient son cœur, troublaient ses rêves, et l'avertissaient qu'ici bas il n'est pas de bonheur sans mélange. La douleur de la séparation était aussi vive qu'au premier jour, car le temps n'avait pas encore fait son office consolateur. L'excellent Boniface aurait donné la moitié de sa fortune pour que son fidèle frère de lait pût assister à sa noce et lui voir conduire Ayssalène à l'autel, ainsi qu'il en avait témoigné le désir. Il lui fallait renoncer à cette satisfaction. Bertrand était banni, errant, abandonné et jeté seul et sans ressources dans un monde ennemi. Il y avait des instants, alors que la gracieuse figure d'Ayssalène n'était pas sous ses yeux, où les angoisses éprouvées par Boniface de Forcalquier devenaient intolérables.

Un autre invité, que sa situation dans le monde, reléguait sur le dernier plan et forçait à se tenir dans l'ombre, suivait la noce de loin. C'était Guillaume Maurel, le mange *saoumo*, regardant d'un œil ravi, les somptueuses parures des convives, et aspirant avec délices les suaves émanations de la cuisine. Il dut à sa bravoure dans une récente occasion, ainsi qu'à la reconnaissance de Boniface de Forcalquier, l'avantage d'avoir pu, une fois dans sa vie, remplir son estomac, mais non point assouvir sa faim. Pendant trois jours que durèrent les noces, il absorba à lui seul la valeur d'un bœuf. Le mange *saoumo* conserva toute sa vie le souvenir de ces mémorables lippées. De retour à Manosque, il en fit plus d'une fois le récit à ses camarades. Il leur décrivit la qualité et la quantité des mets qu'il avait mangés, du vin qu'il avait bu, et il concluait en disant qu'il avait presque connu la satiété.

Les noces furent aussi gaies que le comportait la situation de gens craignant d'être à chaque instant surpris par l'ennemi. Malgré les calamités de l'invasion, Boniface de Forcalquier trouva quelques musiciens qui ne contribuèrent pas peu à divertir l'assemblée. Il y avait parmi eux une jeune femme, nommée Durande Amour, native de Béziers, que les documents dans lesquels nous avons puisé pour composer cet ouvrage, qualifient de femme légère (1). Elle jouait de la flûte. Cette jeune femme, au

(1) *Femina levis.* Il y a longtemps que l'on connaît le mot et la chose.

doux nom, plein d'attrayantes espérances, charma la
société par un talent peu ordinaire.

Un autre industriel contribua aussi à l'amusement des
convives. Il se nommait Rostan Abel, et il exerçait la
profession de bateleur, c'est-à-dire qu'il jonglait sur les
places publiques pour gagner sa vie. Il pratiquait à Manosque sur un théâtre en plein air dressé à la place des
Terraux. C'est là que Boniface de Forcalquier le prit pour
le conduire à Reillanne.

Voilà tout ce que nous avons pu savoir sur les noces
de Boniface de Forcalquier et d'Ayssalène de Reillanne.
Les autres détails ne sont pas parvenus jusqu'à nous.
C'est dommage. A cette époque il devait encore exister
quelques usages curieux, restes du paganisme et remontant peut-être au-delà de la conquête romaine ; car
les habitudes des peuples persistent plus longtemps qu'on
ne croit, et il y en a plus d'une qui compte des milliers
d'années d'existence.

Enfin, on se sépara. Mais avant de clore ce récit, nous
devons faire connaître au lecteur le sort des divers personnages qui y ont figuré.

George Arnaud retourna à Saint-Michel. Il y demeura
quelques années, indécis sur la profession qu'il lui convenait d'adopter. Il ne put se résoudre à prendre celle de
son père, qui était jurisconsulte et qui avait exercé diverses charges de magistrature, dans le ressort de la
viguerie de Forcalquier. Il agit peut-être en vertu du
principe d'après lequel nous choisissons presque toujours
la profession qui nous convient le moins. Enfin, après
beaucoup d'hésitations, il se décida pour l'état ecclésias-

tique vers lequel avaient été dirigées ses études. Il quitta
l'habit de cavalier, mit l'épée de côté, et se dépouillant
du vieil homme, il devint aussi grave qu'il avait été éva-
poré, aussi conciliant qu'il avait été chicaneur, et aussi
croyant qu'il avait été sceptique. Ce changement radical
valut à George Arnaud l'estime générale. Il fit définitivement profession, et devint chanoine au chapitre de
l'église Saint-Mari, de Forcalquier, où il mourut à un âge
peu avancé.

Elzéar Raspaud, au contraire de son ami, demeura
dans le monde. Il se maria et continua à habiter Apt,
résidence de ses ancêtres. Il fut le chef d'une famille honorable qui n'est pas encore éteinte. Il ne nous reste
qu'une chose à dire de lui. Ses voisins remarquèrent, à
leur grand étonnement, qu'il n'eut jamais de chats dans
sa maison. Quand on interrogeait dame Raspaud sur ce
sujet, elle répondait que son mari détestait instincti-
vement les chats; qu'elle avait perdu sa peine à le sermonner sur cette répugnance irréfléchie, et que, malgré
tout ce qu'elle avait pu faire, il s'était toujours absolument
opposé à ce qu'on introduisît quelqu'un de ces animaux
chez lui. Si dame Raspaud avait connu les aventures de
Chicholet, la répugnance de son mari pour les chats
l'aurait infiniment flattée.

Quant à Boniface de Forcalquier, son bonheur aurait été
complet si ce n'avait été le départ forcé de Bertrand Chicholet. Il fut longtemps à s'en consoler, car le sort de son
frère de lait lui tenait au cœur. Plus d'une fois Ayssalène
vit, avec une sorte de jalousie, qu'elle n'occupait pas
toute seule l'affection de son mari. Un jour elle se ha-

sarda à lui en faire des reproches. Boniface de Forcalquier les reçut avec bonté. Il prit sa femme dans ses bras, en l'assurant qu'elle possédait tout son amour; mais il lui dit en même temps que rien ne pourrait arracher de sa mémoire le souvenir de Bertrand Chicholet, de ce pauvre Bertrand, qui lui avait sauvé la vie, et à qui il devait le bonheur de pouvoir la nommer sa femme. Cette réponse, jointe au récit des services que Bertrand avait rendus à son mari, la rassurèrent. Elle comprit qu'il est des sentiments, des devoirs, pourrions-nous dire, contre lesquels il serait impie de lutter et qu'il faut savoir accepter avec toutes leurs conséquences.

Nous avons dit que Bertrand Chicholet ne reparut pas à Manosque. Non seulement on ne l'y revit plus, mais on ignora complètement où il avait passé. On fit mille récits sur son compte. Les uns disaient qu'il s'était réfugié en France, où il avait pris du service. D'autres prétendaient qu'il s'était enrôlé en Guienne sous la bannière du prince noir. Enfin, on affirmait l'avoir vu parmi les aventuriers de la grande compagnie. Mais nul ne savait au juste ce qu'il était devenu, car ces divers récits n'avaient d'autres fondements que les suppositions des oisifs de Manosque.

Le souvenir de Bertrand Chicholet commençait à s'éteindre, quand un événement assez singulier le réveilla plus intense que jamais. Environ quinze ans après sa fuite, un Florentin nommé Pierre Janfilaci, habitant depuis longtemps Manosque où il faisait le commerce, fut obligé de faire un voyage en Italie. Ses affaires l'appelèrent à Milan, qui était alors sous la domination des deux frères Galeas et Barnabo Visconti. Il dut même solliciter une audience de Galeas.

Un jour il était dans l'antichambre du prince, attendant son tour d'admission, quand un individu somp-
tueusement vêtu, à l'allure fière, à la tournure militaire,
traversant la foule des solliciteurs, s'approcha de l'huis-
sier de service à la porte du cabinet de Galeas, lui parla à
l'oreille, et fut immédiatement introduit auprès du prince.

Janfilaci demeura stupéfait. Dans ce brillant officier, il
avait reconnu ou cru reconnaître son ancienne connaissance, Bertrand Chicholet; car celui ci avait trouvé le
moyen de graver son souvenir dans la tête du Florentin,
en contractant dans son magasin une dette que, naturellement, il n'avait pas payée en partant. Or, on n'oublie
jamais ni le nom ni les traits d'un débiteur, de même que
rien ne s'efface plus facilement de la mémoire que le souvenir d'un créancier.

Pierre Janfilaci aurait juré que c'était Bertrand Chicholet qui venait de traverser l'appartement. Cependant
une circonstance le rendait perplexe. Lorsque l'officier
avait passé devant lui, leurs yeux s'étaient rencontrés,
et le regard de l'étranger était demeuré calme et indifférent, tout comme s'il n'avait vu de sa vie maître
Pierre Janfilaci. Mais, à part cette indifférence réelle ou
affectée, c'était bien Bertrand Chicholet, vieilli de plusieurs
années, et avec quelques fils d'argent parsemés sur sa
barbe et sur sa chevelure. Seulement, l'insouciance habituelle du nervi avait fait place à un air de dignité hautain,
que Bertrand Chicholet n'avait jamais eu, et qui boule-
versait toutes les idées du marchand florentin.

Quoi qu'il en soit, l'officier qui avait excité si fortement
l'attention et la curiosité de Janfilaci, ne reparut plus.

Le marchand s'informa de son nom. On lui répondit qu'il se nommait Beltrano della Torre, gentilhomme piémontais, l'un des plus célèbres guerriers d'Italie, et commandant une compagnie d'hommes d'armes au service de Son Altesse Sérénissime le duc de Milan. On ajouta que le signor della Torre était très avant dans les bonnes grâces de Galeas.

Cette nouvelle rapportée à Manosque par maître Pierre Janfilaci y causa une extrême agitation, car il jurait ses grands dieux qu'il avait positivement reconnu Bertrand Chicholet. Les curieux rapprochèrent le rapport de Janfilaci de certaines circonstances qui leur avaient fait croire que Chicholet n'était pas mort, et ils arrivèrent à rendre au moins douteuse la question de sa prodigieuse fortune. Par exemple, on remarqua que Boniface de Forcalquier, dans l'intervalle de six ou sept ans, avait fait deux voyages en Italie : l'un, seul ; l'autre, en compagnie de sa femme ; et on en conclut qu'il était allé voir son frère de lait qui avait fait fortune. On vit en outre Astruge Chicholesse, qui avait gardé son banc pendant les dix premières années de la fuite de son neveu, le vendre et se retirer des affaires, bien que son commerce ne l'eût pas enrichie. On en tira la conséquence que si la Chicholesse, dont toute la fortune consistait en une pauvre maison dans la ville, une petite terre à Saint-Pierre et une vigne au Savel, vivait dans une aisance relative, elle le devait aux secours de son neveu. Les commères de son quartier, ainsi que les oisifs de Manosque, la questionnèrent plusieurs fois à ce sujet. Mais on n'en put rien tirer. Quand on l'interrogeait sur le sort de Bertrand, elle répondait d'une manière évasive, ne niant pas, mais n'affirmant jamais. Elle vécut longtemps encore, car sa mort n'eut lieu qu'en 1390. Pendant tout ce temps, elle se maintint dans sa prudente réserve. Les sages prétendus, ceux qui croient qu'une femme ne peut garder un secret, finirent par en conclure que maître Pierre Janfilaci s'était mépris, et qu'il avait été égaré par une trompeuse ressemblance.

Un seul homme au monde aurait pu expliquer ce mystère : c'était Boniface de Forcalquier. Mais il ne parla jamais de son frère de lait. Il mourut plein de jours, emportant avec lui dans la tombe le secret de la destinée du dernier des Chicholet.

TRADUCTIONS.

TRADUCTIONS

EPIGRAPHE.

Que l'homme ne connaît tant doux repaire
Comme du Rhône jusqu'à Vence ,
Comme celui qui limite la mer et la Durance ,
Ni où aussi fine joie s'éclaire.

CHAPITRE PREMIER.

Tant vont par leurs journées la grande cavalerie.
Ils passent villes et bourgs , et bois et prairies ,
Et ils entrent dans la terre de la gent payenne ;
Ils brûlent villes et bourgs , ils ne laissent rien en chemin.

CHAPITRE II.

Au nom de Dieu le père qui doit tous nous juger ,
Et de la douce Vierge sous laquelle on doit se réfugier ,
Je commence ma chanson et veuillez l'écouter ,
Que c'est une vraie histoire et digne de louanges.
L'histoire fut trouvée à Paris, sous l'autel ,
Un moine nommé Richier la trouva
Au monastère de Saint-Denis , sous l'autel.
Seigneur, à présent écoutez , s'il vous plaît , et entendez
Chanson véritable. Meilleure vous n'entendrez ,
Que ce n'est pas mensonge , au contraire c'est fine vérité.
J'en donne pour témoins évêques et abbés ,
Clercs , moines , apôtres et les saints honorés.

CHAPITRE III.

Droit , ni loi , ni justice vous ne tenez ;
Vous vous moquez de l'homme qui se plaint à vous :
C'est le pire défaut que vous avez.

CHAPITRE IV.

Cependant voilà Floripar , la fille de l'Almiran.
Jamais l'homme ne vit plus gentille donzelle.
De sa forme je vous dirai vérité.
Elle a le corps beau , droit et bien constitué ;

Elle avait la chair plus blanche qu'ivoire poli ,
Et la figure vermeille comme rose en été ,
Et la bouche petite , et elle tient les dents serrées ,
Qui étaient plus blanches que neige quand il a gelé.
Elle ceint une ceinture de soie de baudrat :
La boucle en était riche de fin or épuré.
L'homme qui la ceindra n'aura pas le poil mêlé ,
Et d'aucun venin il ne sera empoisonné.
Et s'il avait jeûné trois ou quatre jours ,
Son corps serait complètement rassasié.

CHAPITRE V.

Seigneur , oui , dit Richard ; n'en doutez pas :
Dans Agramont ils sont dans une tour fort grande ,
Et les y tiennent assiégés trois cent mille payens.
Ils vous font savoir par moi que vous les secouriez.
Ils ont avec eux la fille de l'Almiran ,
Une gentille donzelle , au corps bien fait.
Il y a là un passage qui est fort bien fait ,
Devant la ville de Martiple qui est forte et bien située ,
Et il y a un grand pont et une tour garnie ,
Et devant la tour une porte munie.
La porte est pourvue de quatre barres de fer ,
Et de chaînes faites avec adresse.

CHAPITRE VI.

« Seigneurs , dit Floripar , ne nous épouvantons pas :
« Car j'éteindrai tout de suite le feu. »

Elle se fait apporter à l'instant du lait de chamelle :
Elle le mêle avec du sel et du vinaigre ,
Et elle le jette sur le feu , si bien qu'elle l'éteint.
Il mourut à l'instant , et ne peut plus nuire.

CHAPITRE VII.

Quand Floripar l'entend , elle manqua perdre le sens.
Par Mahomet , glouton , dit-elle , vous parlez comme un fou.
Sachez que je vous en ferai payer le loyer.

CHAPITRE VIII.

Les bourgeois de Moyssac virent l'armée camper
Sur la rive du Tarn , entour d'eux , sur le gravier ;
Certes , ce n'est pas merveille , s'ils se mirent à trembler.
Au point du jour , quand paraît la clarté ,
Là dans la maison commune , il y a assez
Des meilleurs de la ville , des puissants et des honorés ,
Chevaliers et bourgeois , et la communauté ,
Et quand ils furent réunis et que le murmure fut apaisé ,
L'abbé de Saint-Cernin parla le premier ;
« Seigneurs Barons , dit l'abbé , Dieu , la vraie Trinité ,
Et la Vierge Marie , de laquelle il naquit ,
Et monseigneur l'Evêque nous a ici envoyés ,
Qu'il est triste et marri , dolent et fâché ,
Car les affaires de la ville sont troublées et en danger ,
Et des deux côtés le glaive est trempé. »

CHAPITRE IX.

J'ai été bien longtemps
Chagrin et rêveur,
Mais à présent je suis content
Plus qu'oiseau et poisson,
Depuis que ma dame m'a transmis
Message qu'elle me tenait
A guise d'amoureux.
Ah ! tant douce saveur
Elle a pour moi, car elle daigne vouloir
Que je retourne en bon espoir.

CHAPITRE X.

A Roussillon, dans le palais,
Là je me donnerai à toi, si tu vâs vers elle ;
Avant tu me jureras par saint Marsais
Que tu me prendras pour femme avant que je sorte.

CHAPITRE XI.

Quand Guillaume Dencontre a entendu cette voix ;
Aux armes, chevaliers ! maintenant il leur crie.
Quand Bibes Boscartz lui vient devant,
Un clerc maudit, de mauvaises intentions,
Qui fut parent du Roi, son frère bâtard.
Bertrand frappe le clerc sur son casque,

Bien haut sur la bosse il lui froisse l'écu :
Le haubert n'est pas si fort, qu'il n'en coupe un morceau.
Au côté gauche il lui fit telle blessure,
Qu'il le renverse, il ne peut se mouvoir.

CHAPITRE XII.

Quand les tables sont servies, ils vont manger.
Il leur donne chair de chevreuil et de sanglier,
Et maints oiseaux et poissons de mer ;
Il leur donne à boire piment et bon vin clair.
Quand ils ont mangé, ils sortent,
Sur l'esplanade, devant la salle, ils vont se réjouir.
Qui sait chanson ou fable, requis la dit,
Chevaliers se mettent à raconter,
Pour réjouir Girard et ses amis,
Jusqu'à ce que vienne la nuit et le froid.
Car à tous le bon accueil de l'hôte est plaisant.

CHAPITRE XIII.

De droit et de coutume les fous font des folies.
Qui joue avec un fou, ne perd jamais son temps.

CHAPITRE XIV.

Là, le comte l'épousa en présence de tous
De son corps et d'anneau d'or et d'argent,
Et il lui donna son habitation en douaire
Et tout ce qu'elle acquerrait de son vivant.

Ainsi, comme les cendres chaudes ,
Tantôt j'ai froid , tantôt j'ai chaud ;
Car, elle est gaie et vive ,
Et vierge de tout défaut ;
Je l'aime mieux par saint Raphaël ,
Que Jacob n'aima Rachel.

FIN.

TABLE

—

FIN DE LA TABLE.

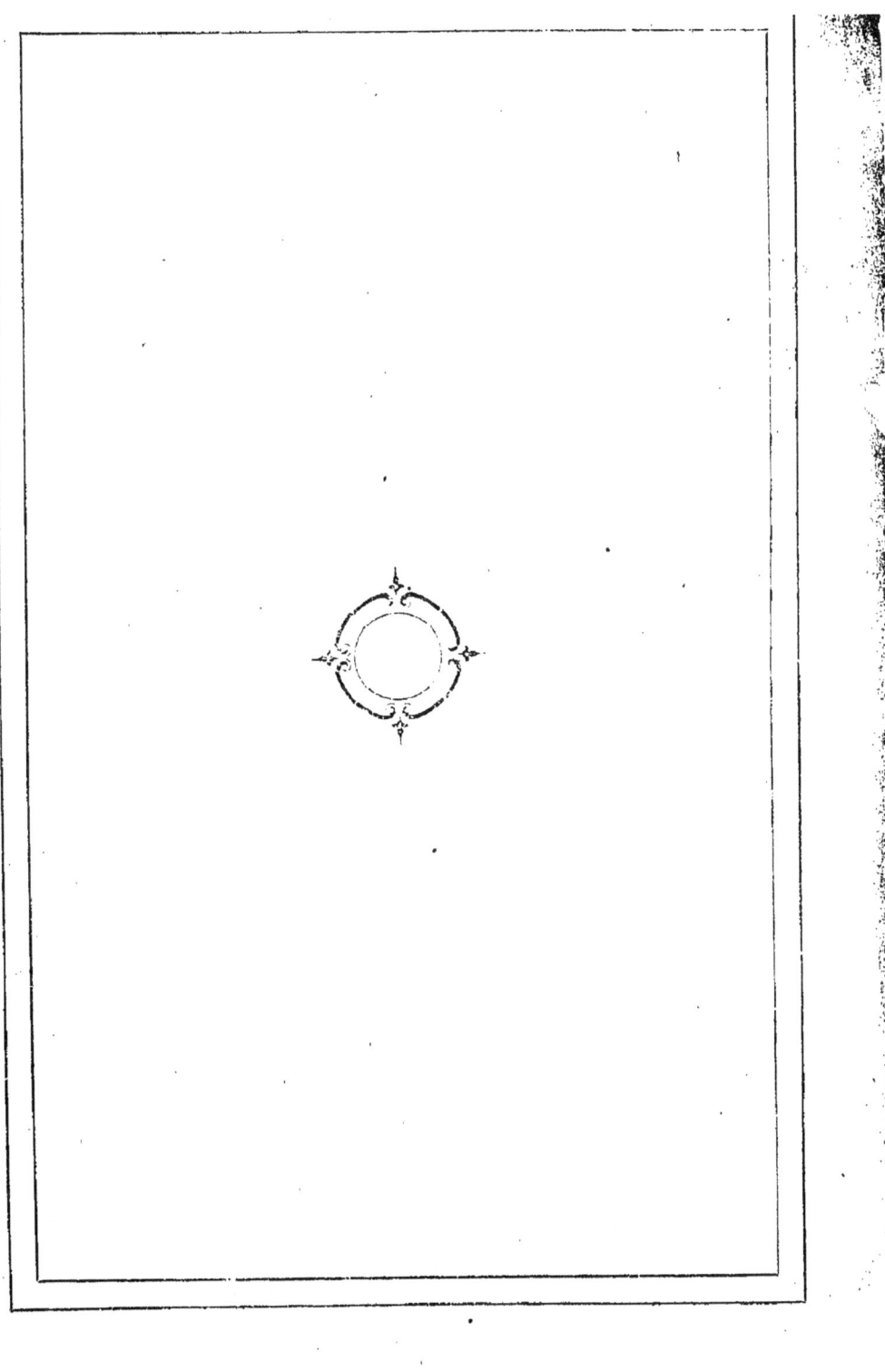

www.ingramcontent.com/pod-product-compliance
Lightning Source LLC
Chambersburg PA
CBHW072351030726

47505CB00014B/1462